IMPOSTURES SUR PAPIER GLACÉ

CATHERINE RAMBERT

蜡光纸上的招摇撞骗

（法）卡特琳娜·兰贝尔 著 龚一芳 译 作家出版社

此书特别献给

其灵感的来源——维××

"如果传说比事实来得精彩，那就出版传说。"

——约翰·福特[1]影片《双虎屠龙》台词

<hr />

1　约翰·福特（John Ford, 1894 – 1973）：美国著名电影导演、演员。

敬告读者

辩证法。

书中绝大部分情节及人物均为虚构，纯属本人想象。

因此，余下部分则为实情。

楔　子

自从我放弃了大好前程，我就心满意足地过着一成不变的生活。

自从我决定活得轻松自在，我就认真地重复着一件又一件无用、肤浅且毫无意义的事。

这些事情占据了我所有的时间。

即使世界变成废墟，季节不再更替，地球像没盖好的高压锅一样炸坏我们的脸，您知道吗？这些我一概不在乎。

事实上，我有些言过其实。要是你手上的东西能成为头版头条的新闻，或是某大牌明星的靓照，我说不定会感兴趣。当然，前提是照片的价格不能太贵。每一张我最多出一千二百欧元。如果是维多利亚·贝克汉姆[1]最近一次购物的独家报道，我会欣然出此价格。但如果是孟加拉国或某犄角旮旯医院内奄奄一息的难民照片，即使有安吉丽娜·朱莉[2]站在旁边，我也会犹豫一番。

我的读者不喜欢悲惨的图片，看了那些照片只会加剧他们的沮丧。定性调查报告上对这一点有明确提及。如果看到悲惨的图片，读者们会直接翻页，根本不会正眼瞅雀巢咖啡的广告。即便是乔治·克鲁尼[3]做广告又能如何？咖啡也不会因此变得可口。

1　维多利亚·贝克汉姆（Victoria Beckham, 1974– ）：英国前歌唱组合"辣妹"的成员之一，球星大卫·贝克汉姆的妻子。

2　安吉丽娜·朱莉（Angelina Jolie, 1975– ）：美国当红电影演员。代表作品有《古墓丽影》等。

3　乔治·克鲁尼（George Clooney, 1961– ）：美国著名演员。代表作品有《蝙蝠侠》《十一罗汉》等。

得理解他们。他们的人生已经够凄惨了，如果还要操心地球另一端素不相识的人的苦难，哪里还有幸福可言？

我的读者买人物杂志仅仅是为了浮想联翩。每星期他们（忠实顾客）拿出两欧元是为了欣赏蜡光纸上肌肤晒得黝黑、面带微笑的明星的靓照。

出于这个原因，我得尊重我的读者。

出版业有一条非常重要的规则：永远，永远也不要把读者当成傻子，切记！但是，永远，永远也别忘记其实他们就是。

所以说：职业道德是多么美丽。

如果说我也尊重我的读者，那是因为我的一切全仰仗他们：我的薪水、账单、宝格丽表、周仰杰鞋、体面的更衣室、商务舱假期、馥颂[1]餐厅的年卡、苹果 MP3、索尼四十英寸纯平液晶电视、瑞纳特极品香槟、可卡因，还有我的雪铁龙轿车（开个玩笑！）……

且听我娓娓道来。

非常荣幸认识您。请允许我自我介绍一下。我叫白兰洁·德卡布蕾。对我的名字您可能很陌生，可假如我说我是某份最畅销、最时尚、最至高无上的人物杂志的主编，那么，您一定会确认您以前在什么地方见过我。

我这里所说的人物杂志，是指《超级明星》。

每周销量七十万份。

每期七十页广告。

不算我，另外还有五十名员工。

88% 的法国人都知道它。

1　馥颂（Fauchon）：法国时尚美食餐厅。

销售额后面有几个零我永远都记不清。

两位数的纯利润率。

因此，我享受五位数的年底分红。

平静下来了吗，您？

新闻真是个好职业。如果看到某个年轻人担忧前途，为寻找方向踯躅不前，我总会毫不犹豫建议他学新闻。一般说来，他都会异样地看着我，一言不发。显然，此前他肯定从未考虑过这个职业。唉，想象力极度匮乏的年轻一代！

请不要以为我要说些大道理，我也不想通过本书和业界人士算账。没有，我不会。我怎么可能去砸自己的饭碗？因此，我得冷静下来，好好思考思考，分析分析，考虑一下我的措辞……一想到我的职业，我就头痛不已。事实上，是因为我也没什么好说的，既谈不上反感，也不想刻意揭露些什么。要知道我最深刻的思考无非是考虑下次出席晚会穿什么衣服好。

我绝不想玷污我从事的行业，因为我所得到的一切其实受之有愧，无论是职位、待遇，还是社会地位。这些都是机缘巧合，由一系列与我无关的事件造成的。我只是一个投机分子，一个捡了便宜的女人。说到底，我其实就是个诈骗犯。我无意为该事业添砖加瓦，只求能在它的荫庇下苟延残喘。树大招风的道理人人都懂。

此书献给所有我要感谢的人。

感谢我的老板让我进入这一片混沌天地。

感谢他的盲目信任，确信我就是 the right person at the right place [1]（我的老板讲话的时候喜欢夹杂英文单词）。

更要感谢他至今未炒我鱿鱼。

老板，您真是个好人。我打心眼里这么想。

感谢所有每周继续购买杂志的读者。

感谢愿意上杂志曝光的明星。

感谢 Photoshop 软件。

感谢借我服装的品牌。

感谢出版商提前支付我一大笔稿费（完全不正当）。

感谢杰克·鲍尔 [2] 在《反恐二十四小时》里面逮捕了那些坏人。

感谢拉娜·费比安 [3] 整整停唱了一年。

啊，我差点儿忘了说，我尊重我的读者，同时却欺骗了他们。我的读者不知道杂志里的照片都是经过处理的，金发碧眼、黝黑的脸庞、洁白的牙齿、性感的嘴唇、瘦削的肩膀、浓密的头发、没有细纹与黑眼圈的光洁肌肤……他们根本想象不到，日常生活中的明星其实和他们一样丑。需要有人来告诉他们事实真相。我很高兴自己有勇气担此重任。

欢迎你们，法国三教九流各阶层的朋友，欢迎你们来到媒体这个神奇美妙的世界。

欢迎你们来到这个五光十色充满诱惑的世界。

1　the right person at the right place：英语，译为适合此职位的正确人选。
2　杰克·鲍尔：美国电视连续剧《反恐二十四小时》里的主人公，由基弗·萨瑟兰（Kiefer Sutherland）扮演。
3　拉娜·费比安（Lara Fabian, 1970–）：比利时歌手。在法国、加拿大法语区享有较高知名度的歌手。

欢迎你们来到这个蜡光纸上招摇撞骗、充满谎言的世界（在英语里我们说成 glossy paper[1]，不过我的读者不说英语）。

欢迎你们来到我悲喜交加的生活。

欢迎你们来到这弄虚作假的王国。

我很清楚自己在说什么。

因为我就是其中一员。

1　glossy paper：铜版纸。

第一章

要时刻提醒自己消费时别太冲动。

那天我在康仁家具店[1]头脑一发热花了三百九十五欧元买了这款名叫"纽约客"的闹钟。每次只要它一闹就会把时间投射在天花板上。只有没脑子或者钱多到喜欢乱砸的家伙才会花如此巨资买一个每天早上能把你折磨致死的玩意儿，所以说我真是拿这笔钱白白打了水漂。

闹铃一遍遍催我起床，烦死了。我一把把它抓起来扔到了房间的另一头。闹钟重重撞到了墙上，却毫发无损。贾斯汀·汀布莱克[2]的最新单曲依旧在房间里肆无忌惮地咆哮着。我转身把头深深地埋在枕头里，不起任何效果！低沉的乐声依旧一遍遍冲击着我熬夜过后阵阵疼痛的太阳穴。

> 上帝啊，求您可怜可怜我吧。如果您真的存在，请让这该死的东西停止。您要我做什么都可以。我发誓我一定少喝香槟，早睡早起，乖巧听话，通情达理，再也不说别人的坏话。我当着您的面发誓……

1　康仁家具店（Conran Shop）：由英国的特伦斯·康仁（Terence Conran）爵士成立的家具店。
2　贾斯汀·汀布莱克（Justin Timberlake, 1981– ）：美国超人气年轻偶像歌手。

显然，圣父、圣子、圣灵、达尔蒂[1]都没来救我。不知哪家电台早间节目主持人热情澎湃的声音却把我给弄醒了。

"9点45分，又是周一，新的开始！今天是8月27日，今天早上巴黎地区乌云密布，出门可千万别忘记带伞哦！借此机会，我要向所有刚刚度假归来的人们问声好！没错，结束了阳光、沙滩、悠闲散漫的假期……告别了穿比基尼的靓女和沙滩上的莫吉托[2]……今天地铁里人满为患，环城公路上车辆排起了五十公里的长龙。此刻你老板的心情一定相当糟糕，而你，会不会是少数的幸运儿之一呢！欢迎回到现实生活中来，哈哈哈！"这个蠢货对着麦克风兴高采烈地狂笑不止。

他的胡言乱语让我从沉睡中醒来。什么？9点45分？有没有听错？我一下子从床上跳下来，对着在地板上苟延残喘带着鼻音的闹钟狠狠踹了一脚。

四周终于回归平静。

浴室的镜子前，一幅惨不忍睹的景象。镜子里的我眼窝深陷，黑眼圈无处可藏，眼神疲惫，憔悴不堪，明显有前夜宿醉的痕迹；完全不似刚度假归来——小麦肤色，精神振奋，面带微笑——即将重拾工作的脸庞。活脱脱一个生命垂危的可怜女孩，古铜肌肤和刚做的美容丝毫显不出任何痕迹。我看起来比实际年龄三十五岁整整老了十岁，简直就像林赛·罗韩[3]在戒酒康复中心时人不像人、鬼不像鬼的翻版，甚至更糟。

电台里那个傻瓜说得一点儿没错。浴室的挂钟指着10点差一

---

1 达尔蒂（Darty）：达尔蒂三兄弟，法国家喻户晓的传奇人物，创办了法国最大的专业家电超市集团"达尔蒂"。
2 莫吉托（Mojito）：一种鸡尾酒。
3 林赛·罗韩（Lindsay Lohan, 1986–）：美国女演员、歌手、模特。

刻。我摸索着从洗手池下边柜子里拿出一盒铈酪喵[1]，这是唯一能够抵抗由于饮酒过度口干舌燥引起的偏头痛的止疼药。我头痛欲裂，脑袋就像是被一辆三十八吨重的卡车轧过一样。我吞了两片药，拿自来水胡乱洗了把脸，在浴缸边坐了下来，等待神志慢慢恢复。四周天旋地转，脑子里一片咚咚声。

我为什么没能按时醒过来？

在这个时候，我应该像所有其他度假归来的主编一样，待在杂志社里。我甚至应该第一个到办公室，表现出我的工作热情和动力！我该对所有工作人员嘘寒问暖，假装对大家的假期表示关心，当然不能忘记问候他们的孩子们（多重要啊！即使我们自己没孩子，即使我们像上世纪 40 年代的人一样不在乎孩子，也绝对不能表现出忽视情绪。"他的牙长好没？……是吗，他都已经上小学三年级了？天哪，时间过得真快！"），我应该端坐在办公桌前，左边一杯咖啡，右边电脑键盘，面前放着奔迈掌上电脑，听着助理讲述日程安排，记录没完没了的约会以及极为重要的午餐。我应该瞅一眼假期里堆积如山的信函，挑出重要的（邀请函）和可忽略的（非邀请函）。最后，我得了解下期杂志封面的主要话题；我得召集所有部门经理听取工作汇报；我得询问假期里杂志的销售状况，让所有人都知道我为杂志忧心忡忡；我得确认下次 planning meeting[2] 的日期（大家纷纷已经改用英语表达"会议"这个词了，继续用法语说这个词会让人觉得你很落伍）；我得翻阅当日报纸，阅读所有邮件……总之，在我担任炙手可热的《超级明星》主编职务的第四个年头，我应当早就从假期状态调整回紧张的工作轨道。

1　铈酪喵：一种止疼药。
2　planning meeting：英语，译为工作进度会议。

除了我，估计所有其他主编都会这么做。这也不是什么难事。要是我没和皮特在乔治饭店的露台喝酒喝到凌晨两点，喝完了两瓶瑞纳特香槟，也不至于会在度假归来上班第一天如此狼狈。我应该向所有人证明（包括向我自己），我深知自己责任重大，我是个工作严谨、责任感强、一丝不苟、深明大义的人……

区区迟到这种小事，我怎么可能对付不了？

每当我对突发状况束手无策的时候，我就采取著名的塔列朗[1]准则：重新掌控情况……就好像从未处于劣势一样。既然我已经迟到了，不管怎么样都不可能准时到杂志社，那索性就迟到个彻底！想看我蓬头垢面、气喘吁吁地冲进杂志社，没门儿！要不然，那些副主编肯定会借机在咖啡机旁大嚼我的舌头。就算是为了避免这种冷嘲热讽，我也得扭转局势，不是吗？

得赶紧采取措施。我的方法很简单：找到手机，编个蹩脚理由给助理打个电话。

我摇摇晃晃地走出浴室，试图找我的手提袋。幸好我清楚记得昨晚上床之前，把它扔在玄关那儿了。没有眼镜，也没找着隐形眼镜，我专心致志沿着地面努力摸索，差点儿没把脑袋嵌进柜门敞开的衣橱内。前后折腾了有五分钟，我才在玄关地板上发现了半敞着的手提袋，里面的东西散落了一地。那一瞬间，我为自己如此粗暴地对待这个路易·威登[2]的 DJ 包而深感惭愧。我当时可是费了九牛二虎之力才抢在大伙之前买到它，败的银子相当于好几个南斯拉夫移民家庭一年的生活费用。好在这内疚感转瞬

1　塔列朗：全名夏尔·莫里斯·德塔列朗－佩里戈尔（Charles Maurice de Talleyrand – Périgord, 1754－1838）：法国资产阶级革命时期著名的政治家和外交家。

2　路易·威登（Louis Vuitton）：法国奢侈品品牌。

即逝，我马上开始疯狂地掏内袋，寻找我的手机。

您一定有过和我相同的经历，当您着急想要用手机时，却怎么也找不着它。这条连牛顿都无法否认的定理，当真是准确无误。我的手机不见了，至少我在手提袋里没找着，Fuck de fuck![1] 我转身去找两米开外卷成一团的 BGN[2] 雨衣，这件老古董在我衣橱里放了足足有两年之久，我一直没舍得扔。如同"全黑队"[3] 队员在对方球门线内带球触地，我整个人朝雨衣扑了上去。可爱的手机乖乖躺在右手口袋里。哎哟，真是万幸！我无法想象，离了它，我的生活将会怎样？这个小小的矩形，带着荧光按键和触摸屏，里面不仅有十二个游戏，还有拍照功能，无论何时何地我都可以通过手机信箱阅读邮件（哦……事实上，我基本上都在巴黎待着……）。如果有两种死亡方式要我选择，在沙漠里渴死，或者死的时候身边没有手机，我宁愿选择在沙漠里渴死。

然而，手机和我之间，却有着一段伤心往事。有很长一段时间，为了拥有每一款最新上市的手机，我挥金如土。现在我却不鼓励大家向我学习。这买卖能把你折腾得筋疲力尽而且超不划算。我计算过，全世界每周差不多生产二十款新手机，依照这个速度采购，手机比你家冰箱里的酸奶过期得都要快。当你动用了全世界所有新闻媒体的关系，历经周折弄到了一款你认为是这个世界上目前最时尚、最精美的手机时，却总能在某个晚会上发现有那么一个人，拿着一款比你的那一款更时尚、更精致的手机，彻底粉碎你认为处于科技最前沿的自信。丢人现眼两三回之后，我改变了策略。与其不惜重金抢在众人前面出风头，昙花一现风

---

1 Fuck de fuck：译为他妈的。
2 BGN：法国服装品牌。
3 全黑队（All Blacks）：新西兰国家橄榄球队。

光三天（真的，我向您保证），还不如乖乖等着之后买上一打来得划算。如果现在还有哪个傻瓜在我面前卖弄新款手机、掌上电脑或者是 GPS 全球定位系统，不管它是镶钻的、限量版的，还是刻了他的名字的，对于这种新奇小玩意儿的追逐，我会表现出嗤之以鼻的态度，即使在我内心深处已经妒火中烧，我也会表现得如同看了《爱情之火》[1] 一样不痛不痒。

赤裸着上半身站在玄关、头昏脑涨的我，拿起手机用尽量清晰的声音拨通了助理的电话："您好，玛丽-芳索，是我，白兰洁……您还好吧？那就好，那就好……听我说，我发现……什么？（……）没错，是的，谢谢，假期我过得很好，非常不错……您呢？（……）那就好，那就好。（……）刚才我说到……什么？我是不是精力充沛？当然啦！度假三周回来，能不精力充沛吗？简直是充沛极了……哈哈哈！噢……我刚才说到哪儿了？……啊，对了，我发现我完全忘记通知您今早我要和一位制片人在鲁特西亚酒店吃早餐的事了……是电影制片人，没错……所以您不用担心我没准时到办公室……什么？（……）您没有担心？……您已经习惯了……嗯……是的，是的……好吧，那待会儿见……"

我迅速挂了电话。长期以来我编过无数蹩脚的理由，助理她也不是傻瓜。不过我无所谓。解决了迟到问题，心情略微放松，我打算先给自己来杯咖啡，因为只有咖啡才能使我神清气爽。经过走廊，我启动了自动升降百叶窗。百叶窗缓缓上升，阳光透过巨大的落地窗照射进来，露出了覆盖庭院的高大柚木及自动浇灌

---

1 《爱情之火》（Feux de l'amour）：美国电视连续剧。

系统。我拖着脚步到卧室套了件 T 恤，然后穿过起居室、餐厅、会客室来到厨房。属于我的这套复式公寓地处巴黎正中心。此时此刻，对我而言，这巨大的二百八十平方米，只会突显我的形单影只。

咖啡让我逐渐清醒过来，几周来发生的事情缓缓在记忆中复苏：维克多在初夏时节弃我而去，喜欢上了一个比我老而且比我丑的姑娘。这比他与某个比我年轻漂亮的小妞相好更让我气愤。而且，我压根儿想不到他居然能对我做出这种事，居然能把我们四年的共同生活轻描淡写地付之一炬。那是 7 月初的某个夜晚，当时我们正在露台上品尝鲜美的鱼子酱。我慵懒地躺在一条长椅上，手握香槟，兴致勃勃计划着即将到来的假期，一边回着手机短信，一边还思索着明晚出席某个知名服装设计师新工作室落成典礼时该穿什么礼服。维克多最受不了我可以一心多用，可我控制不了自己。

突然，他以一种从未有过的坚定语气打断了我：

"白兰洁，今年我们不能一起去度假了。我遇到了一个姑娘。我会搬回我自己的公寓。我不知道接下来和她会怎么发展，我只知道一点：我无法继续和你一起生活下去了……"

惊愕过度的我打翻了酒杯，半杯瑞纳特香槟洒在了我的札第格·伏尔泰[1]套装上，还溅湿了价值七百五十欧元的巴黎世家[2]高跟鞋。要在平时，我肯定会大声尖叫，不过在当时的场景下，我只是停下了手中正在发送的短信，把思绪从衣橱那边拉回来，狼狈地挺直了腰……

"你说什么？如果你是在说笑话，维克多，这可一点儿也不

1　札第格·伏尔泰（Zadig & Voltaire）：简称 ZV，法国时装品牌。
2　巴黎世家（Balenciaga）：法国时装品牌。

好笑。"

可惜，这不是个笑话！他的表情无比坚定。我哪里还顾得上被香槟弄湿了的衣服，维克多的话如同一盆冷水把我从头到脚浇了个湿透。我苦苦哀求他再给我们一次机会，无论如何等到一起度假结束后再作考虑，可是无论我说什么都无济于事。他吃了秤砣铁了心要离开，要与我之外的另一个女人开始一段新的恋情。一开始他拒绝告诉我那女人的名字。我威胁他，如果他不马上告诉我是谁抢了我的男人，一旦等我自己知道了，一定先去毁了她的容（他知道我有办法，肯定瞒不了太久）。在我炮轰似的盘查逼问下，他终于说出了那人的名字，前提是我不能伤害人家。

"其实，那人你也认识。就是柏琳达，在'卡斯托尔与波吕克斯'餐馆打工的那个服务员，甘康普瓦大街上我朋友安东尼开的那家餐馆。"

我花了好几秒钟才恢复神志，从我混乱的记忆中历数了所有女人的脸庞。

"柏琳达，柯泽克·柏琳达?"

通过这个名字带给我的记忆我勉强拼凑出一张脸。不过是某个东欧移民过来的打工女孩——您知道我的言下之意——不过是个微不足道的小角色。

"首先，敢叫柏琳达，就说明她有胆量。"我像是打翻了的醋坛子，"等等！别和我说你指的是那个头发开叉、笑起来像母夜叉、浑身体臭的黄头发女人！"

他白白眼，反驳道：

"她笑起来没有那么夸张，只是比较外向。至于她的体臭，我不想多说什么，没必要深入这个话题。"他咧嘴苦笑。

"真体贴……我一直试图屏蔽你说的那个关于休假军人的黄色笑话，不过和她在一起，亲爱的，你可以尽情享受了！"

"白兰洁，求你别说了……"

我清楚地记得那个婊子。去年冬天我们俩经常去"卡斯托尔与波吕克斯"餐馆吃晚饭。安东尼是维克多的老友。那地方原来是个造纸厂，他用了大量的玻璃和钢把那地方改造成了一个未来主义风格的餐馆，而且还不惜重金挖了一个因电视真人秀而一举成名的大厨。餐馆因此得到了巴黎各大美食及时尚杂志的大力吹捧，食客蜂拥而至。为了给安东尼面子，我经常陪同某些当红演员和主持人去那边吃午餐。一想到这儿，我觉得自己简直愚蠢至极！根本就像是摇着尾巴去讨好伪君子。这家伙显然早就知道这事儿。他给我们介绍柏琳达的时候说她就是他的左右手。我从来没正眼瞧过这个女人，只觉得她虚假的热情和其他任何普通女孩子没什么不同。您肯定和我一样深有同感：有些女孩想变成其他样子，但即便再努力，麻雀也不可能变成凤凰！这听起来很不公平，可事实如此。即使给她从头到脚穿上普拉达[1]也是白搭，气质是天生的。我把这称之为"可怜女孩无法逃脱的悲惨宿命"。打比方说：即使范妮·阿尔当[2]头顶拖把、手拿马桶刷，她看起来还是一如既往的圣洁高贵。可是即使柯妮·拉芙[3]身穿芬迪[4]的衣服，脚踏克洛伊[5]的鞋子，浑身戴满布契拉提[6]的珠宝，看起来还是……您明白我的意思吗？就像我奶奶说的，想做好菜，没材料你也使不上劲。

总之，那个柏琳达基本属于柯妮的档次。我这么说可不是因

1　普拉达（Prada）：意大利著名时装品牌。
2　范妮·阿尔当（Fanny Ardant, 1949– ）：法国历史上伟大的演技派女影星之一。
3　柯妮·拉芙（Courtney Love, 1964– ）：美国摇滚女歌星及演员，生活放纵，负面新闻较多。
4　芬迪（Fendi）：意大利著名时装品牌。
5　克洛伊（Chloé）：法国著名时装品牌。
6　布契拉提（Buccellati）：意大利珠宝品牌。

为怨恨或者嫉妒，当然不是！

我突然有了一股强烈的杀人冲动，不过我极力克制自己。之前维克多就一直害怕我发飙和任性。

"这个浪漫的爱情故事，开始多久了？"我强压怒火。

"这不重要。这不是今天我们讨论的主题，不是吗？"

"这当然重要！"我掩饰不住怒火，"现在我终于明白了，为什么你半夜三更要去健身房。还有复活节的那个周末，你所谓的陪同日本客人，居然陪了整整四天四夜。我还真是天真！"

"你是太自我！你只关心你自己。要骗你根本不难，因为你对我完全不闻不问。"

"那你说，你们在一起到底多久了？我们之间还有什么不能说的吗？"

"两个半月……"

"我的天哪，才短短的两个半月，你就准备抛开一切跑去和她生活？你大可在外面偷偷撒野，干吗非要搞得家里鸡犬不宁……"

他试图打断我，可我像开了闸的水流一样滔滔不绝，他只好放弃抵抗，身子嵌在椅子里等待我平静下来。

望着他和他说话时，我发觉他比任何时候都要迷人。那晚他穿了一件杜嘉班纳[1]黑色细条纹衬衫，配白色仔裤，脚上穿了一双白色托德斯[2]鞋。他的肌肤被晒成古铜色，指甲经过了精心修剪，人似乎比以前瘦了一些，头发一股脑儿梳在脑后，很有萨米·弗雷[3]年轻时候的风范，只不过他的眼睛是迷人的蓝色。毫

---

1 杜嘉班纳（Dolce & Gabbana）：意大利著名时装品牌。

2 托德斯（Todds）：意大利时尚品牌。

3 萨米·弗雷（Sami Frey, 1937– ）：法国男演员，主要影片有《逃之夭夭》《豪情玫瑰》等。

无疑问，他沐浴在爱河当中……可惜爱人不是我。

"的确！"我绝望地说道，"每个人都会有红杏出墙的时候。我就是不明白你何必非得告诉我，你完全可以瞒着我偷偷在外面乱搞。"

"我告诉你是因为我正在和你解释我为什么要离开你，白兰洁！我们总不至于要从头开始再解释一遍。"

"可我不想失去你，亲爱的！我爱你！依赖你！我的确有很多缺点，我可以改。我发誓我会努力改。你看，我已经原谅你了。你把那个婊子忘了，我们就当什么事儿都没发生过！"

我的真诚打动了他。他有些困惑地望着我，犹豫不决，似乎没料到他的离去会带给我如此大的伤害。我意识到自己从没对他说过诸如此类赤裸裸的表白，这显然起了作用。他沉默不语，于是我乘胜追击：

"维克多，求你了……"

"不行！"

"这周末，就我们俩，我们可以一起去凡尔赛的特里亚农宫酒店？"我乞求道。

"不去！"

"那我们去马拉喀什的鲁尔宫酒店？"

"不去！"

"去圣·托佩斯的麦莎迪尔城堡酒店也行？"

"不去。"

"那就去威尼斯的丹涅利大酒店？"

"不去。"

"去科西嘉岛的卡拉罗莎酒店？"

"不去。"

"去罗马的露兹大酒店？"

"不去。"

"那去戛纳的马提尼饭店？"

"不去。"

"去巴诺莱门¹的大众化旅馆²？"

"不去。"

"……去靠近外环的那家？"

"别说了。"

"我们也可以去维利齐，去你姐姐家？"

"别再说了。"

"我们至少应该尝试一下……"

"不要。"

总之，说什么都无济于事。

我感到前所未有的挫败，几个月来我居然对此毫无察觉。当我意识到自己深爱着他时，我却失去了我生命中的男人。为时已晚，他说得没错。我甚至都不怎么正眼瞧他，也不在意他说些什么，我只是习惯了他在身边。维克多在旅行社上班，赚的钱明显比我少。我傻傻地以为他一定认为自己是个幸运儿，拥有我这个年轻貌美、时尚多金、条件优异的女友，而且还可以住在巴黎市中心某个豪华公寓内。虽说我得到这个公寓纯属机缘巧合，可不管怎么说我现在就是房东。可我却忽视了他的内心感受。所以那一晚，他打算和我算总账。

"可是她很老了啊！"我突然叫起来，"她至少有五十岁了。"

"你干吗不说六十岁呢？她才四十三。你别太夸张了。"

"比我大八岁？比你大七岁？故事真是越来越精彩了！如果

1　巴诺莱门（Porte de Bagnolet）：位于巴黎东面的城门。
2　大众化旅馆（Formule 1）：法国雅高（Accor）集团旗下的经济型酒店。

早知道你有恋老癖，我又何必往美容院和 SPA 馆砸大把大把的银子!"

"你去那些地方根本不是为了讨我欢心，而是因为你周末无事可做!"他义正词严。

我呆若木鸡。如此毅然决然的他，我从未见过。我随即友善地提醒即将成为我前任的亲爱男友，柏琳达是个嗜酒成性的家伙，因为我清楚知道这一点。没想到他立刻针锋相对地回答我，他宁愿要一个胖的、有活力的、懂得品酒的老女人，也不要一个歇斯底里、靠吸可卡因维持苗条身材的年轻女孩。为了投入那婊子的怀抱，他不惜把我描述得如此不堪，不惜一切代价地诋毁我。

"你到底觉得她哪里好?"我绝望地哀求。

这个问题算是问到点子上了。

"我觉得她哪里好?"他突然忘情地站了起来，"我觉得她哪里好? 她有一切你所没有的，我可怜的白兰洁! 看看你自己! 没错，她为了求生存在餐馆打工，在你眼中，她微不足道。她没在某家大杂志社上班，她没五位数的薪水，出门没有奔驰、宝马，但是她温柔、体贴、宽容、恬静。她喜欢我。她不是工作狂，不热衷于完美无瑕的装扮，不流连于社会名流、影视明星出席的晚会……我已经受够了和你朝夕相处的日子。求你把手机关机五分钟你都会抓狂，每天收不到三个邀请你就坐立不安，更别提你还经常偷偷躲着吸白粉。别说你没有这么做! 别以为我什么都不知道……你充其量就是个可笑的家伙! 你已经变成了一个傲慢无礼、工于心计、让人难以忍受的人，自己却一点儿都觉察不到。我们两个人已经有多久没在家一起吃晚饭? 你已经有多久没问我过得好不好了? ……你知道吗，我宁愿变成同性恋也不愿意再忍受下去了。这就是为什么我觉得她好的原因。和她在一起，生活很正常，和你在一起，生活乱七八糟！我已经受够了，你听到没，我受够了!"

他一边骂着，一边开始收拾行李，并把所有东西都装上了他的车，接着又回来把钥匙扔到我脸上，摔门而去。电梯缓缓往底楼运行，我转身跑到客厅紧邻大奥古斯汀街的大窗户那儿。我的公寓在三楼，位于圣·安德烈艺术大街和大奥古斯汀街的拐角。由于经常给街区警察免费提供《超级明星》杂志，外加时不时给他们提供免费演出票，我拥有可以把车停在正对客厅楼下街道的特权。我估计整个街区的警察都知道这个灰色交易，以至于每次只要他们想要什么演出票，当中某人就会在我车子的雨刮下压一张假罚单，把他想要的东西夹在里面。（可否提供两张下周《太阳王》[1] 的演出票？）两天以后，我把票夹在同一张罚单里再次压在雨刮下面。此交易的主要受益者是维克多，他因此也能够把他的车停在楼下。要知道在我们这个街区，找停车位堪称不可能完成的任务。而且我的前任男友又是汽车迷，有收藏名贵汽车的癖好。

他的银灰色阿尔法·罗密欧[2]敞篷跑车此刻正停在落地窗正下方，顶篷大敞，漂亮的亮米色真皮座椅一览无余，这给我提供了绝佳的复仇机会。我以百米冲刺的速度冲到厨房，从洗涤槽下拉出一个水桶，以最快的速度灌满冰水，重新冲回窗户那儿……您知道我想干什么吗？没错！就在维克多打开底楼大门的同时，我把一整桶水浇到了他的驾驶座上。哗啦一声，水花四溅。这是继在拉罗克·昂迪荣国际钢琴音乐节上听完了莫扎特钢琴协奏曲后，我听过的最动听的声音。亲眼目睹心爱座驾在一瞬间变得惨不忍睹，维克多简直气得肺都快炸了。很有趣，不是吗？幸运的

1　《太阳王》(Le Roi Soleil)：法国音乐剧。
2　阿尔法·罗密欧 (Alfa Remeo)：意大利专门生产运动汽车和跑车的厂家。

是，他根本无法回来报仇，因为他已经把公寓钥匙扔还给我了，而此刻我自己的车子正乖乖地停在《超级明星》杂志社的停车场。我斜着身子倚在铁栏杆上，甚为得意地欣赏着自己的杰作。维克多气得浑身发抖，可怜的车子叫个不停（可怜的维克多）。趁这会儿工夫，我冲到厨房又拎了一满桶水跑到窗户那儿。看得出当时他沮丧懊恼到不行，正凑近车子想看看哪儿坏了。我故意叫了他一声，他抬头望我。您猜怎么着？没错！这一次，我把他整个人从头到脚浇了个透！然后我后退了一步，狂笑不已。

在此我要建议所有人，在人生当中至少要尝试一次只有电影中才会出现的情节。诚然，这么做挽回不了你前男友的心（反正也已经鱼死网破了），可这快感绝不亚于在游园会上玩过山车。当我再次把头伸出窗外，维克多依然瞠目结舌地呆立在那里。他心里一定寻思着：这女人疯了，还好我已经把她给踹了。复仇计划大获成功，他从头到脚湿漉漉，每走一步，鞋子都发出"咕、咕"的声音。为了坚定他的分手信念，给他留下摧枯拉朽的不灭回忆，我冲回露台，发了疯似的拔起他悉心种植、精心呵护的花花草草（他肯定会后悔自己居然没有带走它们），然后冲回窗户，把那些东西一股脑儿扔了下去，一边还气急败坏地冲他喊："给你，替我把这些花草送给你亲爱的柏琳达！"来来回回我忙活了四回，他则趁此时间理清思路，清理车子。他的座椅、方向盘、挡风玻璃、车身，到处都撒满了我扔下去的植物和泥巴。最后一趟，我索性拔起曾经花巨资从特吕弗[1]买回来的竹子扔了下去。他头上被砸到了一根，于是急忙跑到门廊躲避紧随其后的半打竹子。这时候的他满头是土，白裤子变成了美国突击部队进军伊拉克时候的迷彩服。年轻情侣吵架向来都是一场闹剧，惹得街

1　特吕弗（Truffaut）：园艺店。

上行人纷纷驻足观看。维克多终于忍无可忍，冲着某一神情快活的年轻小伙发起了飙：

"看够没？看够没？你还要看多久，白痴！"

那家伙回答道：

"嘿，你被你女人赶出来，可不关我的事！这小妮子，真是性格火爆啊！"

"死胖子，如果你喜欢这一型的，趁热打铁。这女人，谁要给谁！我可是说真的！"

他恶狠狠地抬头冲我喊道："谁要给谁！"咬牙切齿，眼睛里都快冒出火来，面如死灰。如果此刻他手里握着枪，一定会开枪把我打死。

行人越聚越多。他不禁恼羞成怒，对着围观的人群开始大肆发飙。

"来啊，女士们，先生们！清仓大甩卖了啊！机不可失，时不再来，看看三楼刚刚被甩的这个疯女人，谁要给谁啊！！她的确有点儿姿色，对吧！不过，床上功夫实在不怎么样！我可是事先友情提醒了啊，实在很一般！"

"你可不是每一回都这么说！"我不客气地回敬。

"因为我现在找到更好的了，有比较才知道啊。我差点儿快忘了爽是什么滋味了……"

"那女人还真是好运气，喜欢迷你小鸡鸡！"我不甘示弱。

"迷你小鸡鸡？你是说我的吗？"他怒不可遏。

他居然解开裤子纽扣，众目睽睽之下拉下了他的短裤，还故意凑近围观的女士。

"迷你小鸡鸡，女士们，先生们，好好瞅瞅，这能称之为迷你吗？你们来评评理。"

"那全是伟哥的功劳！"我大声喊道，"别听他胡说！这会儿他正勃起呢!"

"只有当你享受我的小鸡鸡时,你才会乖乖闭嘴,是吗?"

我倒吸一口冷气,他居然说得出这种话来。难道我当真把他逼上了绝路?他以前从来不说粗口,这会儿却已经歇斯底里开始滔滔不绝。我真不知道这闹剧将如何收场!

"啊哈!"他以为自己扳回了一局,沾沾自喜,"啊,该女士现在终于想起来了?那就再好不过了,否则我完全有能力让她的记忆更加鲜活……"

"我现在肯定是在做梦!"

"不,你没有在做梦!我的小鸡鸡还有我,在此和您告别过了。"他最后终于吼了一句,"我们各走各的路,老死不相往来!"

说完,他弄出车里的花草和泥土,抹掉驾驶座上面的水,坐进了驾驶位。他的样子相当狼狈,灰头土脸,头发湿答答紧贴在脸上。我望着他绝尘而去,泪水夺眶而出,顺着我的脸颊、脖子一直流下,浸湿了我的内衣。这一回,他的确可以理直气壮地走了。经历了这可怕的分手片段,毫无疑问他会把我的名字从记忆当中抹去。他走得毅然决然,头都没抬。而我却一直凝视着他的背影,如同索菲亚·科波拉[1]执导的电影《绝代艳后》里的玛丽皇后一样,倚着铁栏杆望着心爱的人渐行渐远。我完全没有料到会以这样的悲剧结尾,忍不住缩成一团号啕大哭,泪水像没关好的水龙头一样一泻千里。其间我听到了一个女人的声音,应该是目睹了刚才分手一幕的某位女士轻声温柔地对我说:"勇敢点儿,小姐,爱情是残忍的……哭吧,哭吧……他可能还会回来的……"我没有抬头,呜咽着回答:"不可能,我太没用了……"

1　索菲亚·科波拉(Sofia Coppola, 1971 –):美国导演兼演员。《绝代艳后》(Marie Antoinette)为其代表作。

那声音继续温柔地说："对于我们爱的人，我们表白得太少……如果你还爱他，就告诉他你爱他……可能还不算太晚……再见。"

当我再站起来的时候，街上已经空无一人了。

回到露台。维克多刚才握过的伏特加杯子依然躺在柚木地板上。我蜷缩在半小时前他坐过的躺椅上一动不动呆坐了两小时，心如刀绞。夜幕降临，我丝毫意识不到。面对如此巨大的打击，显然，我的大脑需要一段时间反应。等我最终反应过来的时候，我拿起慕拉诺[1]高脚杯重重摔在了墙上，吞了两片安眠药，倒在了床上。

1　慕拉诺（Murano）：威尼斯附近的小岛，所产玻璃制品全球闻名。

第二章

　　自从生命中的男人弃我而去，我就萎靡不振，形容枯槁，整日游走于可卡因与安定之间，前者让我兴奋，后者使我安静。当时正值7月初，我的生活，却比尚-路易·穆哈[1]的歌曲还悲伤绝望。我的假期，比足球赞助商的脑袋还要空虚。在杂志社，我心不在焉地处理着日常事务。说"处理"，我还真是抬举了自己，在《超级明星》杂志社，所有人都忙忙碌碌，只有我除外。除了负责杂志封面、挑选照片、撰写封面标题之外，我基本无事可做。杂志上的文章我从不过目（除非我无聊透顶或者被逼无奈），我从来不作长远规划，那些商业方案被我通通扔进垃圾桶，我既不参与讨论文章的选材角度，也不考虑是否要更新形式，连记者们要去度假也无需我亲笔签名。当我要屈尊出席某个会议，我会带上我的手机和奔迈掌上电脑，要么给我朋友发短信，要么玩俄罗斯方块……整个编辑部对我的行为方式都心知肚明。虽然人人都知道行业内部腐败，可是就像美国安然公司的丑闻一样，没人敢跳出来说什么。大家彼此彼此，揪出一个会牵连一大帮，索性缄口不语，相安无事。杂志销量火爆，即使没人知道其畅销的原因，却清楚明白我的地位不容小觑。《超级明星》杂志如日中天、万人瞩目的光芒庇护着我，我得以饱食终日、无所事事却

1　尚-路易·穆哈（Jean-Louis Murat, 1952-）：法国歌手。

安然无恙。

我也曾怀疑好日子长久不了，迟早会天下大乱。我总把自己的事情压给手下人做，那些受够了我的家伙迟早会揭竿而起（估计他们会选择在《超级明星》杂志销量下滑的时候，因为某些家伙就喜欢火上浇油）。一旦东窗事发，估计整个出版社上上下下都会炸开锅。类似我这种招摇撞骗的混饭行径何以能嚣张这么久？出版社内部肯定会进行彻底盘查。甚至可能会让安达信会计师事务所前来审核账目。整套运作体系会被质疑，监控措施会立即实施，以避免此类事件复发。公司老总将对媒体郑重声明，言辞恳切地请求大家原谅，甚至引咎辞职。这在舆论界将引起轩然大波。至于我，这些动荡纷争都与我无关。此刻的我已经带着一大笔钱（离职津贴、工资储蓄和我的"黄金降落伞"[1]）隐遁巴哈马。而后，我将撰写我的回忆录，其销量将达上百万册。会有电影导演想把我的故事拍成电影，并且邀请斯嘉丽·约翰逊[2]在剧中诠释我的角色。因为我不喜欢其他人来饰演，即使是希拉里·斯万克[3]也不行。这将会是个伤风败俗的故事，和其他所有的故事一样。

斯嘉丽·约翰逊还没等来，我却刚刚被人甩了，怎一个"惨"字了得。幸好，今年初夏，明星们没怎么闹腾。一般的那些八卦新闻，几周前都已经整理好。只有小甜甜布兰妮[4]夫妇分手的消息，最近被传得沸沸扬扬。这个负面新闻不断、满脸长痘的女明星，吸引了无数人物杂志竞相追踪报道（对于人物杂志，

---

1 黄金降落伞是按照聘用合同中公司控制权变动条款对高层管理人员进行补偿的规定。在目标公司被收购的情况下，公司高层管理人员无论是主动还是被迫离开公司，都可以得到一笔巨额安置补偿费用。

2 斯嘉丽·约翰逊（Scarlett Johanson, 1984– ）：美国好莱坞炙手可热的明星。

3 希拉里·斯万克（Hilary Swank, 1974– ）：美国影星。

4 布兰妮（Britney Jean Spears, 1981– ）：美国歌手。

明星指甲缺了个口或者换了新发型之类的新闻，其重要程度无异于伊朗的最新危机、俄罗斯间谍的中毒、全球饥饿问题或者无家可归人员的安置问题）。现在的我，比以前任何时候都依赖我的副主编们。我消沉低落的心情躲不过他们犀利的眼睛，况且妆化得再浓也掩饰不了脸上的泪痕。以至于我一天到晚戴着墨镜，用单音节词回答所有问题。同事们见了我都尽量微笑，一团和气，进我办公室前总要先踌躇讨论一番。吃了太多安定的我头昏脑涨，有时甚至搞不清我目前正担任主编的这份杂志的名称。显然，我也不审批任何文章。记者们索性自己把放在我桌上需要审阅的稿件直接扔进垃圾桶。我整个人完全不在工作状态，即使文章里写着"懦夫狗屎""贱货骚包"之类的话，我也根本觉察不到。不过，尽管我压根儿不看杂志样本，我还是照样在清样上签了字。

幸好，之前节奏紧张的编辑部已慢慢踏入夏天的节奏。记者们纷纷延长了在露台午休的时间，加上夏天的娱乐活动日益增多，对于出门采访的任务也都是草草了事。不断有人迟到早退，就是为了去除体毛或去古铜日晒中心。看着他们的肤色一天比一天黑，我也能猜得到。这算得上是在人物杂志社工作的记者的特征之一：他们晒得和被他们采访的明星们一样黑。我很清楚他们整日无所事事，但基于我目前的立场，我也不好苛责什么。直到我拒绝了某些晚会的邀请，我的部下才开始了解我的心情低落到了何种程度。以前，我逢晚会必定出席。现在，我甚至不愿去听安娜斯塔西亚[1]的个人演唱会，不愿出席在旺多姆广场的著名珠宝品牌的发布会。那可是连莎朗·斯通[2]也会到场的发布会，可我就是没欲望参加。某天早上，我到办公室的时候，看到办公桌

1　安娜斯塔西亚（Anastacia, 1973– ）：美国知名歌手。
2　莎朗·斯通（Sharon Stone, 1958– ）：美国著名电影演员。

上放了一束花，还附带一张卡片：如果你希望我们去揍扁那个害你这么凄惨的家伙，我们可以马上就去！如此真切的关怀感动得我热泪盈眶。我给大家发了一封伊妹儿致谢：你们真是太好了，不过，该揍的人是我。这故事说来话长……不管怎么说，谢谢大家。

　　只有在和汤姆一起挑杂志封面的照片时，我才敢取下墨镜。汤姆是杂志社的艺术总监，是个疯疯癫癫却挺幽默的男人。他是唯一一个在我心情不好的时候能逗我开心的人。杂志封面是我唯一坚持不懈亲力亲为不肯交给手下人做的事情。自从我当上了杂志的总编，《超级明星》杂志发展得不错，可我对它的印象仍然是：乱七八糟毫无逻辑性可言！即便如此，杂志销量依然不断攀升，完全无视市场调研和出版界的发展常规。四年里我逼走过五位市场总监。他们人都不错，却总穿着 H&M 剪裁蹩脚的西装。他们针对杂志作了不计其数的复杂调查，没完没了地向我陈述调查报告。有一回正赶上前晚我没睡够，我听着听着居然睡着了。如果正好赶上我不困，我会拿奔迈掌上电脑玩我的俄罗斯方块，有一次我开会的时候全神贯注地盯着屏幕，玩到关键时候不禁大叫出声："等等，等等，现在我没法听你说，等我打完了这一局，我马上要破纪录了。"于是四周一片寂静，所有人睁大了眼睛瞪着我，不知道是惊吓过度还是忍无可忍，抑或兼而有之。

　　他们浪费那么多钱来作调查分析，我觉得相当无聊：定性/定量调查分析、读者见面会、读者反馈、同类市场调查，诸如此类，等等等等。等他们报告一结束，我就小心翼翼地把这些材料通通扔进垃圾桶。我发誓自己也曾试图去感兴趣。可是连他们都看得出，这些信息刚进入我的大脑皮层就被消灭得一干二净。有人甚至怀疑我是否有大脑。可我并不是完全的金发碧眼，从理论上来讲，理应有大脑[1]。所以不能怪我没长脑子。为了表现我的诚恳态度，我不厌其烦地向他们解释：报刊杂志既不像酸奶也不像汽车，市场调查永远也代替不了直觉和感性。于是他们越是对我鼓吹的政策，我越反其道而行之，杂志的销量就越好。这样不出几个月，市场总监们总是自动放弃，主动申请调职去《园艺之友》工作。这些可怜的家伙从未看懂过我的工作方式和决策逻辑。因为事实上，我毫无方式和逻辑可言！

有一次，有个家伙居然试图拉拢我。用几乎是和疯子交谈一般小心谨慎的语气，询问我是否去过外省。多愚蠢的问题啊！我回答："当然去过，你把我当成什么人了？我去过圣·托佩斯、高雪维尔，呃，等等，让我想想……对了，我还去过戛纳，我每年都要去参加那儿的电影颁奖典礼……"没等我说完，他已经开始嘟哝："我明白了，我明白了。"我不知道他明白了些什么，不过我也不关心就是了。接着他焦虑地问我是否了解杂志的读者群。这家伙在胡说些什么？我差点儿想说要了解这些人，得先接触他们才行。不过读者那么多，我怎么了解得过来？不过我不喜欢侮辱比我笨的人。他说容许他再思考一下，换个方式提问我可能好一些。我随声附和："的确，应该会好一些。"正说着，他突然直接问我是否接触过普通老百姓，也就是说除明星们之外的普通人群。我目瞪口呆，这家伙简直愚蠢至极。忍无可忍之下，我决定结束这个愚蠢的话题，于是毫不客气地回答："依您看来，昨晚香榭丽舍大街路易·威登新店开张的落成典礼上都会有谁参加呢？"一句话问得他哑口无言。

由此他更加坚定地认为，让我见见真正的读者是件多么迫切的事情。他强烈要求我去参加在奥尔良举办的某个读者见面会。

1　西方人认为金发碧眼的美女属于没脑子没智商的类型。

害得我还坐了趟火车。这个我在中学地理课上听说了无数遍的城市，即使从巴黎坐高速火车过去也得花一个小时的时间。在那儿，我被安排坐在一个房间里，旁边的矮桌上放了些橙汁、一热水瓶的咖啡，外加一些干巴巴的点心。隔着玻璃（我们能看见读者，读者没办法看到我们），我眼巴巴地瞧着隔壁房间的读者们猛烈抨击着我们的杂志。这真是我遭遇过的最残忍的画面。突然发现自己的职位在很大程度上居然取决于这帮衣衫褴褛的丑八怪的意见，这个事实使我备受打击。对于他们所说的具体内容，我显然根本什么也没听进去。尽管奥尔良是个相当美丽的城市，从此以后我却再也没有去过。那次旅行对我造成的创伤可见一斑。

　　我的艺术总监汤姆和我，我们两人从不按照出版业的常理出牌。何必要把生活复杂化呢？每周，做下周杂志封面的时候，我们直接根据心情来工作。边喝香槟边思考的我们，心情好坏很大程度上取决于喝香槟的尽兴程度。我们所做的远称不上什么"思考"，什么"工作"。不过谁在乎呢？《超级明星》杂志封面上乱七八糟地填充着各种标题和照片，你得花很大力气才能分出个层次或者结构来。要我挑选适合作为头版头条的新闻标题，实在非我能力所及。同行业的竞争对手，往往会根据其刊物的实力、兴趣、特色或者定位来确定三到四个标题，我却恨不得把目录里所有东西都放到封面上。为了完成我的心愿，汤姆作了无数英勇的艺术牺牲，有时候甚至过了头。鉴于我基本不阅读文章内容，有时候我会胡诌出某个与文章内容丝毫没有关联的标题。离奇的是居然没有任何读者有任何怨言。由此我得出结论：其实大家都不在乎封面标题是什么。就像我一样，在报刊亭看了杂志封面而买了杂志，等到回家阅读的时候，早就忘了当时是因为封面写了什么而购买的。因此，当我想某个自己喜欢又觉得能夺人眼球的标题，类似"某明星大肆发飙"之类，我会询问写这篇报道的记者在文章里有没有涉及这个内容。当回答是否定时（往往如此），我就会说："没关系，留着这标题也不错！"于是大家哄堂大笑。

注意！尽管我们这个职业已没什么可靠性和严肃性可言，也千万别因为我的异类行为而曲解这个职业。相反，我认为是时候该扭转大伙的想法了，别以为媒体人对待新闻的态度玩世不恭。这是错误的。大错特错！我们的严谨不亚于《犯罪现场调查：迈阿密》[1]里面的鉴证专家。举例为证，当听说某男演员恋爱了，我们会马不停蹄去查证消息来源。记者会立马就此事展开深入调查：联系该男演员的经纪人（有时甚至一打就是几个电话），或者致电他的某某朋友。一般说来，他们既不肯定，也不否定。我们由此得出结论：这事儿有猫腻。于是促成头版头条：**独家新闻，某某某陷入爱河！有关婚礼筹备的秘密报道。木已成舟！大功告成！**调查就此结束。

如果哪位明星告我们侵犯了隐私权，或者要求回复权[2]，我们一般不着急回应，先撂他个三星期。通常这种新闻都卖得很好。涉嫌的明星，自然也会沾沾自喜。与其被曝光资产总额或者吸毒之类的丑闻，明星们宁愿我们拿此类八卦做文章。说到底，我们都由一个鼻孔出气……因此，再怎么怒气冲天的明星，过了几周照样继续上杂志封面。干我们这一行的，对于利益关系，彼此心知肚明。当然，也有较难缠的明星，乐意花时间、气力来打官司。对于此类分子，我们会多长几个心眼。杂志人都不希望法律诉讼类的新闻上他们的头版。《超级明星》至今未遭遇此类纠纷，足可证明我们的工作相当之"严谨"。

1　《犯罪现场调查：迈阿密》（Les Experts：Miami）：美国哥伦比亚广播公司一部关于一群鉴证专家的刑事电视系列剧。

2　法国法律赋予公众回复权，如果公众对报道的内容有异议，有权利要求出版商刊出澄清事实说明。该要求必须在报道刊出的三个月之内提出，而出版商有义务在规定时间内刊登澄清事实说明。

整个初夏，工作上的事情我基本无心顾及。7 月底一到，假期开始。整整三天，我把自己关在黑漆漆的公寓里，哭得昏天黑地。

维克多这个混蛋，他一定蓄谋已久。我觉得自己就像个傻瓜，没有任何假期计划，未来也是一片黑暗。身边所有的朋友都把假期安排得井井有条，有的去度假村，有的去朋友家。有人建议我加入他们，我却一点儿也不想。每每想到自己居然被一个餐馆女招待抢了男朋友，我的气就不打一处来，宁可一个人躲着悲伤。维克多可就舒服多了。他爸妈早就守候在吕贝洪[1]的漂亮农场里等着他回去。农场里甚至还有个游泳池，之前每年夏天我们都会一起回他家度假，可今年夏天，我想去也去不了（您心里清楚是谁取代了我的位子）。

他一直不接我的电话，在他手机里留言骂了他千百遍之后，我终于放弃了。在吃空了冰箱，吃完了四盒安定之后，我终于听取了死党伊莎贝拉的建议，头脑一热连夜启程去了普罗旺斯。

伊莎贝拉酷爱运动。每天 7 点钟她就把我从床上拉起来去晨间慢跑，而且每天要打满两小时的网球才肯罢休。她选择了她认为治疗失恋最有效的方法，就是拒绝听我提及感情。每天一大早，天刚蒙蒙亮，我们就背着干粮和水去跑步，然后去卡里勒鲁埃[2]海边游泳，或者去班多尔[3]附近滑水。高强度的运动果然让我重新振奋。不过我依然恨维克多，我乐此不疲地用陌生号码在半夜三更打去维克多父母家骚扰，就是想看看他接不接电话（以此来判断他身边是否有人）。如果听到他疲倦地回答"喂"，我

1　吕贝洪（Lubéron）：法国南部城市，风景如画，可以看薰衣草。
2　卡里勒鲁埃（Carry – le – Rouet）：法国南部海边小城。
3　班多尔（Bandol）：法国南部海边小城。

就放心地挂上电话。如果听到的是语音信箱（断定他此刻正和新欢甜蜜），我心中会重新燃起杀人复仇的冲动。只要听到"印度支那"[1] 唱"如果你还要我，请摘天上的星星给我。没有你，我该怎么办"，我就忍不住泪如泉涌。另一首强烈引起我共鸣的歌曲是帕特里克·费欧里[2]的悲伤情歌《我只要你回来》，歌词简直就是为我量身定做的。奇怪的是，我为自己经历了人生道路上第一次伤心欲绝的悲痛甚至感到高兴。我把它视为人生的一次历练。俗话说：吃一堑长一智。

在伊莎贝拉家待了十天，我又去了佩皮尼昂[3]的姨妈家。她和她丈夫对我关爱有加。我和他们一起玩拼词游戏，打优诺牌，游泳晒太阳，大嚼蜜汁牛轧糖，和邻居们玩滚球（我姨妈，骄傲地对大家介绍，我就是那位来自巴黎"当主编"的外甥女）。在这宁静祥和的气氛中，我努力说服自己不爱维克多，忘记这一切，开始新生活，停止孩子气的报复。我不再半夜打电话骚扰，除了有一两次实在没熬住。我想象着回巴黎以后一个人的生活和要做的事情：专心工作，多联络朋友，常去看戏，多参加派对……一切都很美好。我进行自我暗示疗法，可如果用测谎仪检测，您就会发现我所做的一切，都只为了掩饰我的内心。

1　印度支那（Indochine）：法国新浪潮乐队。
2　帕特里克·费欧里（Patrick Fiori, 1969－）：法国歌手。
3　佩皮尼昂（Perpignan）：法国南部城市。

第三章

就这样到了 8 月 27 日的早晨。此刻我正捧着一大杯咖啡，等着剧烈的头痛慢慢退去。失恋已经两个月的我，看起来是个脸色惨白、面容憔悴的可怜女人，一个只能把人生寄托于工作的悲惨女子。即便如此，我也搞砸了，因为我居然没能按时起床去上班。

当务之急是重振旗鼓。

在杂志社，我可没时间痛苦。我到那儿时（已是下午 3 点），整个杂志社热火朝天。记者们一个接一个地进到我办公室讲述他们的假期经历以及对下期杂志主题的建议。他们一个个从费拉角、雷岛或是圣·托佩斯度假归来，皮肤晒得黝黑，有些人甚至偷偷去做了肉毒杆菌、骨胶原之类的除皱美容手术。他们的着装，看似不修边幅，其实苦心经营。巴黎时尚魅力的极致在于过犹不及，讲究恰到好处。对于优雅和不羁比例的拿捏，需要经年累月的实战经验，犹如调鸡尾酒，调得好就是时尚先锋，调不好就粗鄙不堪。看看，伊莎贝拉·玛翰穿的那件白色短套衫，皱巴巴的衣服紧紧包裹着她的身体，整个儿就把她给毁了。如果你衣橱里的衣服都是两年前的款式，那你就得容忍自己与这个团体格格不入的样子。在杂志社，即使是简单的牛仔裤、高跟鞋搭配白衬衫，姑娘们也会在发梢别一枚简单的发卡，漫不经心中透着优雅从容。编辑部的姑娘们一个个就好像是《VOGUE 服饰与美容》杂志"时尚潮流"版的模特。巴黎的杂志社一直以来都是摩登时尚的秀场，融合了高雅和从容、自信和不羁。类似《超级明星》在同一天内可能采访到妮可·基德曼[1]、佛罗伦·帕格尼[2]、格温·史蒂芬妮[3]等诸多明星的杂志，记者们光鲜的衣着如同一口流利的英语一样必不可少。

　　负责电视真人秀版块的记者让-吉刚刚在我办公室上演了一出滑稽剧。他阴阳怪气地对我嚼了许多人的舌头。像所有或几乎所有其他圈内人一样，他不仅是个同性恋，喜欢背后嚼人口舌，而且说话阴险狠毒。他喜欢说些滑稽的事来逗我发笑（哄我开心的目的在于好让我对于他经常在编辑部会议上迟到的事情不予追究，我不是傻子，清楚他的良苦用心）。他才二十七岁，却已经被此行业深深毒害。两年前他刚到杂志社的时候，腼腆、谦虚、热情，每回采访都兴高采烈，回到杂志社的时候两眼放光。如今的他，傲慢无礼、麻木不仁，听说要出差去伦敦采访罗宾·威廉姆斯[4]就开始唉声叹气。这就是所谓的"记者综合征"：几个月时间就可以让一个原本可爱的家伙变得让人难以忍受，与此同时，他也获得了可以任意指责或者批评艺人的权力。艺人三年的辛苦付出，他用短短几行字就可以抨击得体无完肤，原因却可能只是由于他当时心情不爽或者正好头痛。

　　让-吉对我倾诉着他失恋的痛苦。他刚和某位知名电视节目主持人分手。这位主持人以善于制造和女明星的绯闻而著称，事实上，却是个不折不扣的同性恋。我之所以了解内情，是因为他也算是我的朋友，而且我知道他尤其喜欢勾引年轻男子。我曾经

1　妮可·基德曼（Nicole Kidman, 1967–）：澳大利亚籍好莱坞女影星。
2　佛罗伦·帕格尼（Florent Pagny, 1961–）：法国歌手及演员。
3　格温·史蒂芬妮（Gwen Stefani, 1969–）：美国歌星，No Doubt 乐队的主唱。
4　罗宾·威廉姆斯（Robin Williams, 1951–）：美国知名喜剧演员。

劝让-吉离他远点儿，他没听我的劝告。现在好了，被玩弄了感情跑到我这儿来哭诉。

"他邀请我到他勾禾德[1]的别墅里玩了三天，我离开以后，他却连一个电话都没打给我，你能想象吗？我在他手机里留了十五次言。他却杳无音信。这家伙只是想上我，是吗？"

"我警告过你啊。"我机械地签着堆积如山的发票头也不抬地回答。

"可是这以后，我就再也硬不起来了，白兰洁，我的小弟弟就像雷尼尔三世[2]去世时降半旗一样一蹶不振。你认为会好起来吗？"

"你还年轻，当然有机会。可是让-吉，你别忘了，我可是你主编，没必要在这里听你大肆述说个人情感生活。"

"噢，亲爱的，你可不一样，"他水蛇一般扭到我办公桌前嗲声嗲气地发骚，"你的性格就像一只母老虎，却是我这辈子见过的最性感的女主编。我得利用这个机会，上哪儿也找不着第二个像你这样的了！"

"性感？从你嘴里说出来，我姑且把它认为是种恭维吧。好了，乖，别再叫我'亲爱的'了！编辑部里就你一个人这样叫我，别人还以为我对你偏心呢。"

"我控制不住啊，"他谄媚地说，"我喜——欢你啊。你这么可爱……（犹豫几秒）……这么疯狂！"

他尖声强调了最后一个词，还故作无奈地耸了耸肩膀。

"疯狂？"

我抬抬眉毛，好奇地想听下文。

"没错，你很疯狂，总让人惊喜连连……有时候，我会想，

1　勾禾德（Gordes）：法国南部城市。
2　雷尼尔三世（Prince Rainier Ⅲ，1923－2005）：摩纳哥王子，影星格蕾丝·凯利的丈夫。

这到底是因为你对一切都毫不在乎呢，还是因为你是个天才……"

"行了行了……别提你的什么深刻思考了。你这么没事可做吗？"我模仿他嗲声嗲气的语调说，"我可能是'疯狂'，但我还有工作要做。你走吧，快滚，否则我就用脚踢你屁股了！"

"用你莫罗·伯拉尼克[1]的高跟鞋踢吗？我简直求之不得！哦，来吧！快来踢我的小屁股吧，求你了。"他边说边向我摇摆着屁股。

他假装开始解裤子的纽扣。

"感觉一定很不错……"

"你快给我滚，让-吉！"

"快来踢我啊，主人！"他模仿黑人女仆的声音乞求着，在我办公桌前搔首弄姿。

"让-吉，你让我没法专心工作了，别扭了！"

看他滑稽的样子，我大笑不止，取下一只高跟鞋砸向他，他边扭边喊："还要，还要！对，就这样，就这样。"我忍不住又取下第二只，砸向他的屁股，还卷起手边唯一的一团纸，也就是我刚刚签好字的发票，朝他扔过去。

不偏不倚，副主编贝特兰就在这时候出现在我办公室门口。我到办公室还不到两个小时，却已经把鞋子扔到了办公室的另一头，还笑得眼泪都出来了。看到贝特兰突然出现，让-吉马上安静下来，扣上了他的裤子。

"我打扰你们了吗？"他板着个脸询问。

"一点儿也不，没有……"我有点儿狼狈，觉得自己又一次

1　莫罗·伯拉尼克（Manolo Blahnik）：意大利顶级女鞋品牌。

威信扫地，"下周《明星学院》[1] 就要开始了，在节目开始之前，让-吉想和我谈谈有关这个节目的想法。"

"我明白……"他面无表情地回答，低头望着我正光着的脚丫。

在他凌厉目光的注视下，我狼狈地把高跟鞋找回来，其中一只正躺在会议桌上，另一只躺在窗台边。让-吉则灰溜溜地走了。临走还不忘在他背后吐吐舌头，给我抛了个飞吻。

"麻烦你带上门，让-吉。"我故作威严地说。

不过看来语气不够严厉，因为他依然尖着嗓子毕恭毕敬地回答：

"是的，主人！"

　

贝特兰在我的面前坐下，长舒了一口气。自从我俩一起工作以来，我就不明白为什么这个男人总是拉长着脸，一副疲惫不堪的表情，仿佛肩上压了无数吨重担。显然，重逢的场面对于两人都是个"惊喜"。尽管我是他的上级，我却感觉自己像是个犯了错的学生。他翻开记事本，用例行公事的语调简短总结了假期中发生的事情（我对此毫无兴趣）。接着我们又一起回顾了当前炙手可热的话题（我对此略感兴趣），以及如何挖掘即将要播出的电视真人秀节目《明星学院》（对此，我可是非常重视）。

自从担任《超级明星》杂志社主编，我和贝特兰的关系，谈不上合作，只能说勉强在同一个屋檐下工作。换句话说，我们只是相互容忍。在杂志社做了多年副主编的他，对主编的位子觊觎已久。可是"邦"出版社的高层却从未把橄榄枝抛向他。对于我这个空降奇兵，他简直恨之入骨。一个三十一岁的女孩子

1　《明星学院》（Star Academy）：法国热门选秀节目，法国热爱音乐的年轻人的梦工厂。类似国内的《超级女声》《我型我秀》之类的选秀节目。

（我到任时的年龄），浅薄、没教养、不专业，只知道寻欢作乐，怎么可能胜任他眼红已久的主编职位？我也没办法回答这个问题，因为我自己也没弄明白到底是怎么回事，是什么奇迹支撑我到了这儿又保佑我坚持到现在。

　　仔细想想，有两个原因或许可以解释为何我会被委以重任。其中主要原因是，四年前，当有人向我推荐这个职位时，尽管我当时非常感兴趣，可因为有自知之明，知道自己无法胜任，于是干脆就拒绝了。在别人看来，拒绝出任光鲜亮丽的杂志业巨头《超级明星》的主编，简直如同抗拒裘德·洛[1]的引诱——一般人无法抵挡的诱惑。这样一来，原本只是众多候选者中默默无闻的我，魅力指数反而攀升了十倍。我的拒绝，引发了他们的兴趣，"邦"出版社的高层竟对我另眼相看。他们猜想，我之所以敢拒绝这样一个职位，是因为还有许多更好的职位在等我。几周后，他们又找到我。我接受了出版社人事主管的面谈。整整两小时，他不断地拿企业战略部署、发展规划以及出版业规范等轰炸我的耳朵。他告诉我"邦"出版社希望找一位女性来领导杂志，这样一来，相对那些竞争对手，杂志会更立足于女性视角。他询问了我对于一些事情的看法、职业规划和薪水要求。我胡乱回答了一些类似"五年规划""清晰定位""年轻化读者群""优化成本""提高市场份额"之类空洞抽象的东西。谈话间我还特意时不时掺杂点儿英语，因为对于此类面试，英语好往往能加不少印象分。我胡侃八诌说得他异常激动，兴奋到两腮通红。谈到薪水，我言简意赅："如果双方都期待彼此能合作的话，薪水自然可以协商，不过我不想掩饰自己对于薪水的期望值其实相当高。"

1　裘德·洛（Jude Law, 1972-）：英国当红影视小生，拥有迷倒众生的俊美外形和精湛的演技。

他频频点头，仿佛我刚刚向他揭示了神奇药水[1]的配方一样。面谈结束后我说我要再考虑一下。他回答"当然，当然"。次日，我再次拒绝了他们。

这下子他们完全抓狂了。他们觉得，就是她！我们要的就是她！这个欲擒故纵的游戏让我乐不可支，不过我依旧没有打算接受这个职位。我既没能力，又没威信；既没气质，又没素质。我是个懒惰、意志薄弱的人，没办法好好思考问题持续三分钟以上……巴黎遍地都是优秀记者，他们怎么就觉得我才是他们需要的旷世奇才呢？

第二个可以用来解释他们坚持的原因，来自于我已故母亲绝望的发现。我母亲早就对我自由散漫的生活作风深感绝望，再加上我对一切都毫不在乎的生活态度，导致她寄托在我身上的所有希望——落空。我既没当成律师，也没当成医生，更不是擅长家庭问题的法官。（干吗不让我当修女呢？）不过，她倒是注意到我有随机应变的天赋，类似变色龙，我能适应各种突发状况。这有点儿像加拿大姜汁啤酒[2]——能把不含酒精的饮料弄得像酒精饮料一样，我外表看起来是个举止得体、知书达理、前程似锦的好青年，可事实却恰恰相反。在我少年时期，我还是个无名小卒的时候，就有不少母亲认为厉害的人物对我赞许有加。因此，她的一番预言对我当时作决定可能提供了帮助。

"我不知道为什么，"某天她抽着从不离口的彼德·史蒂文森[3]烟丝时，突然没头没尾地对我说道，"很明显，你总给人一种可以信赖的感觉。这是人际交往的一大优势。你的外表可以蒙蔽不少人从而赢得别人的信任，你看起来就是一个认真理智的年

---

1 法国漫画《阿斯特里克斯》(Astérixle Gaulois，又译《高卢英雄传》)中英雄一喝就会产生神奇能量的药水。
2 加拿大姜汁啤酒 (Canada Dry)：一种姜汁无酒精饮料。
3 彼德·史蒂文森 (Peter Stuyvesant)：英美烟草集团旗下的香烟品牌。

轻小姑娘。这是个机会，亲爱的，你我都清楚，你没任何才能。能让人产生信任感是难能可贵的财富。既然你有这方面的天赋，何不利用一下？这对你的将来会大有帮助，相信我。"

她边说边仰起头，颓废地把烟雾缓缓喷到天花板上，然后抛给我一个如释重负的微笑，好像预感到这个安排能够改变我的人生命运一样。我也冲她微笑起来，很高兴看到对我失望了无数次之后母亲心满意足的样子。这或许是可以解释的第二个原因。

和人事主管面谈过后，我又被"邦"出版社的大老板召见到他的办公室会面。我开始反复思考母亲的那个预言。总裁助理打电话通知我会面时间，电话里的声音很是谄媚，丝毫不敢怠慢："总裁可以在周四下午5点，去吉隆坡之前会见您。"于是，4月的某个早晨，在紧邻香榭丽舍大街的弗兰克林–罗斯福大街上，在法国新闻传媒第二大集团总裁爱德华德拉·玛谢里宽敞的办公室里，我被委以重任担任他们集团旗下最大、最盈利的杂志的主编。这本杂志就是《超级明星》。四十出头的玛谢里，被冠以绰号"杀手"。见到他本人，我才明白个中含义，即使他露出雪白的牙齿冲你微笑，你也会错以为他想把你一口吞下，感觉就像"终结者"[1]，的确非常可怕。我忘了那天我是怎么去那儿的，习惯性地迟到了半小时。我为了加深印象，特地穿了一件巨大的萨尔瓦多·菲拉格慕[2]短大衣，导致我走进他办公室的时候，他被我吓了一跳。不过他立即热情地对我伸出手，冲我露出一个大大的微笑："这么说，就是您喽?""呃，没错，是我。"我腼腆地回答，有些不知所措，惹得他大笑。我感觉自己如同是小红帽抖抖索索地站在可怕的大灰狼跟前。接着我把和人事主管瞎掰的

---

1 出自美国的科幻动作片《终结者》。终结者是一个由活组织包覆机械骨骼的仿生人，模样凶残。
2 萨尔瓦多·菲拉格慕（Salvatore Ferragamo）：意大利时装品牌。

那套理论对他又重复了一遍，惹得他也情绪高涨。当他问我是否对杂志有长远规划时。我灵光一现，坦率回答："没有，我只知道那些我不想做的事情。"接着就保持沉默，因为我也不知道该如何继续深入这个话题。如此坚定的回答惊得他哑口无言。他迷惑不解地望着我，频频点头。他当时一定以为我肯定有成熟的长期战略，只不过想卖卖关子。如果他知道当时我其实脑中空无一物……

面试结束的时候，他认为我们彼此可以合作愉快。我不敢说出实情，怕他恼羞成怒，不敢坦诚告诉他：我既无思想，也无学识，对杂志没有任何规划，他正在作一个严重错误的决定……于是，我挺直腰板站了起来，告诉他等我的律师收到合同条款之后我再给他答复。（当然，我根本没有律师。哈，您刚才肯定也在怀疑吧？）第二天，快递公司送来合同，上面写着五位数的薪水、工作用车、股票期权以及数月分红。虽然分红标准还有待商榷，我已经毫不犹豫地在上面签了字。管他呢！接下来几天我呼朋唤友，向大家宣布了这个让人难以置信的消息，疯玩了三天三夜，提前花掉了两个月的薪水。尽管维克多当时将信将疑，不过他也不敢扫兴。我们两人在公寓的各个房间疯狂做爱，甚至连电梯间也不放过。

眼见着我突然空降到《超级明星》，贝特兰相当不爽，不过在听说了我荒诞离奇的上任经历以及毫无专业能力的评价之后，略感放心。他认为我撑不到三个月就会立马走人。毫无疑问他以为自己可以马上拿回这个梦寐以求的职位。可惜他的如意算盘落空了，我居然一直撑到了现在。

当他死气沉沉地对我作着夏天工作的报告，当他提交给我等待批示的企划方案时，他会不会想到这些呢？贝特兰，他就好像是《超级明星》杂志社的博利多尔[1]。换句话说，我就如同兰斯·阿姆斯特朗一样忙碌，稍有不慎，就有千万张嘴巴竞相攻击。不过，俗话说得好，对于那些在背后诋毁你的人，索性就用屁股冲着他们吧。

1　雷蒙德·博利多尔（Raymond Poulidor，1936-）：环法自行车大赛上的"千年老二"。

第四章

假期归来的第二天，我和《明星学院》的媒体负责人弗朗兹见了个面。今年是这个选秀节目开办以来的第六年，几天以后即将轰轰烈烈地拉开序幕，大家对此都兴奋不已。《明星学院》是每年大家度假归来的一大盛事。为了争抢最劲爆的娱乐新闻，电视杂志和明星杂志拼杀得头破血流。在这场你争我夺的血战中，大家八仙过海，各显神通，各种卑劣的手段均被派上用场。幸好我向来不乏手段。此节目获胜者的物质奖励极其丰厚，所有梦想成为明星的小毛孩们都铆足了劲，准备好好利用这昙花一现的辉煌，争取在最短的时间内赚到最多的钱。弗朗兹此行的目的是来向我单独展示最终入围的十六位选手的照片。

我安排他在我办公室单独会面。他先是简单描述了节目预演的情况，而后详细介绍了每一位选手的过去与现在，接着他就需要关注的和即将被淘汰的选手发表了个人看法。我详细记录了他的陈述和观点，询问了接下来几周里可能出现的新闻热点。最后，我把注意力集中在了五个孩子身上：一个是金发碧眼的小妞，一个是同性恋，一个是黑人，另外一个是看起来坏坏的男生，最后一个是褐色头发的小伙子，这家伙虽然五音不全，但由于外形俊俏，制作方认为他会是最具人气的选手。电视真人秀节目基本千篇一律，入围的每位选手分别代表法国社会的一部分群体：男同性恋，北非移民后裔，黑人，胖的，丑的，漂亮的，可

43

爱的。这就是游戏规则。鲜有同性恋或者北非移民后裔最终赢得比赛,电视台却自认为问心无愧。去年比赛的冠军得主是一位眼神空洞的胖女孩(底层人民的投票力量不可小觑),可是她的唱片却卖得很糟。环球音乐唱片公司总裁看到她最终获胜,似乎很恼火,以至于给这个可怜的姑娘出专辑时,专门选取了一大堆极其难听的歌,即使大妈们在洗澡时也不愿意哼!结果就是,这个眼神空洞的胖女孩不得不重新回到她原先生活的郊区,回到她原先的生活圈子。说到底,她压根儿就不该从那里出来。体系运作得再好,也会有缺陷。

确定了名单之后,我邀请弗朗兹去十六区最时髦的慕拉诺酒店喝一杯。这里是俊男美女和大明星的聚居地!如何判断一个地方是否时尚,明星们是否经常光顾?很简单。用手掠过卫生间不锈钢卷纸筒表面,如果发现上面残留一层可卡因粉末,说明此地明星们常来光顾:只要看到所有光滑的台子上都有可卡因粉就可以判断。有些人以为可卡因时代已经过去了,没人再玩这玩意儿了,简直就是胡扯!看看从洗手间出来的那一帮吸着鼻子的明星们(绝对不是因为空调温度开得太低),我们再来讨论这个问题。抿了一口玛姆香槟,我惬意地听着弗朗兹绘声绘色描述电视台最近的明星八卦……

紧邻我们的桌子坐着博尔纳·皮卡尔,某家公立电台早间节目的明星男主播。整个夏天,他因为女友的事情被传得沸沸扬扬。他的女友,号称前超级名模(只不过凭借几分姿色,在十七岁时当选了帕拉瓦斯[1]选美小姐),最辉煌的战绩是十年前在卡米蒂[2]秋冬时装秀上秀了一把内衣。这个女人两个月前大模大样

---

1 帕拉瓦斯(Palavas):法国南部的小渔港。
2 卡米蒂(Camif):法国女装邮购品牌。

高调劈腿，投入了前"男孩组合"乐队一位歌手的怀抱，任凭谣言满天飞。狗仔队拍到了两人大量的亲密合影，有的是在圣·托佩斯沙滩上，有的在福门特拉岛[1]海边的摩托艇上，还有在博尼法乔[2]的夜总会亲密地跳舞。不过我们也得谅解这位过气的"克劳迪娅·希弗"[3]，毕竟她投怀送抱的这位歌手年轻英俊、肌肉发达，而她的男友皮卡尔早已年老色衰，顶着个硕大无比的鼻子，外加可怕的一头染发，模样可笑而滑稽，只有六十岁以上的老太太们才会对他感兴趣。狗仔队甚至拍到他穿着短裤，露出的双腿细如竹竿，真是可怜。巴黎所有人都把他当成了笑柄，暗地里拍手叫好。谁让他在台内树敌太多，谁让他为人太过虚伪，明明是个贪图名利的家伙，却假装低调，刻意不上杂志封面。（真正原因是没杂志邀请过他！）事实上，他极其渴望引起媒体的关注。两年前，在他遇到现在这个金发碧眼的女友时，就屁颠屁颠迫不及待地跑去多维尔电影节卖弄。别人采访他的时候，他全力配合，从他俩相遇甚至性爱的细节，简直是和盘托出。所以说现在，这个不择手段的家伙是在自食其果。

这些日子，为了挽回形象，他指责媒体夸大其词。没错！他也不瞧瞧他的女朋友，亲自打手机通知狗仔队告知自己的行程安排。毫无疑问，她已经下定决心离开她的老搭档，趁还有点儿姿色时多赚点儿钱。设计好了场景通知别人来拍，接着对媒体宣称被狗仔队算计，还有什么比这更简单的事儿呢？这俩人均靠曝光私生活捞钱。代价是全巴黎人民津津乐道：皮卡尔是个戴绿帽子的家伙。听到这里，我建议弗朗兹再干一杯！惹得他扑哧笑出声来，继续有声有色地大谈内幕，还不停朝我点头示好，弄得我不

1　福门特拉岛（Formentera）：爱琴海域最小、最安静的岛。

2　博尼法乔（Bonifacio）：科西嘉岛最南边的城市。

3　克劳迪娅·希弗（Claudia Schiffer, 1970– ）：德国超模。

好意思，只好抛过去一个"会心的"微笑。

不过，我取笑皮卡尔干吗呢？我自己也好不到哪儿去。自从我回到巴黎，没有维克多的任何消息。他的沉默让我很愤怒。我恨他怎么这么快就把我给忘了。可是如果让我委曲求全给他打电话，我宁愿横尸街头。反正他还有一些东西和家具留在我家，迟早他都得和我联系。每天晚上，我反复咀嚼着失恋的屈辱，千百遍想象着复仇计划，然后在安眠药的帮助下，昏昏沉沉睡去。

见过弗朗兹的第二天，召开编辑部会议的时候，我收到了好朋友西碧的短信。她刚从伊奥里埃纳群岛[1]度假归来，无精打采。短信内容如下：

> 我的小甜心，最近怎么样？我的情绪很低落。没认识什么新的男人！今晚在巴奇餐厅和吉尔一起吃个饭怎么样？

我禁止记者们在编辑部会议上开手机，可我自己却总是无法遵守这个规定。要我关手机？简直等于要米歇尔·乌勒贝克[2]在他的小说里写乐观向上的东西。于是我假装收到了一个紧急的短信，迫不及待地回复起来：

> 没问题，我会去的。虽然我厌倦了巴奇，不过这次就这样吧！

1　伊奥里埃纳群岛（Iles Éoliennes）：意大利旅游胜地。
2　米歇尔·乌勒贝克（Michel Houellebecq, 1958– ）：法国当代小说家，著有《基本粒子》等。

调成振动模式后，我习惯性地把手机放在了两腿之间。果然手机马上又振动了起来。

还是西碧……

> 你说得对！下次我们去马提斯。

我快速触按手机键盘回复着短信，而团队其他成员却正绞尽脑汁寻找有关帕里斯·希尔顿的新颖话题，这位问题女星将在下周抵达巴黎为专辑作宣传。

> 下次去慕拉诺吧。我正在开会，求你别给我发短信了。大家都看着我呢。

西碧真让人受不了，亏她还是我最好的朋友。这家伙能连续十天不回我电话，却在惦记我的时候连发十二条短信。

一刻钟以后，会议还在继续。大家正在讨论"明星着装"这个专栏，这个对开版面是最受读者欢迎的栏目之一。为了这一期，某位记者花了一周时间调查了某女明星的衣橱，总结了其品位的高低：这个专栏是可以嘲笑明星的大好机会，也从另一个侧面指明了当前的流行趋势。大家正在传递梅格·瑞恩[1]的照片，笑成一团，照片上她的嘴唇性感到一看就知道是填充了骨胶原，而且活脱脱一副无家可归者的模样。正在这时，我的手机又振了起来。我迅速瞄了一眼屏幕，发现是一条语音留言。我暗自咒骂西碧，不知道这家伙又拿什么事来烦我。她和我一样轻率任性，

1　梅格·瑞恩（Meg Ryan, 1969 – ）：美国电影女演员，主演过《西雅图夜未眠》《电子情书》等。

做事情随心所欲。维克多就受不了她，认为像我们俩这样的怪胎在这世界上简直绝无仅有。他笑称我们俩是灾星。回过头来想想，他说这话时语气也并非完全在开玩笑……

我走出会议室听留言，手机里报的居然不是西碧的号码，而是维克多的。当他那充满磁性的嗓音从手机里面传来，我差点儿激动得晕厥过去：

您有

一条新留言

留言时间

9 月 2 日

11 点 45 分

"你好，是我。我想说，我是维克多！……"他还在南方度假，语气很不好，甚至也不寒暄几句，直接要我停止半夜打电话骚扰的举动。他怀疑打电话的人是我。（没错！）这种孩子气的愚蠢举动，很像我的所作所为。他还强烈抗议我一天到晚手机留言骚扰他。他语气坚定地告诫我不要再无理取闹下去。还威胁说如果我继续，他就换号码（不可能，这个号码也是他的工作号码，换号码就意味着要通知他所有的客户，他肯定不愿意）。最后，他有些焦急地询问我什么时候能取回我的猫咪。猫咪在 8 月份的时候被我寄养在他的某位女性朋友家中。他义正词严地说猫咪不应该成为我们分手的牺牲品。收养猫咪的那位朋友已经受够了，迫不及待地等着我去解救她。他请我立刻回电商量此事。就因为我的公寓比他的大，他压根儿就没考虑过自己留着猫咪。接着他的语气稍微缓和了一些，说他也想念我（什么叫"他也想念"，我就这么可悲吗？难道我就不能兴高采烈地度假归来，把

48

失恋的痛苦忘得一干二净吗？他自信笃定的语气让我感到很不舒服）。我把留言反复听了十几遍，最后气愤地把它给删了。

我既不会回他电话，也不打算取回猫咪，反正我也不想要。

气急败坏地回到会议室，我想假装什么事都没发生过。可惜我脸都气绿了，导致大家再也不敢有说有笑，会议气氛一下子凝固了。

晚上9点15分，一辆商务用车载着我到了巴奇。这家餐厅坐落在多希尼街，是个能够近距离观察波波族的好地方（波波一词是由某位社会学家发明的夸张称谓，来称呼那些年轻时尚、目中无人、清高自负而到了月底却和所有其他人一样囊空如洗的城市白领）。

如何判断波波族？很简单。他们自认为高人一等，认为自己属于社会的统治阶级。他们自认受过良好教育、聪明外向，所以看不起那些着装过时、赚钱比自己少的人。不过，波波族非常依赖薪水。一旦被解雇，优越的生活条件也随即失去，意味着再也不能去考斯特酒店或者慕拉诺酒店[1]吃饭。所以波波的身份是不稳定的，摇摇欲坠。

波波们心里比谁都清楚人生，可是他们选择遗忘，就好像大家都选择不去想"每个人都要面对死亡"一样。因为波波们都很有自知之明。他们享受生活，自由欢乐！

除了想得到一套更大的公寓，波波们没什么野心。仗着自己丰厚的收入和高雅的品位，他们代表了法国社会生活腐败的一群人。当谈及法国现状时，他们会面露沮丧的神情，皱着眉头大声叫嚣着急需改革。接着呢？接着就没了下文。波波们不会提出任

---

1 考斯特酒店（Costes）与慕拉诺酒店（Murano）都是巴黎顶级奢华消费场所。

何解决办法，他们没有任何实际可行的想法。波波们全都幻想着哪天被解雇了多好，这样就能得到一年的长假去收拾自己富丽堂皇的乡间别墅。因为他们厌倦了替人做牛做马的体制，认为自己也有权利去享受生活。他们抱怨税负过于繁重，不愿去养活那些社会败类。没错，说的就是那些社会败类，波波们敢于仗义执言。因为他们讲究信用，说一不二。波波们真是勇敢！

波波们像狼群一样喜欢集体活动。他们在同一个地方吃饭，看同样的表演和电影，出席同样的晚会，在晚会上遇到和他们阅读同种杂志或者书籍的同类。要区别出他们，得花点儿时间。他们对兴趣近乎狂热，追求舒适和享乐，他们争取在时间杀死他们之前杀死时间。他们有钱，追求者甚众，但这些他们都毫无兴趣。他们引火自焚，而且丝毫没有要切断导火索的意思。他们纵情人生，不愿留下丝毫遗憾。即使死亡就在眼前正扑面而来，他们也别过头去佯装看不见。

可能正因为如此，巴奇里的音乐才总是这么震耳欲聋？我边想着这个问题边推开餐厅大门，这里是波波族的聚居地（这是不是意味着我也是波波族的一员呢？看来我得把之前骂自己的坏话都收回）。这里的男人一律穿着黑色的服装，纤瘦，混淆了性别。这里的女人同样清一色黑色的着装，苗条，分不清男女。简而言之，我们搞不清谁是谁，好在大家都无所谓，因为自己同样也穿着黑衣，纤瘦，不男不女。卫生间里男女区域的划分仅用一条珍珠帘相隔，基本谈不上隐私区域，不过既然大家都不男不女，所以也没什么关系。一般我们都不点香槟作为开胃酒，认为这相当俗气，我们一般会喝胡萝卜汁或者凯尔西葡萄酒。侍应生清一色是高大消瘦的黑人女孩，点菜时她们从来都是面无表情，从不微笑，上菜时也是随便把东西往桌上一扔，心不在焉地嘟哝一句："打搅了。"

吉尔和西碧坐在我们往常坐的桌边等我。三周分别之后与好友重逢，我兴奋地一路小跑。拥抱亲吻过后，我把我的马克·雅可布[1]手提包（价值一千三百九十欧元，又一次疯狂购物的胜利果实，估计我的银行顾问又要给我打电话了）往旁边椅子一放，举杯和大家干杯……为了假期归来的团聚，也为了我们自己，让我们好好干一杯！

落座后，大家各自描述了假期，我向他们简短总结了我和维克多的现状。当说到维克多想把猫咪托付给我时，他们都建议我不要接受。

"不管怎么说是他抛弃你的！当然得由他来负责这只猫咪，他以为他是谁啊！"吉尔边说边用目光勾引坐在隔壁与让-皮埃尔·巴克里[2]同桌的一位肤色黝黑的俊男。

西碧大声赞同。

"真是奇怪，"她说，"我们三个居然同时陷入感情低谷。"

她说得有道理。吉尔刚刚和艾川分手，他们在一起两年，却从未去过艾川的公寓。西碧更糟，自从八个月前和孩子他爸分手以后，单身至今，几乎没有性生活的她，情绪基本很低迷。三十五岁上下的我们，感情生活就如同雨季时候半山腰的风景一样伤感。我们一直怀疑自己是否真的那么让人受不了。虽然维克多早就受不了我，我却一直逃避讨论这个问题。他对我们的评价是：傲慢自负、无可救药。我们对各种节日庆典的狂热、我们各种疯狂的举动、我们对所有人的嘲笑、我们的黄色笑话以及我们"让人无法抗拒的"幽默，在他眼中，均属不正常。

例如，我们给自己取了个外号叫"巴黎知识分子"。这个外号源自两年前在毛里塔尼亚沙漠里的一次艰苦跋涉。天知道当时

---

1 马克·雅可布（Marc Jacobs）：美国时装品牌。
2 让-皮埃尔·巴克里（Jean-Pierre Bacri, 1951- ）：法国知名男演员。

参加这个远足旅行的想法从何而来！临行前害怕旅途太过无聊，于是某天晚上，我们把准备分发给当地儿童的圆珠笔拿出来，把里面的墨水换成了可卡因粉。穿越边境时我们没有遇到任何问题，白天我们长途跋涉，晚上就端坐在火堆旁，吸一管圆珠笔里的白粉。我们一个个蹑手蹑脚，鼻子上沾着白粉，脑门儿上顶着聚光灯，活像考察山洞的学者，这模样惹得我们自己捧腹大笑。有天晚上，吉尔白粉吸得比平时多了点儿，就发明了"巴黎知识分子"这个称呼。那些圆珠笔光荣完成使命后就失去了价值，可我们还是执意把它们留给了当地的孩子，说不定他们还可以拿来当吸管使用（我们为这个举动洋洋得意了好久，因为当地非常缺水）。

发明了"巴黎知识分子"这个称呼之后，我们乐此不疲地在此基础上添油加醋。当有人提到"三个被毛里塔尼亚叛乱军囚禁为人质的巴黎知识分子"，我们就会笑作一团。"三个鼻子上沾了面粉的巴黎知识分子"，或者类似的乱七八糟的胡话，都能让我们乐上半天。很好笑，不是吗？维克多真是缺乏幽默感！不过得承认，我们之间的这种笑话和玩笑只能娱乐我们自己，有些人认为我们简直不可理喻。（他们不也一样吗？）另一个我们超级迷恋的自娱自乐活动就是篡改歌词。比如这首尼科尔·克洛西的歌曲，歌词原本是：当他知道他会得到爱情和红酒时，你就像意大利人一样欣喜不已。经我们篡改以后歌词就变成了：当他知道他会得到白粉和空闲时，你就像巴黎人一样成了同性恋。只要我们高兴，我们可以在饭店里声嘶力竭地吼着改编过后的歌曲，故意搅得旁边那桌也吃不好饭。

好吧，可能这些都不算什么，但是我们真的善于制造晚会气氛，这也是我们参加晚会的目的。如果是去某个英国庄园就餐，我们能表现得如同奥斯卡·王尔德[1]一样风趣幽默。前提是不能让吉尔喝得太多，否则他就会失控，胡言乱语。有一次参加某位朋友的婚礼，他居然喝醉酒，吐在了新郎嫂子的蒂埃里·穆勒[2]裙子上。他不仅没道歉，还指着那女的鼻子说她不仅长得丑还体臭（酒后吐真言，这话一点儿不假）。西碧和我连忙小声叫他闭嘴，可他却说如果在场的人都没有幽默感，那他也无能为力了。那女的丈夫简直气炸了，抡起拳头就要过来揍他。预感到场面即将失控，新娘恳求我们把这个醉得不省人事的同性恋哥们儿拖走。于是我们急急忙忙架着他走人，甚至没来得及和大家说声"再见"。接着吉尔开始转而攻击我们，说我们的床上功夫简直倒人胃口……此类事件不胜枚举，可我们谁也没把这些当做一回事。

在巴奇的那顿饭，我们一致得出结论：我们的确让人无法忍受。既然后果如此严重，当务之急是要改变自己。

至少也得尝试一下。

过程真是痛苦。

接下来的几天，我坚持没有接维克多的电话。可是我心里奇痒无比。他留言要我尽快把猫咪取回。我有一种复仇得逞的小得意，继续对他不理不睬。为此他气愤地打了好几次电话，为了显示是我故意不愿意接，每次我都在手机响了三下之后再按忙音键转为留言，有时候我觉得自己很残忍，把可怜的小猫咪当做了牺牲品。可我有什么办法。谁让现在是非常时期。维克多和那个老女人正舒舒服服躺在游泳池边晒太阳，而我却可怜兮兮在巴黎公寓里悲痛欲绝，一想到这里，怨恨就久久不能平息。虽然不太清楚自己这么做到底想得到什么，可我就是见不得他生活得太舒服

1　奥斯卡·王尔德（Oscar Wilde, 1854－1900）：英国作家、诗人、剧作家。
2　蒂埃里·穆勒（Thierry Mugler）：法国高级时装品牌。

自在。

有时，我也会深层次地思考：

我和他真的就这么结束了吗？

我是不是该忘了他重新开始？

我的悲伤是真实的，还是我神经错乱的大脑制造出来的？

喝了香槟能让我头脑清醒吗？

还是更不清醒？

我又把可卡因藏哪儿了？

我还能和别人上床吗？

我是不是该去打一针肉毒杆菌？

明天路易·威登晚会穿什么衣服？

新款高缇耶[1]包包卖多少钱？

我如果变成女同性恋会怎样？

几点了？

下一期的《超级明星》封面做什么？

维克多，你为什么要离开我？

1　高缇耶（Gaultier，全称Jean Paul Gaultier）：法国高级时装品牌。

第五章

烦人的工作。因为对方的经纪人过于难缠，助理给我安排了一个推不掉的午餐，对象是共同主持晚间一档脱口秀节目的两位主持人。这是一档黏糊糊令人讨厌的节目，估计在巴黎也就我一人喜欢吧。

在这档名为"全民总动员"的节目里（广告里宣称自己是"救国委员会"），一些丑男丑女带着他们失败的爱情故事走到台前，向众人展示他们对另一个丑男或丑女的爱慕。节目最后，站在帷幕后的那位来宾要决定是否揭开帷幕，来接受或者拒绝继续这失败的爱情。此节目吸引了无数法国底层观众。不可思议的是，尽管节目残酷，参加者却挤破门槛儿，很多人愿意在三百万电视观众面前赤裸裸地公开自己的爱情。节目最后，如果幕后来宾选择不拉开帷幕，主持人就会假装讶异地凑近被羞辱的幕前来宾说："来吧，我们俩至少握一个手吧？哦，看来不太愿意，好吧，我主动拥抱你一下吧！"于是全场掌声雷动。颜面尽失的那位勇士，在凄惨的背景音乐中灰溜溜地下场，沮丧的神情绝不亚于在拉瓜迪亚机场[1]转机的乘客。

当其他杂志主编睡眼惺忪地观看法德频道播放的德国-波斯尼亚合拍的关于阿塞拜疆的某纪录片时，我却兴致勃勃地在观看

---

1 拉瓜迪亚机场（La Guardia Airport）：纽约最小的机场，美国所有机场中晚点和取消航班最多的机场。

这个节目，而且特别想对参加节目的蠢货们说："我可不想成为你们中的一员！"

因为《超级明星》的销量不错，我甚至因此获得过一笔奖金——销量好到连我也觉得匪夷所思——维克多认为正是因为我喜欢看这种愚蠢的大众节目所以才能成功做好符合普通大众口味的杂志。他说得不无道理。自从我来了巴黎，这十五年间我基本都在巴黎的前八个区[1]活动，这类普通老百姓，我基本再没接触过。

所以说，我现在正坐在奥图广场的某家餐厅里，与这两位善良的节目主持人周旋。估计我是几周来肯与他们共进午餐的为数不多的记者当中的一个。因为他们的经纪人殷勤过度，每两分钟就给我倒一次香槟。这两个家伙，已经开始中年发福，长着一副"达尔蒂"商店吸尘器推销员的模样，看起来却不怎么坏。他们试图与我谈论一些严肃的话题，我假装努力地听。交谈的时候，只要无聊，我就拿出百试不爽的杀手锏：每隔三十秒点一下头，装作在认真倾听；每隔三分钟抬一次眉毛；每隔一刻钟说一句"这太让人吃惊了"，然后趁机转换话题。可是，我再怎么能接受个人观点，他们也不该滔滔不绝地把个人政治观点强加给我吧，似乎他们的脑神经在这方面特别灵光。谈到最后，好不容易进入正题：他们可不可以上《超级明星》杂志封面？凭借他们节目的人气和名气，他们以为这肯定不成问题。我不好意思当面拒绝，不敢告诉他们不够上相的人不可能上杂志封面，所以我只能和颜悦色地回答："当然，为什么不呢？多好的主意！我今天下午就和我的下属商量一下！"事实上，我什么也不会做。

车子载我回杂志社的路上，我睡着了。

---

1 巴黎共有二十个区，前八个区属于比较富裕的上流社会区域。

晚些时候，"终结者"亲自过来向我介绍新到任的市场总监，这是自我上任以来《超级明星》杂志的第六任市场总监。"终结者"露出大大的牙齿满面春风地踏进我的办公室，后面跟着一个长着招风耳的侏儒。我根本不把那侏儒放在眼里，不过还是虚情假意地热烈欢迎他的到来。居然又来了个外省的蠢货来教我怎么工作！我一边带领他参观编辑部一边暗自思量着。这个外省来的蠢货叫做苯波。他长着一副银行职员老实的模样，小小的领结上面顶着个圆圆的大脑袋，和这个名字简直是绝配，"笨"波。出版社里总是有数不清的市场总监。我觉得雇用他们简直是浪费。但是新闻传媒的投资者们对记者们一直放心不下，觉得只有公文包里塞满了各种数据和调查报告才能安心。

与初来乍到的入侵者相处不到两分钟，我就意识到这家伙难搞定。其他人初到杂志社都是带着一套套理论想来建设杂志的，这位仁兄却一脸谄笑趴在我耳边灌蜜："您要知道，我来这儿只是想理解你们的工作方式。"我立马嗅到了危险。没有比想来理解的人更危险的了，这是所有独裁者的经验。想来破译这个系统的人一般都是混乱的制造专家或者潜在的叛乱分子。最好在他进行破坏之前就先把他监禁起来。一旦我们听取了这个乡巴佬的观点或意见，就将陷入万劫不复的深渊。

我一边思索一边点头，抛给他一个捉摸不透的微笑："那好啊，加油干吧！"然后转身自顾自走开，留下那个可笑、丑陋的侏儒傻傻地呆立在那边。

让-吉跺着脚焦急地在一旁等我。今晚他要陪我去看麦当娜的演唱会，充当我的护花使者。对于能不能准时到场，他显然比参加每周五早上的编辑部会议还要担心。

"主人，可以出发了吗？"他不耐烦地问，阴阳怪气的腔调有点儿让我光火。他色眯眯地瞄了一眼苯波，指着他问：

"这人是谁？新来的？长得真可爱，他应该再长一对大屁股，好配他的招风耳……"

"闭嘴，让-吉！"我确信苯波听到了我们的对话。

"噢，天哪！玩笑都不能开吗？难道是你的老朋友来了？"

"让-吉，我警告你……"

"不许对上司提这种问题，是吧？"他懒洋洋地翻了个白眼，帮我打开了车门，"希望我们能弄到好位子。"说完他灵巧地闪到一边：

"您先请，主人……"

在《超级明星》的日常生活，片断节选。

与贝特兰的对话：

我问："下期杂志的封面女郎是谁？"

贝特兰回答："帕里斯·希尔顿怎么样？"

"没劲。"

"卡梅隆·迪亚兹？"

"痘太多。"

"劳伦斯·伯克里尼？"

"太胖。"

"朱丽亚·罗伯茨？"

"太老。"

"詹妮弗·安妮斯顿？"

"过气。"

"法国小姐？"

"太蠢。"

"莎南·多尔蒂?"

"太疯狂。"

"汤姆·克鲁斯?"

"太古怪。"

"凯特·摩丝?"

"妆太浓。"

"罗比·威廉姆斯?"

"太暧昧。"

"伊娃·朗格利亚?"

"太绝望。"

"哈里·罗塞尔马克?"

"太黑。"

"迈克尔·杰克逊?"

"太灰。"

"怪物史莱克?"

"太绿。"

"安东尼奥·班德拉斯?"

"演技太差。"

"乌玛·瑟曼?"

"胸太小。"

"丹尼尔·克雷格?"

"太邦德!"

和《超级明星》内部某位记者的对话：

记者说："这篇文章我不想署真名。"

我问："为什么?"

"因为我写的这个歌手是我的朋友。"

"那又怎样？"

"我写了他的坏话，不想让他知道是我写的。"

"说朋友的坏话都不行吗？"

"我得用个笔名。"

"可以。"

"但我不知道该用什么名字？"

"乔治·杜洛瓦？"

（犹豫状。）

"乔治？太普通，我不喜欢。"

（又是一个没读过《漂亮朋友》的家伙。）

"那——就叫吕西安吧！吕西安·德鲁本佩。"

（怀疑的目光。）

"这个名字有点儿熟，是谁？"

"《消逝的幻觉》。"

"这是个电影还是个摇滚组合？"

"都不是。"

"啊，我知道了。是《阁楼故事》[1] 第二季里的一个家伙，住在荷兰的那个龌龊男。"

（长叹一声。）

"不是，那个叫菲利西安。"

"啊？那这个吕西安到底是谁？"

"是法碧丝戴尔·东果的男朋友之一。"

"他是不是演了电视剧《太阳之下》？"

"不是。是《帕尔马修道院》。"

"哪个台播的？"

---

1 《阁楼故事》（Loft Story）：法国 M6 电视台的一档真人秀节目。

和广告部门的对话：

广告部说："我们弄了一整页给卡琵莱娜[1]做广告。"

我问："那找我有什么事呢？"

"得找个女演员愿意在杂志里声称用它家的洗发水产品。"

"不行。"

"这个广告收入有二十万欧元。"

"我说了不行。"

"如果找不到女演员，他们集团就会收回所有的广告费。"

"别把新闻和广告混在一块儿。"

"没错，但问题不在这儿。"

"这种洗发水会把头发洗得越来越干，像一团枯草。"

"没错，这不成问题。"

"它还灼伤眼睛。"

"没错，这也不成问题。"

"已经有人投诉了。使用者都掉头发。"

"没错，这也不成问题。"

"那问题在哪儿？"

"我们已经付钱雇了个女演员愿意说她使用这款洗发水。"

"那你还来对我说什么？"

"因为你这边不是问题啊！"

和《超级明星》杂志健康版面负责人的对话：

他问："这期的主题用禽流感吧？"

我回答："太可怕了。"

1　卡琵莱娜（Capilène）：法国品牌。

"那就谈谈手机辐射的致癌问题?"

"太让人焦虑了。"

"美容手术引发的事故怎么样?"

"谈论得太多了。"

"以杀虫剂为主题呢?"

"太致癌了。"

"毒品的危害?"

"容易让人幻想。"

"西班牙流感怎么样?"

"太马德里。"

"那就写空气质量?"

"话题太敏感。"

"那你来定!"

"你就没一个随便点儿的主题吗?"

和让-吉的对话:

让-吉说:"我屁股痛。"

我回答:"做爱时温柔点儿。"

和某位经纪人的对话:

经纪人说:"我希望《超级明星》杂志报道一下我的演员。"

我说:"他太差劲了。"

"话虽这么说,不过他刚出了一张唱片。"

"他唱歌不行。"

"没错,不过他刚在一部连续剧里弄了个小角色。"

"他演技也不行。"

"没错,不过他马上要参加下期的电视真人秀节目。"

"他穿衣服太没品位。"

"没错，但他马上要为杰特里[1]走秀。"

"这不正好印证了我刚才说的品位差吗?"

"没错，可是他马上要去电视台录《柯特访谈录》。"

"这事儿还有待确认。"

"没错，可是他同意曝光他的未婚妻。"

"那女的是别人的未婚妻。"

"你再考虑一下，我回头给你打电话。"

"别白费力气了。"

1　杰特里（全称 Jean – Claude Jitrois）：法国时装品牌。

第六章

您知道如何来辨别真假朋友吗？在你心情低落的时候，那些能够看着你在圣日耳曼大街或拉丁区的小店里恣意挥霍却眼皮都不抬一下的人才是真朋友。从这个角度说，西碧简直是我的"挚友"。这周六午餐时间，我兴奋地和她在"佳市"商场底楼的咖啡厅碰头，当时她正淹没在一堆购物袋当中，悠闲地抿着菊花茶。她刚刚把菲菲·夏茜妮[1]专卖店的新款洗劫一空，买了不下十四件文胸和内裤。她一件一件秀给我看，还不忘解释购买的原因。她不就是两个月没做爱吗，至于吗？鉴于好朋友的身份，我不加任何评论，洗耳恭听。可是她实在够夸张，简直是为艺术倾尽了全力：她从纸袋里取出一双赛琳[2]牌价值七百欧元的高跟鞋；一件印了中野裕通[3]标志的长衬衣，还说因为买了太久忘记了价格（我猜是她不敢告诉我）；一件高田贤三[4]最新款的外套，花掉的钱相当于拥有六个孩子的家庭一年的生活补助费。此外她还买了一些乱七八糟的小东西，包括两条迪赛[5]新款牛仔裤（很普通，基本款），几件阿尼亚斯贝[6]的吊带（同样很普通），还有

1　菲菲·夏茜妮（Fifi Chachnil）：法国著名内衣品牌。
2　赛琳（Céline）：法国高级时装品牌。
3　中野裕通（Hiromichi Nakano）：日本时装品牌。
4　高田贤三（Kenzo）：日本时装品牌。
5　迪赛（Diesel）：意大利时装品牌。
6　阿尼亚斯贝（Agnès B）：法国时装品牌。

缪缪、安迪、麦丝玛拉、莫斯奇诺等等很多品牌的衣物。我一直没搞明白，有一个孩子要养活的女人，怎么还能如此潇洒大方地花一个下午就败光自己的薪水。

"这才刚刚开始，小美人！"她愉快地向我宣布，"现在，轮到你快活啦，走吧，开工！"

我们手挽着手把"佳市"商场女装楼层上上下下逛了个遍，然后转战波拿巴大街，接着又去了谢尔什–米迪街、圣父路、龙街和歇福尔路。兴致高昂的我们最后还逛了格勒奈尔街和圣·奥诺雷大街……哪家店都没漏过。我买了菲拉格慕、美国古董[1]、普拉达、吉塞[2]（在它家我买了五双花哨的高跟鞋，一双比一双夸张，有的根本穿不了）、罗伯特·卡沃利、M＋FG、伊柯斯、札第格·伏尔泰、斯特凡诺·皮拉蒂、波士黑色、卡尔文·克莱恩、山本耀司、高缇耶[3]……我的白金卡真是劳模，付款的时候任劳任怨从不闹脾气，有几次我看到它都快冒烟了……试衣服的时候，我踮起脚尖，走着猫步，不停变换姿势，征询西碧的意见。她坐在试衣间正对面，觉得不适合，就摆出一副专家的姿态嘟哝一句："闪开！"我对她的眼光深信不疑，因为我们俩的品位几乎相同。逛了五个小时，拎着二十二个购物袋，我们筋疲力尽却心满意足地坐在谢尔什–米迪街的考斯特酒店里。我们和服务生混得很熟（西碧已经又渴又饿），没等我们点菜，他就先给我们上了一瓶瑞纳特香槟。

考斯特酒店的餐厅应该是巴黎平均每平方米名人最密集的地

<hr />

1　美国古董（Americain Vintage）：法国时装品牌。
2　吉塞（Jet Set）：法国女鞋品牌。
3　这些品牌从前至后依次为：罗伯特·卡沃利（Roberto Cavalli）、M＋FG（全称为 Marithé et François Girbaud）、伊柯斯（IKKS）、札第格·伏尔泰（Zadig & Voltaire）、斯特凡诺·皮拉蒂（Stefano Pilati）、波士黑色（Boss Black）、卡尔文·克莱恩（Calvin Klein）、山本耀司（Yamamoto）、高缇耶（Gaultier）。

方。和我们隔着两张桌子的那两位电视节目主持人，略有醉意，兴致勃勃地和女孩子打情骂俏。他们谈论的话题听起来很放肆，时不时就冒出一些淫言秽语——大奶子、"波"涛汹涌等等。一位长相酷似电影《魂断威尼斯》[1] 里达秋的年轻摩纳哥王子，带着没落王宫贵族气质优雅地抽着烟，与一位金发碧眼的年轻姑娘聊天。隔壁某位当红女演员正饥渴地盯着一位比她年长的褐色皮肤的帅哥。索菲亚·科波拉[2] 面对着一杯意大利矿泉水，坐着神游发呆。（难道是在数苍蝇?）真是美妙的场景！我边思索着边喝下我的第三杯酒。

和西碧的对话:

西碧说："我已经三个月没做爱了。"

我回答："我已经六个星期没注射肉毒杆菌了。"

"我和你说的是性，不是美容。"

"没错。"

"什么?"

"二者相辅相成。"

疯狂购物之后，我又找到了第二个疗伤秘方：办派对。9月的第二个周末，我决定组织一个派对来庆祝我又恢复单身。我竭力想说服自己说我很好，好得很，没有维克多，日子照样多姿多彩。

当晚，所有朋友在我的大公寓里欢聚一堂，大家纷纷对我的现状感到担忧。一般说来，我们当中有人分手的时候，朋友们都很开心。倒不是因为你被抛弃（当然也总有人会幸灾乐祸），而

1　《魂断威尼斯》（Mort à Venise）：法国、意大利合拍的电影。

2　索菲亚·科波拉（Sofia Coppola）：美国导演及演员。

是因为这个小团体内部有了变动，茶余饭后终于有话题可以作为谈资，终于可以毫无顾忌地说分了手的情侣的坏话，类似于：不管怎么说，我从来就不认为他们两个能在一起。或者还有：你知道他们已经好几个月没做爱了吗？——不会吧？——千真万确！——噢，天哪……

大家都被维克多惊世骇俗的分手举动吓了一跳，他居然不顾多年情感弃我而去，与一个"女酒鬼"私奔。朋友们私底下一定会认为是因为我的坏脾气使他实在忍无可忍才会分手，所以现在他们一定在背后偷偷笑我（换成是我，我也会这么做），高傲自负的我，遭此下场，肯定肺都气炸了。

派对上，朋友们一个接一个地来鼓励我。片断节选：

"你好点儿了没，我的小可怜？"

"哎呀，你怎么看起来气色还是那么差，白晒那么多太阳了！"

"宝贝，你得和厄运作斗争！"

"没错，你说得有道理。"

"没，维克多没给我们打电话，要知道我们更加心疼你。"

"你也没接到他的电话？这也好，听着，这次索性来个彻底了断。"

"而且他的新女朋友好像长得很丑！何必呢！"

"和她在一起，维克多可住不上这么舒服的公寓。你这么好的条件，他说找就能找着吗，嗯？"

"这次分手，你一点儿预感都没有，真的？"

"你肯定觉得她极其恶心。"

"特恶心？当然，你以为呢……"

"你知道维克多的新欢让我想起谁了吗？"

"没错，就是那个丑得不行、长着鹰钩鼻的西班牙女演员。"

"不，不是维多利亚·阿布利尔[1]！"

"名字在嘴边上，就是出不来。她演过电影《请拴住我》。西班牙人认为她长得特像毕加索画的《亚威农少女》。快帮我想想。"

"罗塞·德·帕尔玛[2]？"

"就是她！"

"他的品位实在是……"

"他想把猫扔给你养？"

"他太过分了。他自己留着养不就行了。"

"像你这么漂亮的美人儿，全巴黎的男人都会拜倒在你的石榴裙下，别担心。"

"啊？你不要？也很正常。"

"没关系，俗话说得好：塞翁失马，焉知非福……"

"这香槟酒不错，什么牌子？……"

我知道他们都是出于好意来劝我，可是七嘴八舌说得我一个头变成了两个大。迪迪埃示意我和他一起进浴室。他笑眯眯地在一面小镜子前变出两条可卡因："亲爱的，送你的小礼物，希望你快点儿嗨起来。"我高兴地跳起来一把搂住他的脖子，真是贴心的礼物。几秒钟后，我们双双吸着鼻子走出浴室，迎头撞上可卡因真正的主人吉尔，于是冲着他开心地喊："已经被我们发现啦！"惹得大伙儿狂笑不止，西碧还生气我们刚才瞒着她偷偷自己爽，于是……不到十分钟，大家全都兴奋不已，搔首弄姿，就好像"超狗任务"乐队[3]的歌曲MV《夏日音乐节》（Summer Jam），

1 维多利亚·阿布利尔（Victoria Abril）：西班牙演员。
2 罗塞·德·帕尔玛（Rossy de Palma）：西班牙演员。
3 "超狗任务"乐队（The underdog project）：德国的演唱组合。

或是鲍勃·辛克拉[1]的歌曲 MV《世界，生生不息》（World Hold On）里面那些穿着清凉、摇头晃脑的疯子。

所以我说：我好得很，没有维克多的生活依然精彩！

出于天主教的仁慈（我不知道怎么会想到这个可笑的理由），我决定把寄养在维克多朋友家的猫咪取回。这个可怜的姑娘对猫毛过敏，翘首期盼着我去解救她。我的前男友，因为一直联系不到我，索性直接告诉那姑娘我已经回到巴黎。于是她马上打来电话威胁，如果我再不联系她，她就要把米奈特装在笼子里扔到我家门口。我觉得把这可怜的姑娘牵扯进来不太公平，决定让她早日解脱，于是约了她在古赛尔街见面，在那儿把米奈特交给我。见面之后，我先是表达了感谢之情，又编了一堆乱七八糟的理由来解释自己没能尽早联系她的原因。她倒是没说谎，眼睛由于过敏红肿得跟得了红眼病的兔子似的。出于愧疚，我邀请她改日一起吃个饭算是感激。她欢天喜地地接受了……话一出口我就后悔，我怎么忘了人家是个同性恋。瞧她歪着脑袋色眯眯地瞅着我，岂不就是想打我的主意？要在以前遇到这种事，我还会觉得刺激好玩，可自从维克多走后，我对此全然失去了"性"趣。于是我痛快利落地赏了她一巴掌后立刻闪人，继续过我可怜巴巴的颓废生活。

回家的路上，在圣·安德烈艺术大街，米奈特在我身边不停地擦来擦去，开心地打着小呼噜。看来这小东西不记仇。尽管如此，我还是决心要把它扔给维克多养。这是他应该做的！我故意不睬维克多的留言，他没法知道猫咪是否平安归来。我的沉默让他很挫败，两三通电话均无人接听后他终于放弃了。

1　鲍勃·辛克拉（Bob Sinclar, 1957 - ）：法国歌手。

可是我的毅然决然却一天不如一天，最后终于败下阵来，在他的新一轮的电话攻击下，我终于接了。当他的声音出现在听筒那头的一瞬间，我无法继续掩饰无动于衷，内心禁不住地阵阵激动。

"你终于接了。"他喊道，"难道你再也不想和我说话了吗？难道你希望我们再也不联系？"

他的话音略微颤抖，同样带着激动的情绪。

我诚恳地说：

"噢，维克多，对于上次那件事，我很抱歉。那天我的举动实在太可怕了，你一定很恨我吧？"

"没有。"他愉快地打断我，"当时你是有点儿粗鲁，那是因为你正在气头上。是我伤害了你，导致你没办法控制情绪。我能理解……换做是我，估计反应也会和你一样……现在回过去想想，觉得我们俩当街上演的这出闹剧的确蛮搞笑的，不是吗？"

我简直不敢相信我的耳朵。他是真心的吗？难道他已经开始后悔他的决定了？难道我马上要失而复得了？

"那么……你不生我的气了？"

"当然，弄成现在这个状况，我也很难过……"

"噢，维克多，如果你知道当时我有多么……"

"别再想了……白兰洁，我也不希望我们俩从此形同陌路。不过，你大概也不同意马上就重新见面……这很正常，伤痛总要慢慢抚平。但我真诚地希望我们能够保持联系。我也不想把和你共度的四年时光用轻飘飘的一句话就否决了，你懂吗？"

"……"

他深吸了一口气，意识到应该换个话题：

"米奈特，它还好吗？"

70

"谁？"

"猫咪啊！它怎么样了？"

我这才缓过神来。太可笑了。我刚才还傻乎乎地想着他给我打电话可能是想重归于好，重新和我一起生活。原来他只是希望我们维持普通朋友的关系，时不时地了解一下他不愿意养的猫咪是不是过得很好。一句话说抛弃就抛弃，把我害得遍体鳞伤，居然还扬言要继续做朋友。怎么会有这么厚颜无耻的家伙！他忘了一个小细节，一个容易忽略却至关重要的细节：对我来说，分手就像是卡在喉咙里的鱼刺，根本还没咽下去，还在那儿卡着！瞧瞧我每天吞食的安眠药数量就明白了。

于是我干巴巴地回敬如果他想知道猫咪的情况，直接自己拿去养好了。我接着提醒他是他先提出分手的，我们到了今天这个地步，都是他的错。我不觉得现在或将来我们还可以若无其事继续平静地做朋友。

"你恢复得倒挺快。"他的语气略带窘迫。

"如你所愿……"

"那就好，再见！"

我正想说"等等"，千言万语都还未讲，可他已经挂机了。

泪如泉涌，绝望无助，痛不欲生，我哭得死去活来，泪水哗啦啦打湿了一大片地板。

好难过，难过自己居然失去了维克多。

第七章

　　不管如何为情所伤，有一件事情我却无论如何都要亲力亲为，那就是《超级明星》杂志的封面！

　　杂志的封面问题每周都萦绕在我的心头挥之不去，占据了我所有可利用的大脑空间。新闻头条基本确定之后，紧随而至的问题就是下期的杂志封面该怎么弄？我的生活基本围绕此困扰展开，伴随着一连串的问题：

　　谁有什么金点子？

　　明星圈内有什么新闻？

　　谁和谁分手了？

　　新一季的《绝望主妇》[1] 剧情将会如何发展？

　　玛西娅·克罗斯[2]是不是真的和泰瑞·海切尔[3]不和？

　　布鲁斯·威利斯的新未婚妻是谁？

　　詹妮弗·安妮斯顿为什么减肥？

　　伊丽莎白·赫莉怀上孩子没？

　　所有这些芝麻绿豆大小的事儿，只要一和明星沾上边，就可能成为杂志的封面话题。业内人士称之为新闻的"角度"。

　　明星人物杂志之间的竞争异常激烈，封面是杂志成败的关

1　《绝望主妇》（Desperate Housewives）：美国电视连续剧。

2　玛西娅·克罗斯（Marcia Cross, 1962– ）：美国女演员。《绝望主妇》的主演之一。

3　泰瑞·海切尔（Teri Hatcher, 1964– ）：与玛西娅·克罗斯共同主演《绝望主妇》。

键。一个吸引人的封面能让杂志销量增加一万、三万、五万，甚至九万份。简直就如同老虎机的赌博。封面好比杂志的展示橱窗，得展示最好的主题、最独家的照片、最引人入胜的标题，好让所有五十岁以下的女读者们都愿意掏腰包来买你的杂志而非你竞争对手的杂志。即使用再多的形容词来列举我的缺点，即使我被说成是一个恣意妄为、刁蛮任性、胆大放肆的女人，对于杂志的封面，我可一点儿都不马虎。决不马虎！

我五位数的年底分红可全指望它呢。

我的银行还亏空着呢。

新款的古琦[1]包可贵着呢。

下期杂志封面到底放些什么内容？拿这句话来概括四年来我的工作，那是最恰当不过了。

为了拓宽思路，我狂热地阅读英美杂志，《新闻周刊》《美国周刊》《人物》《调查》[2]……说"阅读"我其实夸大其词，我根本办不到（我每天到杂志社已经实属不易，如果还要我卖命工作……）。事实上，有专门的一位副主编负责收集国外明星的采访，从中选出刺激的报道或者有趣的文章，我们购买下来，取其中最精彩的片段刊登。这个过程讲究眼疾手快，才能竞争得过其他杂志。所以我们才能成功地买到詹妮弗·安妮斯顿在与布莱德·皮特分手后首度接受媒体的专访。这位《老友记》的前女主角在采访中告诉记者突然被抛弃后是如何的伤心欲绝（和我的经历类似），甚至忍不住当着记者的面痛哭流涕。那一次，汤姆和我一反常态，特地选了一张她憔悴不堪的照片。不仅没用Photoshop（一个神奇的图像编辑软件，再丑的人，修饰两下也能

1　古琦（Gucci）：意大利时装品牌。
2　从前至后分别为：《新闻周刊》（Newsweek）、《美国周刊》（US Weekly）、《人物》（People）、《调查》（Enquire）。

整成超模）整白她的牙齿，没把她的肤色修成古铜色，反而故意弄苍白。接着汤姆又加重了她的黑眼圈，去掉了她头发的光泽。做法是有些不地道，可我们不在乎。现实生活中，哪个被抛弃的女人不是脸色苍白、形容枯槁、蓬头垢面？我，就是个活生生的例证！最后，可怜的安妮斯顿看起来就像是十五天没合过眼的抑郁症患者。此外，我还把新闻标题特地弄成：**詹妮弗·安妮斯顿：万念俱灰**。那周《超级明星》的销量大幅攀升。不过在杂志出版前，我曾经收到过某位整天西装革履、呆头呆脑的市场总监的反对意见。他认为照片太颓丧，违背了《超级明星》杂志的首要宗旨：让人浮想联翩。我反驳说，一个明星，即使再灰头土脸依旧令人向往，一样是大家争相效仿和顶礼膜拜的对象。他希望我把照片换掉，我没答应。结果：那一期杂志销量增加了七万份。为此，"终结者"特地发了封邮件祝贺我。我第一时间把邮件转发给了那个烦人精，从此他转移目标，再也没向我提过有关杂志封面的任何意见，转而去烦其他主编们。

　　如果所有杂志同时报道同一个新闻主题，角度侧重不同，效果会截然不同。我们得知道读者们对哪些明星感兴趣，哪些不对他们的口味。为此，我们得寻找最劲爆的新闻角度，一个好的封面首先得吸引人。此外，我们得和那些讨厌的经纪人讨价还价，如果可以，他们恨不得取代我们亲自写稿。时不时地，我们还得和制片人周旋，他们生怕我们揭露出某位新人或者某位明星吸毒或是同性恋，怕我们写出来的东西会伤害他们那些能下金蛋的母鸡。正因如此，一些荒唐可笑的交易才会层出不穷地给我们惊喜。这让我回想起，几个月前的某次拍摄任务（当时我还和维克多在一起），当时为了杂志封面而拍摄一位冉冉上升的流行音乐新星，不过她却差点儿因此断送了星途。

故事之初并无特别之处。两位影视圈的新闻专员安排我和环球唱片公司的某位事业处于上升阶段的制作人共进午餐，他最主要的贡献是曾经在地铁里发掘了一位年轻歌手，如今这位歌手的唱片销量已达千万张。与唱片公司制作人的午餐时间通常会比较晚，大概下午2点的样子，因为他们头天晚上不是在夜总会鬼混，就是在录音棚熬夜。这位仁兄也一样姗姗来迟，由于过度熬夜还有些精神恍惚，到了先点了一杯水，扔进去两片消食片。然而，和制作人吃饭绝对不会乏味，因为他们会抖出许多明星私生活的八卦，恕我不能在此复述。这家伙虽说一副自命不凡的神态，不过没忘记吃饭的目的，到最后，他成功地说服我贡献一期杂志封面宣传他在地铁里发现的那位宝贝，这位歌手在短短几个月时间一举成名，成为新一代青年人的偶像。为了说服我，他向我展示了该歌手唱片的销量、个人网站的点击率、演唱会门票告罄的场次，都是极具说服力的数字。尽管如此，我依旧犹豫不决。这件事对《超级明星》来说不无风险，因为她从未上过任何大杂志的封面。不过，为了能让他们的艺人上杂志封面露脸，新闻专员们全都使出浑身解数，拼得头破血流。

新闻专员们，是娱乐圈内的最卑劣的群体。有求于你（要上杂志封面，写文章宣传，写专栏报道）的时候，他们在你面前卑躬屈膝，邀请你去这去那，巴结你、讨好你。一旦他们得到了想要的东西，就开始挑剔文章篇幅太小，指责你没用他们指定的照片。几乎没人会在事后感谢你。不过，正是由于他们厚颜无耻、毫无原则，过不了几周，他们又会为了其他艺人，重新跑到你这儿来点头哈腰、奉承拍马。

这也难怪他们，他们从事的工作本性肮脏。这一群人都是些唯利是图的小人，受利益驱使替人做事的走狗。为了一点儿蝇头小利，他们千方百计，不择手段，根本不会因为你的帮助而感激你。如果你能满足他们的要求、捧红他们的艺人，他们马上想尽方法来讨好你，做你最好的朋友，褒奖你做的杂志是最棒的杂志，贬低你所有的竞争对手，还会应允你独家采访其他艺人的机会，给你这样那样的甜头。事实上，一旦得到想要的，他们立马过河拆桥，恨不得在背后刺你一刀，把许诺过的东西忘得一干二净。

关于影视圈内的新闻专员们追着杂志要让他们的艺人上封面的故事总能让我忍俊不禁。他们也不瞧瞧他们那些破事是多么鸡毛蒜皮、微不足道，读者根本不屑看那些干巴巴的新闻。

不过这一次，在我看来，两位新闻专员和这位制作人的坚持理由充分。不可否认，这个满脸粉刺的丑姑娘风头正劲。于是两位专员提出了一个可能令双方都满意的方案。因为他们二位同时负责另一位大牌明星，那位大牌明星几周后即将推出新专辑，并举行巡回演唱会。如果我同意让那位年轻歌手上杂志封面，作为交换，我可以独家报道那位大牌偶像在洛杉矶演唱会的彩排情况。这种私底下的交易在业内司空见惯。如果唱片公司愿意提供杂志社某大牌明星的独家采访权，作为交换，杂志社也得为它旗下一些不知名的艺人作宣传。这次情况正好相反，制作人极力想把他的小麻雀变成金凤凰，作为补偿，承诺给我一个独家大新闻。不过我不太相信这个承诺，因为我知道那位大明星与《巴黎竞赛周刊》[1] 也有交易。

回到杂志社，我迅速召集了负责音乐版块的副主编和记者，想宣布我的决定。出乎我意料的是，居然全体赞成。这个满脸长痘的小姑娘，其专辑销售量居然位列法国民意调查所唱片销售排行榜的前十。所以杂志销量也会有一定的保证，风险不算太大。

1　《巴黎竞赛周刊》（Paris Match）：法国杂志。

讨论了约摸一刻钟，大家一致同意让她上封面。

那位制作人对于我们的决定非常高兴，特地邀请我到美仑奴酒店喝一杯。我差点儿就接受了，那人除了黑眼圈，长得还挺不错。估计他想追我。因为这明显超出了工作范畴。那维克多算什么？当时我还没和他分手。这只不过是个邀请，可我却因为自己想玩火的想法感到惭愧。四年当中，我从未背叛过维克多。如果接受邀请，那我就是引火烧身。事实上，当时的我没觉得忠诚有那么重要。我从来不乱翻温柔可爱的前男友的东西，从不偷看他的行程安排，尽管现在看来，我当初很应该那么做。在我眼中，"忠诚"这个概念只是针对那些没得选择、没有时间、不喜欢做爱的家伙而设。我曾经恶毒地想了一个为自己开脱的理由：弹性的忠诚。大致内容如下：忠诚是一个野心，是每对伴侣都幻想达到的理想境界；我们为了维持忠诚，竭尽全力，可惜道阻且长。"差一点儿"并不意味着失败，只不过心有余而力不足，所以"没成功"（两者有细微区别）。我的理论可以总结为：我们应该把伴侣放在首位。我们应该不惜任何代价，不让伴侣起疑心，以免对方因为我们的一时冲动而痛苦不堪。所以即使我可能红杏出墙，维克多自始至终都是我的宝贝儿、我亲爱的、我的至爱……那些从不出轨的家伙赶紧来对我扔避孕套吧！

当时我对自己的新理论感到非常自豪，甚至想把它提交给法国工业产权局。可是后来，我发现身边所有人都在身体力行这种弹性的忠诚，所有人和所有人都上过床。从此以后，我再也不自以为是瞎诌什么理论了。那是白费力气浪费脑细胞，可惜了我的脑细胞，本来可用的就少。这让我想起了萨沙·吉特里[1]写过的

1　萨沙·吉特里（Sacha Guitry, 1885–1957）：法国著名电影导演、剧作家、演员。

一段台词，那是某个女人和她老公的对白："你对我忠诚吗，我的朋友？""经常，夫人，很经常……"

原来，我的理论由来已久。

最后，我并没有把理论付诸实践。原因很简单，那位制作人邀请我的当晚，我有其他更好的安排。我含糊地告诉他我会回电，接着转开了话题，我对维克多保持了忠诚。老实说，我并不是因为怕自己有负罪感、罪恶感之类的原因才坚持住，不是。我之所以没有赴约，只是觉得和他缺乏共同语言。我的脑袋里充斥着乱七八糟的想法，大多数时候，一个还未成型，另一个想法已经接踵而至。我觉得这没什么不好，也有实用的地方。例如，这能让我潇洒地忘记烦恼，忘记有那么多人对我恨之入骨，就像一个畅通无阻的水槽，能把烦恼与忧愁迅速排空。有时候，我会很困惑：我这么无忧无虑是由于我太傻，还是由于我太聪明，才会大智若愚？正因如此，我从未找到这个问题的答案（也因为这个问题总在我脑子里稍纵即逝。等我意识到，它早就一闪而过了）。就像我们不可能记住圣奥诺雷大街上所有时装小店的开门日期，也不可能成为斯宾诺莎[1]，不是吗？总之，我的私生活也一样，我不可能从一而终。

封面照片的拍摄工作定在与制作人会面后的周三。我们和经纪人事先选好了拍摄需要的服装，到时候小姑娘自己会带着发型师与化妆师一起过来。拍摄工作定在编辑部楼上的摄影棚进行。经纪人对我说，年轻的小歌星没什么明星架子，腼腆；虽然肤质比较糟糕，但非常配合，因为她很高兴自己能上《超级明星》杂志的封面（似乎她的父母常年订阅我们杂志）。她的名字叫叶

1　斯宾诺莎（Baruch Spinoza, 1632–1677）：荷兰著名哲学家，人格高尚，性情温厚可亲。

琳娜。她的简历中写道，当初她爸爸为了纪念某位东方女皇而给她取了这个名字。可怜的家伙，现在他女儿成了名人，他得想个好理由来解释当初为何取了这么个俗气的名字。

算上化妆和换衣服的时间，拍摄工作预计花费四个小时。那天，我上楼到摄影棚想和大家打个招呼。原本以为进去的时候，拍摄会如火如荼地进行，可迎面而来的却是摄影师的一张臭脸。事情没有按原计划顺利开展，拍摄根本还没开始。臃肿的叶琳娜一副无精打采的模样，无论穿什么，看起来都像米其林大轮胎，或是搁浅在沙滩上的抹香鲸。当我走过去打招呼时，她向我伸过来一只软绵绵、黏糊糊的手。满脸的粉刺暴露出她稚气未脱的年纪，而且对糖果有着变态的迷恋。她一副事不关己的样子，肥嘟嘟的手不断地伸向摆在她面前的一大盘棉花糖。虽然事先有人提醒过我，说她的皮肤不好，可居然差到这种地步！这个丑八怪以后挣了钱应该好好保养一下她的皮肤。不过她似乎不讲究这个，曾对媒体大肆宣扬要挑战传统的美丽标准，坚持不减肥。我怀疑她如此高调地宣扬这套理论，是为了给自己的懒惰找个光明正大的借口。灯光下，她的腋下模模糊糊地露出黑糊糊的一片，外加那熏人的体臭，估计能熏死一堆耗子。

两位新闻专员正在一旁歇斯底里、叽叽喳喳吵个不停，大伙儿接近崩溃的边缘。摄影师已忍无可忍，战事似乎一触即发。服装师、化妆师，整个拍摄团队都被这头"抹香鲸"的臭脾气折磨得没办法，不知道该拿她怎么办！我把摄影师叫到一边，想听听怎么回事。

"我只想让她挪挪屁股，对准镜头。她却一动不动，把一干人等晾了两个小时，没人敢说她一句话。你赶紧想想办法，求你了。"

"知道了，我来搞定她。"我保证道，"我会给她点儿颜色瞧瞧。相信我，我不会让她继续污染空气！"

回到摄影棚，我把所有人支开，关上门，拿了个搁脚凳坐到她跟前，表情严肃地拿走她面前的棉花糖，准备开始审讯。她目光呆滞、不明就里地盯着我。我真不明白这块烂木头怎么就成了万众瞩目的歌坛奇才！艺人们一旦有了点儿小名气，就颐指气使，再也没人敢说他们一句。如同对待易碎的鸡蛋，大伙儿对他们毕恭毕敬，满足他们所有的无理取闹。然而，就在六个月前，叶琳娜还住在郊区简陋的阁楼里，我肯定她还没忘记那艰苦的生活。所以，我决定让她的记忆重新鲜活起来。

"好了，叶琳娜，你和我说说清楚。到底是怎么回事？"我表情严肃，直奔主题，言下之意不愿听她胡编乱造。

两小时以来一直窝在沙发上的她，下意识地挺直了腰板，有些紧张。她再不聪明，也明白接下来的一刻钟对话不太好过。

"好吧，没什么。"她耸了耸肩说道，"就是那些衣服……不适合我。"

"这些衣服不仅很好，而且还很合你的身材。"我斩钉截铁地反驳，"我得说，这些和你身上穿得皱巴巴、脏兮兮的运动服不一样。如果你继续拒绝合作，对大家都没好处……我们会有很大的问题。一个很'大'的问题。"

她没吭声，可我明显感觉得到，她的大脑细胞开始一个一个复苏。于是我凑过去，故意压低了声音在她耳边轻声说道：

"我要告诉你，如果你继续耍你的小孩子脾气，会有什么样的后果吗？如果你不想做这个封面，没问题。无数像你这样的年轻小歌手开心地等着接替你的位子。要么给我识相点儿，要么马上带着你的糖果盒，三分钟内给我走人。听清楚了吗？三分钟，一秒钟也不能拖。"

她气得快要抽筋了，不过完全领会了我的意思。话一说完，我恶狠狠地把糖果盘放回她的膝盖，她吓了一大跳，好像怕我会突然扇她一巴掌。紧接着我从盘子里掐了一块棉花糖，当着她的面狠狠地吞了下去，转身离开了摄影棚。出来后，我责令两位新闻专员给制作人打电话转告小妮子的恶劣行径，顺便通知他，如果他的那个丑八怪继续不合作，我亲自让她马上滚蛋。话音刚落，只见摄影师把门开了条缝冲我们轻声喊："好了，好了，她开始穿衣服了……我们马上开始拍摄……"

拍摄没有按照原计划在四小时内完成，一直折腾到了晚上。等叶琳娜在"监护人"陪同下上车被司机带走后，我开了一瓶香槟慰劳我的团队，感谢他们完成任务。

第一次冲印出的照片效果印证了我的担忧。她那张被青春痘毁得一塌糊涂的脸，根本不能直接发表。摄影师费了一晚上工夫，用神奇的 Photoshop 软件作了改善。经过一系列修补和润色，叶琳娜终于变成了身材苗条、凹凸有致、皮肤光洁的美女。之后汤姆又用这些照片做了个非常漂亮的封面，以至于那个制作人事后特地送了一束大得不像话的花到我的办公室，大到差点儿连门都进不了。俗话说好事成双，那一期杂志也大卖。

可怜的叶琳娜没有得到上天的恩宠（长得实在是对不起观众），但她绝对不是唯一一位借助 Photoshop 帮忙的女明星。事实上，基本每一期封面，我们都要使用 Photoshop。大多数明星因为酗酒过量，皮肤基本都坑坑洼洼糟糕得很，根本无法上镜头。我们不仅得去掉他们的黑眼圈、皱纹、酒糟鼻、粉刺，还得变白他们的牙齿，增加头发，去掉双下巴，修饰整形失败的鼻子或者过于浮肿的嘴唇。我记得有位电视女主播，甚至在拍摄过程中都在不停地吸可卡因，我们不得不把她那突出来的瞳孔和眼睛完全修改掉，还有她那被白粉烧焦了的鼻子。此人吸毒成瘾，在摄影棚化妆间的镜子前密密麻麻准备了若干条长达十五厘米的可卡因。趁休息或者换衣服的间歇明目张胆地跑到化妆间过她的毒瘾。圈内所有人都知道她吸毒成瘾，那些讨厌她的主持人常常对着媒体含沙射影讽刺她。

另一次，历经几周的磋商，一位刁蛮任性、爱耍大牌的程度几乎能和麦当娜相媲美的电影明星，终于同意上我们杂志封面。曾经在上世纪 90 年代大红大紫的她，经历了事业的低谷期，发展停滞不前，需要我们的宣传。当时她的状况可以用一塌糊涂来形容。为了重新赢得电影导演们的青睐，她不仅先后隆了胸、丰了唇，而且还时不时地还变换头发的颜色。结果就是，昔日难得的清纯少女把嘴唇弄成了比梅格·瑞恩还性感的厚嘴唇，美人迟暮后继续悲怆地在影坛打拼。尽管在银幕上她已风采不再，可人们依旧喜欢她，她的新闻依旧很卖。因此我们得满足她所有的要求：她的发型师、她的化妆师、她的指甲修剪师、她的服装造型师、两瓶唐培里侬香槟王、一瓶拉斐堡红葡萄酒、两个"水晶"杯……这些我们照单全收了，可临拍摄前一小时，她临时要求洗手间必须紧邻摄影棚（我们当然清楚个中缘由），否则就取消拍摄。可这样一来，我们就得立刻把全部东西转移到另一个摄影棚。为此，我和她的经纪人撕破脸皮大吵了一架，可惜没用，这家伙和她一样面目可憎，嗜酒成性（拉斐堡红葡萄酒就是他要喝的）。当这位女演员最终被亲信们簇拥着出现在摄影棚的时候，我们却发现她刚刚做了丰唇手术。整张脸都是浮肿的，唇上的组织肿得像泡泡糖吹出的大泡泡，手术疤痕清晰可见。真是可怕至极，我们最后不得不用 Photoshop 把整张脸都改了。这就是伟大的新闻工作者的身不由己，所有被报道的东西都必须是美丽动人的、充满魅力的、十全十美的，可是在光彩夺目背后隐藏的真相，却和帕斯卡尔·奥比斯波[1]歌曲的歌词一样悲伤。

1　帕斯卡尔·奥比斯波（Pascal Obispo, 1965 - ）：法国流行音乐歌手。

第八章

时间到了9月中旬,在杂志社里,我每天都要吃掉半打安定,尽量让自己表现得像个正常人。编辑部一成不变,昨天下班时什么样,今天上班时还是什么样。记者们整天把手机贴着耳朵来来去去,用英语或西班牙语谈笑风生。有人评价乔治·米歇尔的演唱会糟糕透顶,就因为贵宾区离表演台不够近。有人指责上次晚会的冷餐难以下咽,格调低俗,毫无新意。记者们都是些缺乏教养的自大狂。仗着自己在著名的杂志社工作,就自命不凡,认为每次记者招待会都应该被安排在最好的位子,如果经纪人把好位子安排给别人他们就会妒火中烧。如果有人没有收到"星宿"酒吧的晚会邀请函或者"巴塔克拉"音乐剧院的演出邀请函,编辑部里就会有好戏上演。这种事往往还得我出面,这群叫喊着"不公平"的自私家伙总会跑到我的办公室让我仲裁。有一次,我索性把大伙儿吵得不可开交的某张邀请函没收,据为己有。大伙儿张口结舌,却不敢有半句怨言,最后我开开心心去参加了在"古堡"酒吧办的那个芝华士晚会,与常年混迹夜店的巴黎夜猫子们狂欢了一夜。我喜欢在"古堡"举办的各种晚会,因为我可以走路回家。即使再酩酊大醉,我的高跟鞋也认得回家的路。

当然也会有其他问题需要我来裁决,类似为什么今年不是我去采访戛纳电影节？或者为什么去采访约翰尼·德普[1]和西恩·潘[2]的总是那几个人？有些记者满脑子的自命不凡、心高气傲、目空一切、自以为是（我清楚自己在说什么）。他们手中拥有不可一世的超能力：可以随心所欲、肆无忌惮地乱写一气。他们可以出差错，可以乱说别人的坏话，可以让读者反胃，可以在整个专栏里乱写一气、混淆是非，根本不去确认消息的真伪，没有人会责备他们。即使当事人提出质疑，主编也只会生气地瞪你两眼。事已至此，多说无益。那些不着边际、不靠谱的新闻一般都会出现在标题当中，甚至成为头版头条。可是那些更正信息，一般都隐藏在当中或者页末，黑白两色，不带照片，微缩字体。读者们只会看那些头版头条，并以迅雷不及掩耳之势在同事间或者网上传播，没人能注意到那些更正信息。

　　尽管我状态不佳，可我努力（差强人意）打理好工作。趁我神志还算清醒的时候，我郑重告诫自己：决不能因为个人情感而影响杂志。我已经失去了生命中的男人，如果再失去工作、失去五位数的高薪、失去专用座驾、失去年底分红，还有股票期权，那我的生活可就真的是暗无天日了……我得不惜任何代价防止更惨的悲剧发生，否则……否则怎样？当然就会雪上加霜！每当早上痛苦挣扎着起不了床的时候，我就用这个来激励自己（呃……基本每天如此）。我的心情就如同纳斯达克指数[3]一样跌宕起伏。每天鼓足勇气、精神饱满、面带微笑来到办公室的我，只要一想到维克多和他那可怕的"过期肥肠"，就开始心神不宁、心情低落，动不动就爱发火，一点儿小事就能把我气得够

1　约翰尼·德普（Johnny Depp, 1963–）：美国电影演员。

2　西恩·潘（Sean Penn, 1960–）：美国电影演员，

3　纳斯达克指数（NASDAQ）：是反映纳斯达克证券市场行情变化的股票价格平均指数。纳斯达克证券市场目前是全球最大的证券交易市场。

饿。可怜的女秘书被我的喜怒无常折腾得够呛，整天打电话找借口帮我取消这样那样的约会，过一会儿要是我改变主意了，又得千方百计重新给我联系回来。

可怜的姑娘被狼心狗肺的家伙无耻地抛弃了，悲观失意的程度可想而知，尽管如此，我却卖力地出席所有晚会、新闻发布会、新品发布会以及巴黎肤浅光鲜的各种活动。正因为我的孜孜不倦，才会对整个首都的八卦了如指掌。朋友们和线人们总是不停地给我打电话报告，虽然大多数时候他们说的事儿都无聊透顶，不过正合我意，比起那些所谓的重要新闻，我觉得这些无聊的八卦更有意思。即使我头昏脑涨，满脑子充斥着各种新闻，我也能分辨出这是个好新闻还是个坏新闻，能在五秒钟内想出某个热辣劲爆的封面标题。我的想象力无边无际，无人匹敌，因为没人可以像我一样离经叛道。

每次一到要讨论封面的时候，我就召集部分成员到我的办公室开会，人手一杯香槟（离了香槟，我就无法辛苦地思考）。会议主要就是头脑风暴，大家畅所欲言，直至绝妙的标题出现。我挖新闻视角的狂热劲儿总能让每位参与者乐在其中（哪些最有趣？哪些最有卖点？我经验老到）。大家铆足了劲一比高下，想到什么就说什么，哄堂大笑声总是不绝于耳。有时候，我能看到他们脸上困惑的表情，估计是被我弄糊涂了，不知道我到底算得上是继阿克塞尔·甘兹[1]之后最天才的新闻人呢？还是傻得冒泡的大傻瓜？对于这个问题，我不想过多地启发大家（虽然我脑子里已经形成了某个模糊的答案），弗朗索瓦·密特朗[2]曾经讲过："说得太清楚，反而会吃亏。"

1 阿克塞尔·甘兹（Axel Ganz, 1937– ）：德国传媒大亨，曾是法国第二大新闻集团 Prisma Presse 的奠基人和领导者，被称为"蜡光纸上的猛虎"。
2 弗朗索瓦·密特朗（François Mitterrand, 1916–1996）：法国政治家，曾担任法国总统。

周复一周，我与明星经纪人和新闻专员们谈判协商，与靠狗仔偷拍来制造假新闻提高人气的明星们讨价还价。那些号称是狗仔队偷拍的照片，其实暗地里早就得到相关人士的默许……为了忘却痛苦，我夜夜笙歌，把酒买醉，让悲伤埋葬在香槟和可卡因里。带着我的银行卡，与忠诚的朋友西碧，在圣日耳曼大街及玛黑区的小店里恣意挥霍。尽管我已经拥有伊莎贝尔·玛兰、札第格·伏尔泰、亚历山大·麦昆、高缇耶、凡妮莎·布鲁诺、芭芭拉·布、M＋FG[1] 这些品牌的所有上市新品，尽管更衣室里的鞋子、包包、围巾、根本派不上用场的装饰品已经堆积如山，可我的内心，却前所未有地空虚。我整个人萎靡不振，心灰意冷。

尽管我千方百计想让自己开心起来，可是维克多的那通电话，说他只想保持朋友关系，这让我备受打击。我当时那神气活现的语气，一定让他误会我已快刀斩乱麻地斩断了情丝。表面已经风平浪静，我可以就此打住，找个安静的角落一个人舔舐伤口，等着一切归于平静，忘记一切，重新开始。时间能帮助我疗伤，忘却伤痛，重整旗鼓。维克多的脸庞会在我的记忆中逐渐朦胧，直至变成一个回忆，一个美丽的爱情故事，一个我曾经爱过却弃我而去的男人。我的伤痛也会逐渐模糊，就像是一枚硬币落入水中，激起水花，泛起一层层涟漪，转而形成波纹直到岸边，最后消逝无形。记忆终将会模糊，干涩，消失，忘却。某年某月的某一天，我会倚着壁炉，举着一杯香槟或一杯普里尼·蒙哈榭白葡萄酒，像儒勒·勒纳尔[2] 感慨岁月的泡沫一般感叹人生：

1　从前至后的品牌依次为：伊莎贝尔·玛兰（Isabel Marant）、札第格·伏尔泰（Zadig & Voltaire）、亚历山大·麦昆（Alexander McQueen）、高缇耶（Gaultier）、凡妮莎·布鲁诺（Venessa Bruno）、芭芭拉·布（Barbara Bui）、M＋FG（Marithé et François Girbaud）。

2　儒勒·勒纳尔（Jules Renard, 1864－1910）：法国作家。

"我的记忆真美妙，能把一切都忘掉。"

生活要继续，没必要小题大做，不是吗？相爱的人，极少会认为爱情是永恒的。大家心知肚明。起初总是坠入爱河，如胶似漆、海誓山盟，可过不了多久，就开始彼此厌倦，大眼瞪小眼。渐渐地，我们的共同话题就只剩工作和税负。每天针对谁下楼倒垃圾这个问题吵得不可开交。每天大家出门各管各，在家要么对着电视剧《女警察局长朱莉·莱斯科》[1] 打瞌睡，要么傻乎乎地看 M6 台拍的纪录片，看心理咨询师们如何帮助那些头发油腻、满口四环素牙的人们教育子女或者说服他们接受悲惨的生活现状。我们顶着假面游走生活。吊袜带已经收起来太久，忘了放在何处。反正我们也无所谓，我们之间的对话越来越简洁，我们做爱的次数越来越少直至基本没有，我们宁愿对着街上的靓女型男想入非非。可我们谁也不会过于在乎这些细节，不是吗？很有可能，另一位根本还未觉察到事情有任何的不对。许久前的海誓山盟、蜜语甜言，正慢慢被淡忘，我们却装作若无其事地继续生活，如同昆虫学家观察动物一样耐心等待。直至某一天（这一天肯定会来临），其中的一方终于崩溃。然后，扑哧，就结束了。

然而，我们知道，爱情就取决于这些细节。难怪人们总是一遍又一遍地重复这句至理名言！你们一定也和我一样注意到了，能长久的情侣都是体贴入微、善于倾听的人。他们会温柔地询问对方：我的宝贝，你需要什么？

维克多说得有道理，我已经变成了一个无法相处的家伙。这次的分手，我有不可推卸的责任。我最大的错误就是低估了他。当我们低估某人时，结局要么演变成你鄙视他，要么就是他离开

1　《女警察局长朱莉·莱斯科》（Julie Lescaut）：法国电视剧。

你。在我开始鄙视他之前，维克多离开了我。他做得很对。我吃一堑长了一智。当时的我，和他待在一起的时间越来越少，根本不在乎他想些什么。大部分时间我都不在他身边，奔波于充斥着靓女型男以及自恋波波族的名利场，穿梭于盛大的晚会和晚宴之间。我甚至指责他不喜欢社交，不愿意和我一起出门。有一次，他答应陪我去看戏，我却在最后一刻编了个烂理由给他放了鸽子。本来他为了讨我的欢心才答应陪我去看戏，结果他一个人孤零零地坐在剧场里看本不想看的戏。那一次他生了我好大的气。

尽管如此，我却觉得自己已经相当爱他了。该做的我都做了。我总是动不动就对他甩出一句"我爱你"，我以为这就够了，他就会满足了。很多情侣，时间长了就会忘记向对方说"我爱你"，我不会。这样已经很不错了，不是吗？我做得虽说不够完美，至少也不是最差的吧。我简直太过迟钝，居然丝毫没有嗅到危险信号。有一晚我吸了太多可卡因，玩得太兴奋，凌晨4点才到家，因为之前没有通知他我会晚回家，害他紧张了好几个钟头。半梦半醒之间，他半真半假地抛来一句："如果你继续这样，我会离开你。"我当时听到了这句话，听得真真切切。可我没当真，一扭头就忘了。

于是就演变成了现在这个结局。现在，他一扭头就把我忘了，留下我孤零零一个人趴在床沿终日以泪洗面，吞食大把大把的安定。

我怎么会那么大意？

不过，我没办法就此放弃。电话里，维克多似乎也不想和我断绝往来。有两回他甚至怪我调整恢复得过于迅速。这些不都预示着什么吗？可能还有那么一线希望，微小的一缕，微乎其微的一丝希望能把他重新征服。可能，他和那个婊子处得不怎么样，只是他厌倦了我，却又不敢和我说。只要我重新给他打个电话，告诉他我火热赤忱的心，告诉他我是多么爱他，告诉他我是多么想念他，他肯定会感动的。如果都不敢告诉对方他就是你的全部，爱情还有什么意义？分手那晚那个神秘的女人的声音再次回响在我耳边："'我爱你'这句话，怎么说都说不够……"

让骄傲和自尊见鬼去吧！维克多应该能体会我的感情。大不了他还是不要我，大不了还是一顿臭骂，无所谓。为了不留下遗憾，为了不活在内疚感中，我决心破釜沉舟排除万难，不撞南墙绝不死心。为了生计，怕被解雇，我们可以在工作中忍气吞声、逆来顺受……爱情，难道就经受不起一点儿风吹雨打吗？来了个"小三儿"，就恼羞成怒，把爱情拱手相让吗？她猖狂不了多久，那个贱货，她很快就会滚蛋！

立马，我整个人就像上紧了发条的挂钟。没错，轻言放弃是懦夫的行为！我要像个英勇的战士一样去征服维克多。我要对他说："我爱你，我一直爱的都是你，以前我不知道自己如此地爱你。我瞎了眼，请原谅我。没有你的生活，就像你妈做的炖牛肉一样淡而无味！看着我，我的宝贝！没有你，我就像少了胳膊断了腿的家伙。我失去你，就像嘉克博离开了德拉峰[1]，劳莱离开了哈台[2]，巴塔耶少了峰丹[3]，史蒂芬妮离开了摩纳哥[4]。好了，你已经全都知道了！我再也不把对你的感情藏着掖着了。现在，如果还想抛弃我，那就抛弃吧。想撕裂我的心，那就来吧。为你，我可以死而无怨。为你，我可以奋不顾身。"拭目以待吧，赴汤蹈火，我在所不惜。

心意已决，我准备重新出发去征服我所爱的男人。况且这么

1　Jacob Delafon 为法国卫浴第一大厂。1889 年由嘉克博（Jacob）和德拉峰（Delafon）共同创立。

2　劳莱（Laurel）与哈台（Hardy）：世界喜剧电影史上最出名的二人组合。

3　巴塔耶（Bataille）与峰丹（Fontaine）：法国电视台的黄金搭档主持人。

4　史蒂芬妮（Princess Stéphanie）：摩纳哥公主，影星格蕾丝·凯利与摩纳哥雷尼尔亲王的小女儿。

做，我丝毫没有损失。我突然洋洋得意起来，为自己居然作出了如此英勇的决定。得赶紧把这个消息告诉吉尔和西碧，他们肯定会大吃一惊。

第九章

　　总会有那么些日子，老天爷故意要让你难过。比方说这个早上，坏消息接二连三像约好了似的在办公室等我。那天我还难得起了个早，10点不到就到了杂志社，真是狗屎运！首先，我对下一期杂志封面还没有丝毫想法。不过反正周周如此，我也没特别担心。这一周大明星们规规矩矩。除了某些二线小演员毫无价值的情感八卦（通常是为了炒作而捏造的），一些电视真人秀过气演员的糗事，帕里斯·希尔顿的又一出丑闻……到处一派宁静祥和的太平景致。我得绞尽脑汁找出个解决办法（别想指望我可爱的副主编贝特兰，他看起来比以往任何时候都萎靡不振，眉头紧锁）。

　　第二个坏消息来自我的手机铃声。破天荒我没看来电显示就接了电话（现在想起来都让人抓狂）。一接电话我就后悔不已。电话那头，传来兴业银行我的账户顾问一字一板的声音。他希望尽快和我见面，针对透支、消费、白金卡的使用底限、信用状况等目前账户的种种情况，重新与我讨论一下。他通知我，我活期账户上透支的金额，差不多已经相当于我四个月的工资总和。再加上我这个月的信用卡消费，他郑重提醒我，已经超过了八千五百三十四欧元。他的问题更要命：我打算如何收拾这个局面？我只能以沉默抗议。银行顾问是他，又不是我！而且他的问题实在不高明。如果是我自己让自己深陷泥潭，明摆着我脱身乏力。难道我会问他下一期杂志封面该怎么做吗？可是他居然威胁要冻结我的户头，被逼无奈，我只得接受第二天的会面。

当第三个坏消息传来的时候，我简直怒不可遏了，那是苯波发来的一封电邮。我差点儿把这个家伙给忘了！就像此前担任此职位的其他傻蛋一样，我的新任市场总监希望向我汇报近期的市场调查报告。邮件被抄送给了若干人：期刊订阅部经理、发行部经理、广告部经理……都算是"邦"出版社有头有脸说得上话的人物，这些虚有其表的家伙，其实早就该扔进附近的职业介绍所去。苯波把会议安排在周四早上 9 点。干吗不索性定成早上 6 点呢？显然他还不了解我的作息时间。我的助理立刻通知他，说我希望将会议改在 11 点进行，而且午餐前尽量不要给我安排活动。这家伙显然太自以为是了，以为自己和七号国道 [1] 一样牛，居然打电话来亲自询问。

"您好，白兰洁，我是苯波。您还好吗？"

"嗯……"

"呃，有人告诉我说您无法参加会议。"

"我只是无法在 9 点钟参加会议，这两者有区别！"

"啊？我可不可以请问您其中的原因呢？"

"恐怕不行。"我闷闷不乐地回答。

令我大为光火的是，他居然还怀疑自己没听清楚，停顿了片刻继续说：

"呃，您恐怕什么？"

"……怕您问我 9 点不能出席的原因。"

"既然如此，那我们就不等您，9 点准时开始。"他冷笑道。

他肯定以为这么说会让我窘迫。错！

---

1 七号国道（Nationale 7）：又称为"假期之路"。从法国北部到南部度假的必经之路。

"没问题，祝您一天好心情！"我和颜悦色地回答，高兴终于可以摆脱这份苦役。

我干巴巴地挂了电话。他要开会就让他开去吧，这个蠢货！他以为这样会让我难堪，简直是白日做梦，我才不在乎什么会议呢，什么规划讨论会、领导委员会，我通通深恶痛绝，简直是糟蹋我的青春。挂了电话，刚得到片刻的安宁，助理告诉我他重新在线上。这家伙烦死我了，烦死了……

"什么事？"我的语气像冬天的冰块一样寒气逼人。

"刚才恐怕是线路突然中断了。"

"根本不是！是我挂断的。对话已经结束了，不是吗？我正在办公室里开采购会议，没时间把一整天都贡献给您。"

"我还是希望您能够参加这个会议……"他坚持，用貌似讨好却略带威胁的语气。

可我实在没时间和这个傻瓜磨唧，他开始挑战我的忍耐极限了。

"如果会议 11 点开始我就参加。早了我不去！"

"之前我不知道这是杂志社的惯例……"

"至少这是我的作息习惯！轮不到您来改变。我们这儿是杂志社，不是大卖场，您得习惯。您要是不高兴，就去大老板那儿说啊。我想他一定会觉得很有意思。如果您想，我可以亲自打电话告诉他您的这一专制行为。这简直就是精神骚扰，我说错了吗？"

我不容置疑的口吻挫了他的傲气，他的语气立马来了个一百八十度大转弯。不出我所料，他果然是那种只拿软柿子捏的没出息的种。

"呃……白兰洁，如果我们想一起工作，就得找到折中方案……"他继续说道，有意示好。

"错！我一点儿也不想和您共事。但是您，如果想和我一起工作，没错，您就得学会妥协。第一件需要妥协的事，就是您必须适应我的作息时间。好了，我们总不见得在这个问题上要讨论一天吧。您爱什么时候开会就什么时候开会，我无所谓。除非时间安排我可以接受，否则我不会参加。现在对不起了，我还有事要做。"

这一次，我依然没说再见就挂断了电话。让-吉和两位服装设计师已经到达我的办公室，准备为专栏《穿衣就像……》召开每周一次的购物例会。只见他在一旁欢呼雀跃：

"噢，天哪！你把他给怎么了？我太——崇拜你了！"

我及时打断了他，怕他又要开始不着边际地瞎扯。

"好了，好了。我们集中注意力。我的小让-吉，我说的这个作息时间和你一点儿关系都没有。这是我的作息时间，不是你的。明白了吗？"

我冲着他压低下巴，眼神犀利，一字一顿地说。他自觉无趣地耸耸肩，赶紧转换话题：

"好啦，主人，继续吗？我们可是来这儿做事的！"

我正准备再次警告他不许使用这个可笑的称呼，尤其不许当着别人的面叫，正在这时，我最心爱的副主编汤姆，把头探进了办公室。

"女士们，你们好……抱歉打断你们的思考，不过我就打搅一小会儿。白兰洁，我来只是想告诉你，我刚看到了布兰妮·斯皮尔斯儿子的照片……她实在太丑了，而且她的孩子看起来就像小魔怪格林，不过大家似乎都想得到这些照片。我们有一刻钟时间来决定到底买不买。所以……"

"你没瞧见我也在这儿吗？你只叫'女士们'，不觉得失礼吗？没礼貌的家伙！"让-吉鼓着个腮帮子气咻咻地说。

"哎呀！真对不起，让-吉！我没看到你。那我重来一遍吧。"他先是朝着我和另两位女设计师喊了声"女士们"，接着毕恭毕敬地冲着让-吉喊了声"小姐"，然后说了句，"给你们请安了！"

大家都忍俊不禁，让-吉也憋不住，笑了。

"小滑头！"他佯装发怒，说道，"还从来没有人这么叫过我呢。不过，亲爱的，你要对'小姐们'长个心眼。像我这样的'小姐'，个个怀揣一根大棒，随时准备自我防御。如果你想尝尝大棒子的滋味，我可以勉为其难地……"

"呃，我好怕，我好怕……"汤姆嗲声嗲气地回答。

眼看场面即将失控，我赶紧插话：

"行了，行了，男孩子们……由衷感谢二位给我们编辑部带来的精彩辩论。好了，汤姆，我五分钟后到你那儿去，等这边一敲定，我就过去……让斯帕公司的卖家稍等片刻。"

汤姆消失在他办公室的方向，让-吉则神气活现地在镜子前摆弄一件红色的女士短背心，我冲着他发话：

"我还是没办法同意你。《穿衣就像文森特·米顿[1]》，这主题有点儿敏感。一个喜欢男扮女装的男人，会牵扯到谁？姑娘们，你们觉得呢？"我转身询问两位设计师，她们的评判向来中肯。

还不等她们回答，让-吉迫不及待地接话了：

"什么？我肯定是听错了！白兰洁，米顿简直是化腐朽为神奇，你难道不觉得吗？这家伙，只要一出门就能引发一场骚动……"

"呃……在玛黑区可能的确如此……"

---

[1] 文森特·米顿（Vincent McDoom，1965-）：法国电视节目主持人中喜欢男扮女装的第一人。

"你等着瞧吧，这个版面的效果一定轰动，我敢打赌。"他很坚持地说道。

"我可不这么认为，你想想……这个米顿看起来蛮讨人喜欢，可我不确定，如果把一些品牌牵扯到这种怪异的行为当中，那些设计师们是否会开心……好了，就这样吧。"我一边思索一边对两位设计师继续大声说，"我们可以保留这个主题，但你们要确保这期使用的品牌都同意参与这个主题，因为这次的置衣任务比较特别……让-吉，把那胸罩脱了，那根本不是你的风格……"

"噢，那是因为你嫉妒!"

他们留下来继续商议，我只身前往汤姆的办公室。他的白色办公室宽敞明亮，所有照片在电脑液晶屏上一字排开，他边喝咖啡边等我，一如既往地热情。

"啊，全世界最美丽的主编终于到了!"

他麻利地从办公桌底下拖出我的专用高脚凳，凳子上贴了张字条，上面写着：我上司屁股的御用座椅! 刚落座，他就殷勤地递上一杯无糖咖啡。这孩子，想放松一下气氛，让我开心起来。我感激地说道：

"谢谢! 您真是太好了。"

"乐意为您效犬马之劳!"他毕恭毕敬地回答。

坐在高脚凳上，喝着咖啡，我只消瞥一眼照片就心中有数了。他说得果然没错，布兰妮的照片实在丑毙了。她就像是塞满了奶昔似的全身浮肿，而且憔悴不堪。再看看她儿子，脑袋就像是被洗衣机甩干过的样子。这些照片居然叫价四千欧元。付出和回报绝对不成正比。这个看起来像猪猡的怪物根本卖不出一分钱。不过，我还是故意给拍照片的摄影社出了个高价。这样一来，我们的直接竞争对手《桑巴》，似乎也对这些照片很感兴趣，就得出更高的价钱去买。我就是想让他们大放血一次。这样的话，下一次我们再竞争，他们可以用的经费就少了，嘿嘿嘿……

这么做挺奸诈？的确，我知道。

接下来的时间可以稍稍喘口气。我先是发了些邮件，修了修指甲，在洗手间补了个妆，囫囵吞枣签完了那堆快要塌下来的信件以及公函，接着重回洗手间补妆，打电话去"漂亮朋友"SPA馆订了个印度草药按摩，特别指定要来自西藏的顶级按摩师僧藤。我认为她是全巴黎最好的按摩师。你们可别到处宣扬，否则预订她的人多了就得等。我接受了电影《穿普拉达的女王》新闻发布会的邀请，同意参加在某周五早上举行的高田贤三非公开特卖会，正好可以逃掉那天的编辑部研讨会（三折，谁能抵挡诱惑），拒绝参加国际新闻日，因为所有这些讨论以及争辩，只会搅得我更加心烦意乱。接着，我准备着手收拾我的办公桌。桌子上的杂志和报纸堆积如山，等我过目的文件由助理根据轻重缓急在每个上面都贴了标签。快满溢出来的文件盒里装满了公函、报告，以及来自总经理部或财务部的传真，上面全写着：紧急文件，请尽快回复，机密……信件夹里塞满了新闻稿、书信、公告……显然，我一眼也没瞥。有些文件三周前就搁在这儿了，我估计这些问题早就已经解决了，所以说，再紧急也是相对的。

我实在提不起勇气。从哪儿下手呢？尤其像我这种对什么都无所谓的人，怎么定义哪些重要哪些不重要呢？我试着拿出一个文件夹，上面用红色粗笔写着"预算开支"。里面有图表、数字、各种比率……还有一份叫做"财政管理"的文件（法语又称之为财会），里面是明年编辑部经费预算报告，等待我的审阅和批复。我厌恶地把它合上了。太可怕了！真得给这玩意儿批复吗？自从我来到《超级明星》，就从来没审批过任何紧急的或不紧急的预算报告。财务部很清楚我不会给任何回复，所以纯粹只是走个形式。看这些废纸只会让我精神更加紧张，况且我目前烦恼一大堆。短暂思考过后，我决定用最方便快捷的方式来整理，当然也是我最喜欢的方式。只见我把垃圾桶拉到桌旁，镇静自若且毫无保留地把文件一股脑儿全推了下去，绝对一份不留。我对自己说：重要的东西反正迟早会再出现，如果不再出现，就说明它不够重要！

三下五除二就把一堆潜在的烦恼给清除了，我顿时觉得倍感轻松，得意洋洋地回洗手间补了个妆。接着，我又无所事事地看了一眼表。终于算是来了个好消息，下班时间马上就要到了！除了我，编辑部其他人似乎都忙得不可开交，因此我打算给自己泡一杯绿茶。还没来得及把烧水壶插上电，负责电视版块的记者一阵风似的跑进了我的办公室。她六神无主，泪眼婆娑。

"白兰洁，我能和你谈谈吗？事情很紧急。"

这姑娘名叫约瑟琳娜，给女儿取这名字的父母真够可恨的，简直让人有索赔的冲动，都懒得去参加他们的葬礼。

她心急火燎地解释："事情是这样的，主持人赛瑞峰·蒙坦蒂对我上周写的关于他和他老婆瓦丽的那篇文章很生气。你看过这篇文章吗？呃，我是想说，该怎么办？"

是的，我看过……破天荒头一回，我正好看过这篇文章。这个约瑟琳娜绝对一点儿也不温柔，她文笔犀利，辛辣利落。在那篇文章里，她以诙谐幽默的讽刺语调调侃了这对明星夫妻，说了几句尖酸刻薄的话，曝光了他们的一些怪癖、糗事以及任性举止。绝对没有过激言辞，只不过语气嘲讽。如果说电视能让人发疯，她的诙谐调侃、辛辣讽刺绝对能让人抓狂。导致那位主持人气急败坏地打电话给她，破口大骂，威胁说要请他的律师要求解释权（如果他觉得有趣，尽可以浪费他的钱！我们没什么好怕的，文章既没造谣中伤，也没侵犯私生活，是他自己一直相当高调）。可怜的约瑟琳娜却已经吓得魂飞魄散，不知如何招架。

"听着，这好办，你再写一篇文章就行了!"我漫不经心地说。

"你的意思是让我写篇讨好的文章安抚他?"

"当然不是。你想想……你再写一篇文章，把故事前因后果交代清楚：事情起因、他的威胁、恶语相加。这可是个绝佳话题。电视观众和读者们根本不知道有些明星的行为举止就像流氓。他们以为明星们个个都是十全十美的，这都是媒体杂志惹的祸，因为全都是正面报道，一直在说好话，用遮羞布把他们的卑劣行径盖了起来蒙蔽读者。导致现在只要说一句他们的坏话，这群忘恩负义的家伙就跳出来抗议。他们也不想想，其实早该给我们立一堆仁慈牌坊啦。好了，现在去写吧，把一切都记录下来!让读者们了解了解真相。"

"噢，天哪。"她吓了一大跳，说，"这只会让事情变得更糟。他可是在法国电视一台工作的。"

"这和法国电视一台完全没有关系。我向你保证，电视台绝对不会出来插一脚。这是他个人态度的问题。你以为艾蒂安·姆杰特[1]整天对着这群狂妄自大的家伙还没受够吗? 相反，他很高兴有人出来灭灭他们的威风，这样就不用劳烦他亲自出马了。去吧，别怕。我敢打赌，他，或者其他任何人，谁也不敢再打电话过来骂你了。"

她看样子犹豫不决。骨子里，她是个心肠不错的女孩（我猜，所有叫约瑟琳娜的女孩都很善良）。她不喜欢把事情搞复杂，和其他大多数记者一样，她害怕和明星们翻脸。她宁愿被人瞧不

---

[1] 艾蒂安·姆杰特（Étienne Mougeotte，1940– ）：曾任法国电视一台台长，2007年6月离任。现任《费加罗》杂志的主编。

起，也希望继续被邀参加众星云集的晚会，和明星们假装熟络，以为自己是他们的朋友。可怜的姑娘，她一点儿也不懂。名人们只会尊重那些不把他们当回事的人。对于围着他们奴颜婢膝、阿谀奉承的家伙，他们根本不放在眼里，除非是令他们害怕的人。他们把新闻人踩在脚下，却整天幻想着自己的照片能刊登在《解放报》[1] 的最后一页或者有关自己的报道能出现在《摇滚怪客》[2] 的某一期中。因此他们自视甚高。然而，要是您向他们发射了飞毛腿导弹，即使他们当时疼得嗷嗷叫，我保证，下次再见您的时候，他们会彬彬有礼地对您打招呼。约瑟琳娜小时候肯定幻想过当歌星或影星，直到今天她还抱有当电视主持人的幻想。如果她和电视圈内的某位大人物翻脸了，就相当于少了个机会……我想读懂她那点儿小算盘，简直不费吹灰之力，可我不想得罪所有的约瑟琳娜（何必到处树敌呢？她们中的有些人可能会读到这本书，如果花十七欧元只是为了买气受，她们可不愿意），"约瑟琳娜"们的想法，基本很好猜。

比方说这位，我预感到她会请求更多的时间考虑。

"我再考虑一下。"她轻声说。（猜对了！）

看来只能听天由命了，我回答：

"随你便。你自己决定是否要得到别人的尊重。你想想，蒙坦蒂敢对《解放报》最后一页的编辑用这种语气说话吗？"

白费力气。她完全一副手足无措、六神无主的模样，我觉得她脑子短路了。

"可是他说他要打电话请律师要求解释权。"她忐忑不安地说，"我们该怎么办？"

果然，她根本没领会我刚才说的那番话。

---

1 《解放报》（Libération）：法国全国发行的第二大日报。最后一页的惯例是刊登一位名人的照片。
2 《摇滚怪客》（Les Inrockuptibles）：法国著名的音乐文化周刊。

"他只是随便说说而已！就这篇文章，他要求不了什么解释权。他的律师肯定已经和他说过了，正因为如此，他才那么生气啊。再说了，如果他愿意浪费钱打官司，就让他去折腾。到头来，他什么都捞不到。你懂吗？"

她没吭声。我不甘心，提高了分贝继续说道：

"约瑟琳娜！你到底听到没有？还在想什么？"

"嗯，哦……"

半天放不出一个屁，我决定放弃。约瑟琳娜与法奇那[1]正好相反：我越摇，气泡越沉淀。别指望出现奇迹。

"好吧，听着，随你便。我提供给你这个机会，可以利用杂志来自卫。你自己决定。不过，他或是其他人下次再来找碴儿，别怪我没给你机会。尊严，约瑟琳娜！至关重要啊，尊严。"

我的手机铃声突然响起，谈话算是告一段落。我没接，怕又是什么烦心事。约瑟琳娜一言不发地走出了办公室。我猜这事儿会让她整晚坐立不安。突然间，我的脑子里闪过一个问题，是一个古往今来的科学都未曾涉猎过的问题：那些约瑟琳娜们，到底有什么用？

---

1 法奇那（Orangina）：法国苏打水品牌。

第十章

这些事情固然精彩，却做不了下周杂志的封面！况且我已经迟到了，我约了吉尔和西碧参加某汽车制造商举办的派对，地点是位于亚历山大三世桥下的时尚会所"秀"；全巴黎浅薄无知、不学无术、只爱吃喝玩乐的家伙将会齐聚一堂。所以是个"非常重要"的派对。再者，我打算向朋友们宣布我要重新征服维克多的决定，听听他们的意见。

去派对之前，我们先去了趟马克特餐厅，吃了顿快餐。吉尔还顺便买了一条高纯度的可卡因，好让我们在饭前品尝一下。接着，异常亢奋的我们挤进一辆商务车里，疯疯癫癫像傻瓜一样笑了一路。

亚历山大三世桥是有钱人寻找刺激的最后时尚场所。俊男靓女，电影明星、模特、时尚作家、公子哥、当红律师、明星经纪人，还有裹在切瑞蒂[1]和高田贤三西装里的世界顶级服装设计大师们的学徒们……简而言之，这里是全巴黎的贵宾级客户以及法国上层俱乐部成员寻欢作乐的地方，与此同时，法国下层老百姓却坐在电视机前对着于连·库尔贝[2]的节目或者美国电视剧大打瞌睡。

派对地点在塞纳河右岸，桥的巨大石拱之间。在这里我们能

---

1 切瑞蒂（Cerruti）：意大利时装品牌。
2 于连·库尔贝（Julien Courbet, 1940– ）：法国著名记者、主持人、节目制作人。

欣赏到整条塞纳河波光粼粼、游船如织、往来穿梭的水面。这里的一切时刻提醒着你，我们是世界的主宰，居住在世上最美的城市。精巧的照明设备照在桥拱上，照耀出缤纷绚烂的光芒。黑压压的人群拥向会所入口。"世界美食"牌冷餐台上摆满了温热的小吃及糕点，柠檬味的、姜黄味的、生姜味的，还有其他各种口味，应有尽有。

吉尔穿了一条高缇耶红灰色背带裤，配了件加衬里的条纹上衣，很是惹眼。西碧和我，一人挽一条胳膊，簇拥在他左右。当我们三个像这样在一起时，我就会觉得天不怕地不怕。我穿了条极致简洁的保尔·卡[1]黑色裸胸长裙，配一双萨诺第[2]灰色高跟鞋。西碧则穿了条立领的新裙子，配一双木质鞋跟的绿色缪缪鞋。她穿得鹤立鸡群也就算了，居然还浓妆艳抹。我尽量克制自己不发表任何评论。的确，我们成了万人瞩目的焦点。在入口处，我们开心地停留了片刻，对着摄影师做了不少鬼脸。这么标新立异的打扮，肯定会上《巴黎竞赛报》阿佳特·戈达尔的派对专栏或者《桑巴》杂志。接着，我们人手一杯香槟，分头活动。

几分钟后，有人拍了拍我的肩膀。

"白兰洁——！见到你真是太高兴了！天哪，你真是漂——亮！"

我转过身，和阿尔诺·毕叶撞了个正着。他曾经出演过某部电视连续剧，不过最出名的还属他那全巴黎最蛇蝎的大嘴巴。为了显得激动，我也夸张地叫道：

"阿尔诺，亲——爱的！你——也在这儿？真是太——好了！"

我不明白为何在这种派对上，认识的人相见都要装作欣喜若

---

1 保尔·卡 (Paule Ka)：法国时装品牌。
2 朱塞佩·萨诺第 (Giuseppe Zanotti)：意大利知名鞋履品牌。

狂的样子，喜悦激动的程度不亚于阔别十五年的旧友重逢，要是换成在其他场合，则完全是另一番光景：随意地问声好，只为显摆自己交友广泛。最常出现的状况是，分手前双方热情约定以后再打电话联系，其实压根儿就不知道对方电话号码，扭头就是一句："妈的，刚才这家伙是谁？面熟，但不记得叫什么名字了，也不敢问。"然后继续举着香槟徜徉在派对里，直到下一个重要的重逢。如果要我给派对举办方提点儿建议，我肯定建议在入口处给每位来宾发一个胸牌。开始大家可能会嫌弃，觉得像养殖场的肉鸡一样被挂上了标签。但我敢打赌，过不了多久，所有人都会兴高采烈。每个人都戴着写有自己名字和职务的胸牌，多方便啊，避免了无数次尴尬的相遇，知道了自己和谁在打招呼。这玩意儿还有助于我们识别大明星，因为明星实在多得我们都弄不清谁是谁了：那边尼科尔·加西亚[1]挽着的那人是克里斯多夫·汤普森[2]还是吉约姆·科奈特[3]？那个趾高气扬的金发碧眼，是埃莱娜·德·富热罗尔[4]还是英格蒂·莎玫[5]？更不用说数不清的企业家子女以及贵族子弟，除非你像史蒂芬·伯恩[6]那么有名，或者你可以把上流社会名人录背得滚瓜烂熟。

阿尔诺·毕叶递过来一杯酒，挽起了我的胳膊。几个月前，他因为在一档电台节目里说了剧组的坏话而被解雇，此前，他一直是那部连续剧的主角之一。此事反响强烈。从那以后，每周末他都奔波于各大卖场做活动。他还在某家有线电视台主持一档人物访谈，所以各种派对都会有他忙碌的身影，他忙着为自己的脱

1　尼科尔·加西亚（Nicole Garcia）：法国女影星。
2　克里斯多夫·汤普森（Christopher Thomson）：法国导演。
3　吉约姆·科奈特（Guillaume Canet, 1973–）：法国男影星。
4　埃莱娜·德·富热罗尔（Hélène de Fougerolles, 1973–）：法国女影星。
5　英格蒂·莎玫（Ingrid Chauvin, 1973–）：法国女影星。
6　史蒂芬·伯恩（Stéphane Bern, 1963–）：法国记者、电台及电视台主持人。

口秀节目物色嘉宾。圈内人都称他为"阿拉伯电话"。因为他不仅常年穿马拉喀什的皮草，更因为如果你希望某件事能在两天内传遍巴黎，只需告诉他并特别指明：千万别告诉其他人。他肯定满口答应："当然，你还不了解我。"没错，我们都了解他：只要有他，谣言会以声速传遍整个巴黎。他还建了个博客，在上面散布全世界明星的新闻，弄得好像昨天刚见过人家似的。不过，他的确认识所有明星，连莎朗·斯通的电话号码他都有。每次只要布鲁斯或者安东尼奥来巴黎，他都要挤到他们身边让摄影师拍照。总之，只要有俊男美女的地方，就会有他的身影。

"上个星期，没有在大皇宫的古董双年展晚会上见到你，我真的好——担心哦。"他假惺惺地凑到我耳边说道，"还好，也没什么特别的，大宫殿也没什么好看的，不就有个大穹顶吗？看多了也烦！我得说……"

我不想让阿尔诺知道我失恋的事，所以赶紧编了个烂借口。

"我了解，我了解。"他回答。其实他根本没在听，两眼直瞅着旁边另一位明星，等待时机去套个近乎并自我推销一番。

"既然你什么都了解，那就告诉我，我下周的杂志封面可以做什么？你有没有什么压箱底的八卦或者最近的小道消息？"

"当然。"终于找着机会卖弄，他不禁洋洋得意地说道，"我有条独——家——新闻，亲爱的！帕里斯·希尔顿刚刚被她的男朋友给甩了，据说是某企业的继承人。你肯定猜不到那男的为了谁把她给甩了，说出来你都不相信……"

吉尔和西碧正一个劲地冲我打手势，弄得我心不在焉。等我回过神来，阿尔诺正邀我陪他前往牧女游乐园[1]观看歌舞剧《小酒馆》的首场演出。我欣然接受。出去玩玩也好，省得我整天萎

1　牧女游乐园（Les Folies Bergère）：巴黎老牌的歌舞秀场，已有一百三十多年的悠久历史。

靡不振。

我们三个在挪威自助餐台那儿再度碰头。那里提供一种产自哈萨克由草叶熏制而成的伏特加。"这酒绝对醉人。"吉尔边说边掏出小玻璃瓶猛吸，这家伙还说自己有节制，一晚上都已经吸第三回了。他们听说待会儿在巴黎的地下水道[1]还有一场狂欢，可没人知道在哪儿。我一口回绝，因为明天还要工作，而且杂志封面依然没有任何头绪。我得保持理智。理智？这个词居然匪夷所思地从我口中冒出来，他俩听了差点儿没被伏特加呛到。

"是啊，是啊。"吉尔递给我一管偷偷藏在小瓶里的可卡因，一脸坏笑地讽刺道，"给，拿去放松放松，宝贝儿，别在这儿表你的决心了。"

我趁机向他们说明了打算重新赢回维克多的决心，并摆出了一堆大道理，说什么也要为自己心爱的人战斗到底，不惜任何代价也要让他重回我的怀抱。他俩难以置信地瞪着我，好像我宣布的是要进本笃会当修女一样。听完，吉尔抛过来一句："噢，是吧！"西碧则由于惊吓过度，一口气把伏特加喝了个底朝天。两人眼中没一点儿赞许的神情。而且完全没了去地下水道继续狂欢的兴致，结果变成了跑到我家露台上继续派对。凌晨4点，三人一起躺在我家的极可意[2]柚木水流按摩浴缸里泡着漩涡澡（我又一心血来潮的拜金杰作）。我们喝得烂醉如泥，不小心把盘子连同可卡因一起倒在了浴缸里。好不容易弄到如此高纯度的可卡因啊！于是我们拼命吸表面的泡泡，能挽回一些是一些，最后弄得满头满脸都是水和香槟。

幸亏我理智了一回！

1　巴黎的地下水道蜿蜒曲折，犹如迷宫，长约两千四百公里，有一小段被建成博物馆供游人参观。
2　极可意（Jacuzzi）：美国出产的顶级奢华浴缸品牌。

阿尔诺·毕叶的主意不坏。那一周的封面主题我就写了《帕里斯·希尔顿恋情惨遭挫折》。网上流传的关于她的绯闻照片多如牛毛，挑选都挺花工夫。

"终结者"的来电完全在我的意料之中，助理马上帮我接了进来。我早料到苯波会向他打小报告，说我对他态度恶劣，说我行为乖张、性格执拗不是浪得虚名。这些我都知道，没当一回事。不过我料到会有一顿严厉的训斥。

"白兰洁，听到您温柔的声音，真是让我开心！"我的大老板愉快地和我打着招呼。

当他有事要说或者有要求要提的时候，"终结者"惯用一种谈话技巧，时间久了，我早就参透了。他总是先说些无关痛痒的小事，然后才进入正题。寒暄过后，我洗耳恭听他接下来的话。

"我得向您祝贺，汤姆·克鲁斯[1]和凯蒂·霍尔姆斯[2]的那期卖得好极了。把对手打得一败涂地。杂志活力四射，与时俱进，恭喜！"

"谢谢，终结……呃，爱德华。"

"白兰洁，关于那个……"

终于要进入正题了。

"什么？"我带着一副无辜的语气说。

"……就当您帮我忙了。试着对苯波温柔点儿，您把他吓坏了。他都不知道该怎么与您相处了。"

"他居然上您那儿打小报告去了。"

"行了，白兰洁！您天资聪慧，绝顶聪明，对新闻颖悟绝伦，这个年轻人来这儿只是为了辅佐您。您是这份杂志的核心力量、关键人物。可我们需要调查研究来知道市场的变化和读者的

---

1 汤姆·克鲁斯（Tom Cruise, 1962– ）：美国著名男影星。
2 凯蒂·霍尔姆斯（Katie Holmes, 1978– ）：美国女演员，汤姆·克鲁斯的现任妻子。

期待……"

"……"

"别瞎想，白兰洁。您知道我从来没后悔过当初雇用您。您把这杂志做得如此，怎么说呢？……如此灿烂辉煌。可问题是，重任都压在您一个人身上。万一明天您走了，对吧，所以我们得知道读者喜欢什么，面对强大的竞争对手，该如何发挥优势。"

"爱德华，我是不是该理解为，您正打算开除我？"

"别开玩笑，这太荒谬了！"他继续说，"您忘了？您的年终奖还不是由我领导董事会发给您的？足可以证明我对您非常满意，不是吗？好啦，白兰洁，试着努力合作一下。这个年轻人是为了替您分担压力、排忧解难而来的。"

"我尽力吧……不过首先他得尊重我的工作方式。在这一点上，我决不让步。"

"没问题！我会和他说明的。好了，很高兴消除了你们之间的误会。我希望整个团队可以齐心协力，相互协助。我们还面临很多挑战。全球发展日新月异，我们得有能力……"

接下来他要说什么话，我早就会背了，所以根本没听。那家伙居然像个孩子似的趁课间休息去老师那儿告状。看来他的破坏力不容小觑。不过，他同样也不能小看我的实力，走着瞧。

挂断电话后，我简直怒火中烧。为了让自己冷静下来，我泡了杯绿茶，怕自己忍不住去贩卖机那儿买一大板健达缤纷乐，于是又赶紧从抽屉里拿出一袋减肥冲剂。接下来，我重新和助理确认了日程安排。推掉了一顿午餐，又推掉了另一顿，推掉了一个新片试映会，逼助理安排我去另一场没收到邀请函的试映会，然后再次取消……助理完全无法理解我的所作所为。我也觉得自己无法理喻。过多的安定片以及其他五颜六色的药片充斥着我的大脑，把它搅得晕头转向了。我谢绝了去马裴拉的商务之旅，那里将要举行某家豪华酒店的落成典礼。同时回绝了年底在马拉喀什举办的电影节。通常情况下，我早就迫不及待地把这些节日庆典、异国派对通通记录在我的奔迈掌上电脑里了。可如今，离开巴黎对我已经失去了吸引力。我要尽可能地离维克多近一些，说不定他什么时候会想见我。大哪，我怎么变得如此低三下四了？就像一只小狗等待着主人的召唤。

我编了种种借口来掩饰这种反常的懈怠，推托工作太忙，其实却比以往任何时候都游手好闲。对于这些千奇百怪的理由，助理显得无比讶异。她很清楚，我每天其实什么事都不做，除了来来回回跑洗手间一天补十二回妆，就怕别人看到我那哭肿了的双眼。不过聪明伶俐的她，不仅什么也没说，还抛给我一记同情的微笑，让我立刻有想哭的冲动。来来回回变卦把我自己也折磨得够呛。尽管如此，我还是要把日程安排得满满当当，好像这已经成为我生命的意义一样。每晚我会参加一到两个活动，不可能全都去。但我无法控制自己不把行动日志密密麻麻地写满。我特别害怕晚上会一个人待在家，以至于我怀疑我的那一帮朋友——吉尔、西碧、迪迪埃、丹尼尔背着我偷偷商量好了，轮流约我出去玩。每晚，我都在巴黎顶级奢华场所吃饭，就像弗·司各特·菲茨杰拉德[1]一样，我希望放眼望去，视野里全是衣着入时的俊男美女。

最后，助理告诉我苯波的会议将在三天后的上午 11 点举行。我笑了。"终结者"肯定对他下了指示。这样一来，我就被迫要出席会议。我赢了第一局，可种种迹象表明这才仅仅是个开始。

我当时最关心的其实是另一件事。我得联系维克多和他谈

1　弗·司各特·菲茨杰拉德（Francis Scott Fitzgerald，1896－1940）：美国著名编剧及小说家。

谈。找个借口联系他并不难。他走的时候仓促，留了不少东西在我那儿：一些衣服，一个折叠桌，一个烛台……虽然都不值什么钱，却给我提供了绝佳的机会请他哪天来我家取一趟。这个借口虽然俗套，却很管用……再说还有那只猫呢！等维克多哪天晚上过来的时候，我们两人可以在露台一起品尝瑞纳特香槟，我会很安静、温柔、喜悦，我会把我心里所有的话都对他说出来，接着？谁知道呢，说不定他就回心转意了……

　　他走以后，我备受打击，发现家里除了少了他的衣服，浴室的壁橱空了一格之外，什么都没变。我的心里说不出的苦涩。四年的光阴，他就好像只是个匆匆过客。的确，公寓是我的，我在里面住了很多年，可我们在一起这么长时间，居然连一个沙发都没一起买过，让我深感爱情的无力。没有孩子，没有沙发……我们的爱情情牵一线，脆弱无依！注定了经不起任何风吹雨打。即使是这只在我怀中打着呼噜的小猫，这只被逼无奈要我照顾的小猫，是啊，即使这只猫，也是他的，而并非我们的。不管怎么样，即使维克多执意要与那年老色衰的丑八怪在一起，我都要把小猫摆脱掉。

第十一章

我的前男友认为我俩独占这二百八十平米带露台的公寓，相当奢侈浪费。可在我身上，不合逻辑的事情实在太多，久而久之他也就适应了。他一直没明白，我为什么固执地要让公寓维持现状，房子的一半大就足够一个有四个孩子的家庭居住，剩余的地方，按他的说法，可以隔成多间小公寓，这样一来还可以用这些额外的收入填补我经年累月积累的银行透支。我们刚开始谈恋爱的时候，他试图说服我对房子进行改造，可我就是下不了决心，因为我太爱这种奢华感了，每个来这儿的人对此都惊叹不已。

观察第一次踏入这房子的人的表情，是件很有趣的事。公寓地处市中心，古色古香的大楼，一楼大厅大理石地砖，三重密码大门，三楼花巨资安装的视频监控安保装置，最厉害的还要数直达我公寓的私家电梯。电梯门一敞开，他们的表情立马就不一样了。这排场可不是一般的人家。他们的眼里马上透出尊敬来。这年头人人都尊敬钱祖宗！这套公寓到处弥漫着钱味，可这又不是我的错。

十五年前，我哥和我分别从一个姑姑那里继承了位于六区同一层楼的两套小公寓。每套公寓大约七十平米，年久无人居住，当时也不值几个钱。终于不用再租房子，我欢天喜地地搬进了其中的一套公寓。没过多久，我哥由于不喜欢住在巴黎，就把他的那套公寓卖给了我。我没像其他人那样把公寓翻新了拿来出租，反而决定把两者合二为一。所以，二十四岁，年纪轻轻的我就成了一套一百四十平米大公寓的房东。公寓的大小正适合举办派对，我乐此不疲。很久一段时间，这里每周上演着各种疯狂的派对（泡沫狂欢、假面舞会、颓废派对等）。我可以毫不夸张地说：全巴黎喜欢寻欢作乐的派对狂们几乎人人都来过我家，至少一次。有人甚至还在我家睡过觉，因为实在是醉得连自己的名字也想不起来了，或者彻底忘了自己家在哪儿。那时候，我也差不多喝得分不清东南西北了，所以烂醉如泥的我们一股脑儿倒在沙发上等着酒劲过去恢复记忆。直到今天，当我们再次重逢在那些VIP派对上，回忆起当时的年少轻狂，依然激动不已。

最难忘的是有一次我们疯到凌晨3点，然后有人打赌说我们一群人可以赤裸裸排起长龙去大街上转一圈。说干就干，大家马上开始宽衣解带，你追我赶，叫着闹着，一个接着一个，沿着楼梯跑到了寂静的街上。我们先是越过布慈路的十字路口，来到塞纳街，接着右转到了马扎林路，最后从圣·安德烈艺术大街绕了回来。十五六个一丝不挂的小青年光着屁股，那是何等壮观的场面啊！在街上遇到的几个行人，以为是医学系的老生戏弄新生，还给我们鼓掌喝彩。所幸我们一路都没遇到警察。精彩的还在后头，等大家回到我家楼下，我才意识到我把公寓钥匙忘在牛仔裤的口袋里了！一阵哄堂大笑之后，很快有人意识到情况不妙，大家的酒一下子也就醒了。怎么办？打电话叫警察？想都别想！看大家一丝不挂、酒气熏天的样子，至少要在醒酒室里被关上半天。找锁匠？也不行！即使有人愿意这时候过来帮我们开门，看到一大帮疯狂的暴露狂，肯定也会吓得第一时间报警。我的公寓在三楼，如果能弄个梯子就好办了，可方圆五十米内根本没有（我们又不敢冒险走得更远）。我们一帮人挤在一楼的门厅站了足足有两小时，思考着解决办法。破门而入也不可能（当时还没安私家电梯），而我老妈要求我装防盗门，我居然听了她的话真装了。正当我们愁眉不展的时候，救星来了，一辆垃圾车正好路过。看着一群人心急火燎地冲到外面大声求救，清洁工都快笑翻了。我们求他们把卡车停到我家的窗户底下。经过十分钟的协商，他们同意把卡车停在窗户底下，让一个男孩子爬上去，然后试着跨过阳台栏杆爬进屋内。可是光凭一个人还是够不着，需要踩在另一个人的肩膀上才能够得着窗户，幸好，窗户是开着的。

试想当时的场景：两个赤身裸体的大男人，爬在垃圾车上，一人踩着另一人的肩膀，底下一群人在欢呼："加油！某某某，加油！某某某，加油！"门一打开，所有人欣喜若狂地冲进去。这场闹剧持续了大概有三小时之久。为了感谢帮助了我们的清洁工，我们掏空了所有口袋，接着跑到圣日耳曼大街的玛碧雍咖啡馆好好犒赏了自己一顿。有好长一段时间，只要一提起这事，我们就大笑不止。这事传遍了整个巴黎，以至于有很长一段时间，别人都戏称我们为"裸体宝贝"。我得承认，从那时候起，我夜夜笙歌的糜烂作风就名声在外了。

后来，当住我对面的那位老邻居去世之后，一位在房地产公司上班的朋友让我千万肥水不流外人田。我当时没太大兴趣，不过既然他那么坚持，我就和那邻居的继承人说了说，没想到那些土得掉渣的外省人很高兴我替他们摆脱了大麻烦。由我朋友出面谈判：结果，我基本没花什么钱就弄到了那套公寓。这一次我继续固执己见，拒绝出租，而是把那公寓和我原先的并在了一起。我就如此滑稽地拥有了这宽敞明亮的豪华公寓。的确，率性而为既然如此有趣，何必中规中矩？

几年之后，一位收藏家买下了整个顶楼，用来存放他收藏的画（数量不菲的蒙帕纳斯艺术）和其他艺术珍品。我由于太穷，负担不起昂贵的大楼翻新费，既然大楼由我们共同拥有，他又有意要安装一套超级现代、超级精密的安保体系，他提议承担全部费用。我只希望把三楼楼层让给我，好让电梯直接通到我家。这事儿我重复了无数遍，因为所有人都来问我，修这电梯我花了多少钱。如今，我住的房子价值两百万欧元，我花的本钱却还不到十分之一。一个姑娘居然有这样的狗屎运，我估计不少人因此愤愤不平。我能理解，这的确让人不爽。可是，的的确确是公证人自己弄错了楼房图纸，把内院分给了我，如今已改做我家露台（我才不会自己跑去澄清这种错误），我能怎么样呢？我无能为力啊！

可是如今，这个好运连连的姑娘整天愁眉苦脸，苦思冥想着如何不择手段地赢回前男友的心。我决定发一条短信给维克多，按西碧的话说，这是世上最蠢的姑娘希望留住情人的办法。嗨，只是想问问你什么时候来取回你的烛台和桌子。谢谢。再见。

连续两天，他没回我的短信（我本该听西碧的话的）。我气呼呼地重新发了一条干巴巴的短信：你有没有收到我发给你的关于桌子和烛台的短信？拜托，这很紧急。还是没有回音。我简直快气炸了。显然，要么他打算彻底无视我，要么他根本就不打算拿回东西。不过也不是全无希望，不是吗？既然他留了东西在我这儿，摆明了承认我们之间还存在千丝万缕的联系。起初，我把他的沉默尽量往好的方面想。可能，他正计划着不久以后就搬回来；可能他就是想把烛台和桌子留在我这儿；可能……我编织了无数种可能，直到有一晚，吉尔打电话告诉我，头天晚上他泡吧的时候，居然遇到了维克多和他的老女人，外加其他一帮子朋友在波布咖啡馆有说有笑。他们嘻嘻哈哈的吵闹声比卡车司机大联欢有过之无不及，比兰布莱[1]桥牌俱乐部还要热闹。换句话说，

1　兰布莱（Rambouillet）：巴黎近郊的一个小镇。

当我强压怒火忍受他的沉默时，他却和他的朋友们在寻欢作乐。我真傻啊！这一回，我毅然决然地留了个言给他，要求他务必在最短时间内拿走他的杂物和小猫。

第二天，他怒气冲冲地给我回了个电话。没错，他的确收到了那些短信，可他觉得这事根本不急——东西好好地都在——所以他觉得没必要立刻联系我。我强压心头的怒火，努力装出一副很酷的样子说，的确不急，但如果他有空过来就更好了。接着假装以云淡风轻的口吻继续说，这样我们还可以心平气和地喝上一杯。话还没说完，他就迫不及待地打断我说，目前他还没准备好要见我。现在还太早，他需要时间。

"没准备好？什么叫'没准备好'？我只是叫你来取走你的废品和你的猫。我看不出这还需要准备什么。既然你不想见我，把车停在楼下不就行了，我把你的东西通通从窗口扔下去……这样还能重温一下'美好往事'。"

他深深倒吸了一口气，强压住怒火，说道：

"我不明白为什么你千方百计要摆脱这只动物。它怎么你了？它对你一点儿妨碍也没有啊。公寓那么大，清洁阿姨隔天就来一次。"

我停顿了两秒钟，思考着反驳理由。

"当然有妨碍啦。比如说，呃，我周末想出去玩的话，就不知道该把它托付给谁！"

"现在你周末都会出去玩了？四年里，除了去去圣·特佩斯或者高雪维尔，我从来没见你离开过巴黎，现在你居然会出去玩了！"

我撒谎道：

"没错，人也会变啊……我朋友邀请我去乡下玩。最近我比较喜欢去郊外亲近大自然。而且，这周五就要出发。"

他爆发出一阵狂笑。

"你，亲近大自然？你以为我会相信这些鬼话吗？和什么朋友？难道和吉尔、西碧、迪迪埃这伙人？我才不信！你们这帮人，整天锦衣华服地流连于派对，纵酒狂欢、夜不归宿、吸可卡因。现在居然返璞归真了！"

"才不是，是我新交的一些朋友，你不认识……"我结结巴巴地说。

他根本听不进去，粗鲁地打断我：

"听着，你的胡说八道，我才不会相信。我也看不出，让你养一段时间的猫，有任何不方便。我晚点儿再把它领走，还有其他那些东西一并……我得挂了，下次再说。再见！"

他的绝情吓坏了我。这么对我，摆明了他已经不再爱我。我想重新赢得他的计划，我准备好了的表白，一个字都没有讲。生米已经煮成了熟饭。已经熟透了。我得让自己清醒起来：当我还在反复咀嚼伤痛的时候，维克多已经忘记了过去愉快地开始了新生活。泪水又一次像决堤了似的不由自主地往下流。心里完全空落落的，我甚至有点儿喜欢这种感觉……这是我和维克多的最后时光。爱上一个不再爱你的人，是多么残忍而痛苦的事。幸福一旦错过，就再也回不来了。这难道就是失恋？内心的小宇宙仿佛完全被摧毁，只剩下惶恐不安、昏昏沉沉、筋疲力尽，好像穿着高跟鞋跑完了马拉松一样。

在当下的巴黎，高高在上、一呼百应的我们，居然也会如此浪漫、如此英勇地失恋？谁会料到，像我这么肤浅轻浮的姑娘，居然也会失恋？不可思议，不是吗？我决定让事情来个高潮。好吧，到底用什么方法呢？

我分析了无数种可能：

● 在拉斐尔酒店开个房，边喝唐·培里侬香槟，边服下大量的安眠药，死在浴缸里？这种下三滥的死法简直是电影里才会出现的情节。这样死太遗憾了，我就无法参加一位顶级时装设计大师在贵宾坊[1]举办的时尚派对。所以我很快把这个提案否决了，所有人都会参加这个派对，我却因为自杀而不能出席，这绝对不行！

● 推迟一周自杀？同样进退两难。这样就去不了我朋友奥利维搞的派对，我答应了去，怎么能爽约呢？奥利维将在他的豪华大公寓里，为他妹妹芙洛拉·卡斯黛尔举办三十岁生日派对。在他那位于第七区的豪华公寓里，能把埃菲尔铁塔的景色一览无余。他妹妹是当红女演员，四年来一直活跃于大银幕的美女，她与赛德里克·克拉皮什[2]、弗朗索瓦·奥宗[3]及其他当红的新生代导演都有过合作。所以这个派对肯定非常精彩。换做是你们，也肯定不愿意打电话通知奥利维，说我因为要自杀而无法出席。提前把日程都安排好了，还真是没劲，让人连走都无法走得安心。因此，我认为，自杀不能解决我的问题。

● 把香榭丽舍大道上所有的广告牌都租下来，张贴我对维克多爱的告白以及求婚启事？的确很诗情画意。可我还欠银行一大笔钱，银行刚打电话来提醒过我。

● 隐遁于西藏寺庙，远离尘世，清心寡欲，冥想修行。哦……得保证有人两天后就把我接出来，我估计自己不行。

● 也不可能去看心理医生或者请个长期病假：太俗套也太悲惨！谁会喜欢一个整天套着家居服，素面朝天，郁郁寡欢的小妞？呸！

---

1 贵宾坊（VIP Room）：巴黎有名的时尚俱乐部。
2 赛德里克·克拉皮什（Cédric Klapish, 1961– ）：法国著名导演、演员、制片人。
3 弗朗索瓦·奥宗（François Ozon, 1967– ）：法国著名导演兼编剧。

• 给柏琳达写匿名威胁信？也行不通。维克多很快就会想到是我。所以，我也不能在她家大门上乱涂乱画或者戳破她汽车的轮胎……

你们都看到了，我是心有余而力不足，想把事情升华，绝对没那么简单。由于思考过度，我开始头痛。之前我就说过，我没办法长时间连续用脑。我没瞎说吧！无法进行任何英勇之举，我该拿失恋怎么办呢？想象力匮乏到这种程度，真让我抓狂。我又开始哭了起来。有些人借酒消愁，我是否可以借泪消愁呢？司汤达曾经说过：我们不为悲伤痛苦，我们用其他方式发泄。不知为何，我想起这句话，却哭得更厉害了。我决定给自己倒一大杯水，甚至两大杯，因为这样哭下去，过不了多久就会内存不够。如果哭着哭着眼泪都没了，那怎么行！

泪流不止的我，最后打电话向吉尔和西碧求助。他们叫我不要一个人待着。西碧建议到她家吃晚饭，要我立刻跳上出租车，三人到她家碰头。我乖乖地听话照做。电梯刚上五楼，就看到吉尔已经站在电梯门口等我。我扑到他怀里放声大哭。他把我紧紧抱住，我更是哭得死去活来。他轻拍我背，轻声对我耳语："好了好了，亲爱的，一切都会好起来……"西碧也忍不住泪流满面。接着我们三人一起坐到了沙发上，依旧没法平复心情的我，哭了不知道多久，他俩则默默地陪我坐在左右。我的确曾对他们发下誓言，再苦再累，再屈辱再心酸，我也要把维克多追回来。可是现在，他们觉得这实在太残忍了。他们希望我理智起来，等维克多把猫接走，就忘记一切重新开始。可我下不了决心，抽抽噎噎地说："维克多曾经那么爱我，我还记得清清楚楚。我怎么能把这一切都毁了呢？这都是我的错。我不能原谅我自己。"说完继续号啕大哭，吉尔只好一个劲地安慰我："亲爱的，我知道你很难过。"过了一会儿，大家却开始破涕为笑，因为每个人都红着眼睛、抽抽搭搭吸着鼻子的场面实在很搞笑。西碧的女儿罗拉，为了安慰我，送了我一幅她画的画。画很丑，可我还是接受了。接着，西碧准备了些意大利细面，吉尔则开了一瓶红酒。为了轻松气氛，他还取笑说："我们什么都没了，就剩红酒。"在回家的计程车上，我在心里默念：我的朋友们，幸好有你们！

　　我的心情时好时坏，时高时低，起伏不定，情绪好像康复期的心脏病人一样阴晴不定。

　　我时而垂头丧气，时而暴跳如雷。几天焦躁不安的等待之后，我又一次拨通了维克多的手机，打算坚决要求他来取走所有东西，让他的东西从我的生活里通通消失。吉尔和西碧说得没错。是时候作个了断了。不出我所料，他没接电话。"嘟——"声过后，我无比坚决地给他下了最后通牒：要么他在周末前把猫拿走，要么我就把它当做无家可归的动物送到收容所去。至于其他东西，过了这个期限，我可不敢保证它们能完好无损。最后我要求他尽快联系我，认真考虑我的话，否则后果不堪设想……我郑重其事地承诺，绝对不会令他失望。

　　同样的意思，不同的语气传达，效果果然不一样！我亲爱的前任男友一定是突然开窍了，要么就是的确相信我绝对什么事都做得出来，一小时后，他居然神奇般地给我回了电话，告诉我周三过来取东西。他留言的语气听起来很温柔，近乎愉悦。尽管他无法理解为什么我突然对小猫如此讨厌，可是他觉得既然我如此受不了，他还是决定顺从我，把它给领走。他希望从此以后，我俩关系能重新趋于正常，还拥抱了我[1]。最后说他会在礼拜三白天打电话和我确认过来的确切时间。

这个留言我反复听了无数遍，怕自己忽略了他言语之间流露出来的某些情感。总结如下：第一个好消息，他礼拜三要来，而礼拜三就是后天；第二个好消息，他不再生气了。这样更好，他似乎心情不错。他说到了关系正常化，好吧，这也不能说明什么。他只是随便说说，一句没意义的结束语罢了。因此我认为，事情并不是全无希望。我兴奋地拨通了西碧的电话，让她也听了一遍留言。不过她并不像我这么高兴。在她看来，维克多只不过说了他会来领猫，没有其他任何含意。她听不出有什么可以让我那么高兴，还劝我别抱太大希望，说我已经够倒霉了。

"亲爱的，"她提醒我说，"我只能劝你要谨慎。说实话，我觉得你是在做白日梦。维克多之所以会答应你来领猫，是不想眼睁睁看着他的猫死在动物收容所里，仅此而已。没错，他说了他拥抱你，可这没有任何特别含意，完全是句客套话，别指望他这样就会重回你的怀抱。不过，你们见个面也好，这样可以好好坐下来聊聊，作个了断。"

"我知道你这么说也是为我好。我只是一直无法相信维克多可以这么冷漠无情。这一次宁愿孤注一掷，也要图个无怨无悔。我手上只有这一张王牌，这是最后一次机会，唯一的可能，我别无选择，你懂吗？失去他就等于失去我自己。没有他，我连呼吸都变得困难。他这一走，就好像把光明也带走了，一切都变得暗淡无光。现在的我，连喝香槟都味如嚼蜡，可卡因都提不起我的精神。我要他天天在身边守护着我，再怎么说我也要试试！"

"真勇敢，"她说道，"我有点儿担心，不过，也可能是

---

1 法国人在书信或电话中经常用"我拥抱你"作为结束语，亲人、朋友、恋人均可用。无特别含意。

你对。"

"西碧?"

"什么?"

"我俩怎么都那么傻? 总在幸福离开了之后才猛然醒悟?"

敏感的话题。即使隔着电话线,即使手机发出沙沙的噪声,我还是能感觉到她的心跳。我的话触到了她的内心,引起了她的强烈共鸣。因为我俩经历过相同的遗憾。她深吸了一口气,说:

"我不知道,亲爱的……"

平复了一下心情,她继续说:

"好吧,无论发生什么事,你都要告诉我。否则我会坐立不安的。"

"我保证!"

我正准备说"再见"然后挂机。

"说真的……"她突然说。

"什么?"

"我原来不知道你爱维克多爱得这么深。"

我差点儿又要泪流满面,半晌才回答:

"我自己原先也不知道……"

尽管西碧叫我别太抱希望,可挂断电话后,我仍按捺不住地兴奋。第二天,我就先是去了美发店,接着又去了日晒沙龙,还约了美容中心做脸,去死皮,修指甲,修脚。甚至还在健身中心练了三小时的腹部肌肉。下午我特地去了趟馥颂点心店,把里面的各色鹅肝酱点心洗劫一空(他的最爱),还买了其他若干美味的甜咸小食品。我冰了一瓶瑞纳特香槟,后来怕我们兴致上来后聊个不停,又冰了一瓶。我把公寓收拾得一尘不染。把我俩的合照放在最显眼的地方。一张是去年夏天拍的,当时我俩都晒得黑黑的，在客厅的桌子上紧紧相拥。我们的笑容是那么灿烂，简直可以拿去做牙膏广告。另一张照片是我俩手牵手倚着一张桌子，站在戛纳电影节入口的台阶上。放好了照片，我开始考虑穿什么。我把衣柜里的衣服全摊在了床上。走性感路线？还是熟女风格？思考了几分钟后，我觉得还是规矩点儿好。于是放弃了美国古董那件漂亮的紫色无吊带裸胸长裙，因为看起来太挑逗。折腾了将近两小时，我决定还是简洁明快的风格好，于是选中了一条维果罗夫[1]低腰条纹长裤，配一件阿瑟丁·阿拉亚[2]贴身露肩毛衣。

米奈特一直躺在卧室的扶手椅上看我试衣服。它知不知道，它就是我成败的关键？它知不知道，它马上就要离开这里？它安静地打着呼噜。我走近它，抚摸着它如丝般顺滑的皮毛。"我的小猫咪，不是因为我不爱你，"我轻声对它说，"只是，没了维克多，我什么都爱不起来。你能明白吗？不，你肯定明白不了。可能有一天你会和维克多一起回到这里，我们就像以前一样生活。可是现在，我要派你去破坏他们俩的生活。我相信你。你要在她家到处掉毛，在笼子外面撒尿，抓坏那婊子的所有躺椅和家具，抓坏那婊子的脸，能怎么抓就怎么抓，你就是我的复仇天使……"它乖乖地喵了一声，我理解为它接受了使命。

我躺在洒满橘花精华的泡泡浴里，耳边响着安妮·加斯提奈尔[3]演奏的舒伯特大提琴奏鸣曲，格外放松。我的环绕立体声万能遥控器，让我能在公寓的任何角落任意遥控音乐。我提高了音量，闭上眼睛，全身滑入温热的水中，感觉宁静而安详。长假归来之后第一次，我独自一人在家。

泡泡浴之后，我用安娜雅克[4]果酸润肤乳涂抹了全身，摘了

1　维果罗夫（Viktor & Rolf）：法国时装品牌。

2　阿瑟丁·阿拉亚（Azzedine Alaia）：法国时装品牌。

3　安妮·加斯提奈尔（Anne Gastinel, 1971– ）：法国著名大提琴家。

4　安娜雅克（Annayake）：日本化妆品品牌。研发基地位于法国。

隐形眼镜，换上汤姆·福特镜框眼镜。我走出浴室，打开排气扇去除镜子上的水雾。米奈特跟着我来到厨房。我要热一热一小时前送过来的日本料理，还要准备给猫咪的食物。厨房的灯自动开了，因为我有一套极为精密的红外感应系统，人离开二十秒钟后会自动熄灭。我启动微波炉，望着在里面慢慢转动的食物，思绪万千。清洁阿姨刚刚来过，不锈钢料理台被擦得锃亮发光。我从壁橱里取出一个碟子，又从另一个橱里拿出一袋猫粮。我把碟子放在托盘上，摆了一副刀叉、一个杯子、一瓶辣椒粉、一张餐巾纸。接着，我打开猫粮倒在米奈特的饭盆里，把空袋子扔在斯塔克垃圾桶里，然后把饭盆放在了地上。米奈特一个箭步飞奔向前狼吞虎咽，好像饿了三天的样子。接着我瞅了瞅它的水盆，确定水还够它喝。微波炉发出"叮"的一声，热气腾腾的料理烫得我直缩手，几秒钟后我才小心翼翼地把它取出来放在托盘的碟子里，端着走向客厅。

　　我把托盘放在矮桌上，往沙发上一倒，启动开关，露出嵌在内壁的平板电视，漫无目的地浏览着各个频道。一场马德里网球巡回赛的录像吸引了我，我把音量调到最低，看着电视里两个选手疯子似的在击球。安静地看着两个家伙跑东跑西，舒适而惬意。我突然意识到，过去的这几周自己就是如此的疲惫不堪。然而，我如此恐惧的，自己与自己的较量，其实没有那么痛苦。可能在内心深处，我也不是那么讨厌自己，可能我已经开始接受最真实的自己。我长时间凝视着母亲的一张照片，感慨万千。如果她还在世，会怎么说我？无时无刻不拿着烟嘴抽着彼德·史蒂文森烟丝的她，会怎么说我？如果她还活着，她应该早就原谅我了。看我在这一片混沌天地中居然干出了一番事业，她肯定已经相信了我的能力。循规蹈矩、悲观失意的她和标新立异、活泼开朗的我，可能会成为朋友。如果多年前那个一月的夜晚，她的汽车没有与大卡车相撞，我可能会喜欢时不时地找她聊聊天、喝喝香槟。可她居然就这么走了，留下不知所措的我。一小时之后，我攥着拳头在沙发上睡着了，米奈特蜷成一团睡在我的腿上。被调成静音的电视里，转播着某个高尔夫公开赛的片断。

第十二章

半杯水，有人觉着只剩半杯，有人却觉得还剩半杯，取决于你看问题的角度。所以说9月的最后一个周三，将会是好坏参半的一天。原因是：白天我得参加苯波主持的第一个会议，而晚上要和维克多约会。早上要服苦役，而晚上，苦苦等待即将有结果。我当然不指望重逢会有奇迹发生，但这是胜利的第一步。一想到还有希望，我的心中就一阵狂喜。

我故意迟迟才到会场，是要让大家知道，尤其是让某人（你们知道我说的是谁）知道，在这儿得听谁的。他站在电脑边正准备放幻灯片，气得直跺脚，强忍着什么都没说（幸亏他没说）。我兴高采烈地喊了声"大伙儿好啊"，大大方方地坐了下来，还故意发出很大的声响。落座后，我打开我的亚历山大·麦昆手提包，这包是在银行给我打电话前买的。我从里面翻出奔迈掌上宝、手机、iPod。其他与会者，面前人手一本记事本，我什么也没带，这种会议我从来不作任何记录。我朝着负责订阅工作的柯洛伊耳语了一句，说苯波穿着西装像水桶一样，惹得她发出一阵咯咯的笑声。目的达成。

"好吧，既然大家都到了。"他语气僵硬地开口，"我们可以开始了。这个就是《超级明星》封面的定性调查结果。目的是了解我们读者喜欢的口味，尤其是女读者，因为大家都知道，购买我们杂志的消费者82%都是女性。我们选了七百五十位阅读人物杂志的女性读者，针对我们的封面和我们竞争对手的封面作了这个调查。所以说……"

这种陈词滥调我听了不下几十遍，对于什么读者调查、什么竞争对手的封面、什么分析结果我根本没有任何兴趣。于是我满不在乎地站了起来，告诉左右的人我要去冲咖啡，如果有人需要，我可以顺带效劳。话音刚落，大家纷纷举手响应，苯波不得不停止发言，好让我记下每人需要的东西：一杯不加糖的浓咖啡、一杯加糖的淡咖啡、一杯茶……他在一旁气得咬牙切齿，却不敢怎么样。捉弄别人并看他抓狂真是有趣。最后，我端着所有人的热饮回到了会议室，唯独没有给他的。大家热情地感谢了我。

"啊，白兰洁，幸好你在这儿，感觉工作似乎都轻松了一些。"广告部经理克里斯汀说道，"你给我们漫长而又枯燥乏味的工作带来了生气和活力……"

"我想，赞美可以告一段落了，我们继续吧。"苯波干巴巴地打断他的话，说道，"这些表白情真意切，非常感人。可惜对我们的问题没有任何帮助。"

"什么问题？"没想到克里斯汀居然带着嘲笑的口吻说，"杂志销量节节攀升，广告页都不知道该往哪儿插了，居然还拿些无聊的调查报告来烦人。"

我没料到他会这么说，着实吃了一惊，不过我开心得很。以前我以为克里斯汀只在拉广告的时候才会奋不顾身，没想到这个时候也如此英勇无畏。气得苯波只能咧嘴苦笑。这一次，气氛可不是我直接破坏的。其他人不约而同地拿起勺子搅拌杯子冷眼旁观。我反正是事不关己高高挂起，拿起我的奔迈，到底是打俄罗斯方块呢，还是电动弹子？

"为此，难道我们就不分析我们的长处和短处了吗？"他大声抗议，"我就是为了干这个才被雇用的。领导雇用我就是希望把事情做好。"

正好激到我了。我假装被他的语气吓了一跳。

"好专制！我好怕……"

大家都笑了。苯波恨不得拿眼神杀死我。他继续他的报告，而我则开始新一局的俄罗斯方块。他选了一些封面作为案例，分析了起标题的方法、主题、副题、选择的照片。每张幻灯片上密密麻麻地用数字、箭头代表了购买意愿与实际购买趋势。

之前我打俄罗斯方块的最好纪录是八万两千四百分。我的目标是超越十万分。这可不容易，随着游戏的进行，方块下落速度会越来越快，游戏难度也越来越高。内行的人自然明白。打得正欢，苯波突然打断我：

"等您忙完了游戏，我再继续吗，白兰洁？"

"千万不要！"我头也没抬地回答，"继续，我的勇士。到目前为止，您也没说什么正儿八经的事能让我分散注意力。难道报告之后有安排提问吗？"

大家笑得前仰后合，等着看好戏。

"没有提问，但我希望所有分析会对你们有用，能促进杂志的发展。"

"那是当然！相信我！"我嬉皮笑脸地回答，又引起一阵哄堂大笑。

"不管怎么说，重点在于，"他硬着头皮继续说，"女读者们喜欢看明星们灿烂美丽的照片；不喜欢模糊不清或狗仔队偷拍的照片；我们在写标题的时候，不仅要吸引人，而且主题要正面。"

我盯着游戏屏幕，漫不经心地问：

"我们？我们指谁？"

他停顿了片刻，恬不知耻地回答：

"指的当然是，所有对这本杂志负有责任的人。"

这男人实在太有趣了，不是吗？自从我来到《超级明星》，就没遇到过像他这样不知死活、敢直接挑战我权威的家伙。我的工作合同上明确写着，我对杂志上的文字负有全权责任。虽然长久以来，审阅文章的事儿，基本由副主编们全权代理了，可封面这块儿，是我的禁地，我的专属领地，这有点儿类似外交事务这一块儿永远归总统管辖，明白吗？除了我，没人可以碰这一块儿。出版前唯一有权先看的只有杂志出版人。不过他什么也不懂，所以很少会来指手画脚，除非他很想与我们一起喝杯香槟。

说实话，谁想先看封面我都无所谓。相反，虽然我总是我行我素，却喜欢听大家的意见。好好跟我说就行了，我绝对不会允许别的狗跑到我的地盘来撒野。轮不着他来教我和汤姆怎么取封面标题、怎么选封面照片。况且他还当着这么多人的面挑衅。要我听他的，没门儿！

我停下手中的俄罗斯方块（正如他所愿，从这点来讲，他得了一分），微笑着抬起头。所有人都在等着我的反击，期待好戏快点儿开场。我在思考。他想要开战吗？那他一定能如愿，因为我别无选择。我得赶紧表现出自己已经准备好接受挑战。可是当时我的脑子出故障了，一片空白，想不出任何有力的还击或者狠毒的话可以扳回一局。我觉得小职员之间为了屈指可数的薪水勾心斗角、争权夺利这件事相当可悲。那点儿微薄的薪水，还不够他们在巴黎租一套体面的房子。说实话，犯得着为了这点儿工资相互诋毁吗？苯波对我挑衅示威，是为了给人生找点儿意义吧，否则他每天就是挤地铁上班下班、忙忙碌碌等着还清他的房屋贷款。再聪明伶俐也没用，有时候，过于善良让我觉得一切都很讽刺。我突然心生厌倦。生平第一次，我很想放弃一切冲他喊：你想要什么？我的脑袋，是吗？这样你就高兴了？这样你就真的开心了？好吧，给你。当做礼物送给你了！拿去玩吧，拿去爽吧。我把它毕恭毕敬地献给你。可我一点儿也不难过。知道为什么吗？你是当了点儿小官，你是有点儿小权力，你就是想破坏我的生活，可你要知道：我所有的喜怒哀乐，你休想拿走！说真的，我真想一股脑儿把这些话都冲他喊出来，然后收拾东西起身走人。一屋子人屏气凝神地等着我的反应，就像看角斗士决斗。谁胜？谁负？我正准备迎击，他却利用此间歇，对我发起了最后一轮猛攻：

"所以，最后，我觉得在封面定稿前，有必要让我先看一眼。大家意下如何？估计广告部对此应该也会感兴趣，不是吗？您怎么看，克里斯汀？说到底，大家都是为同一本杂志工作……"

蠢货！

"这主意不错。"克里斯汀附和道，他一直对我不让他参与这项工作而耿耿于怀。

这个见风使舵的家伙，就像天气预报一样完全不可靠。刚才还一直和苯波对着干，现在一下子就改变阵营了。

我没搭理他最后的挑衅，犹如英国女皇般神气十足地走出了会议室。这两个家伙就像是开司米经过高温洗涤后缩水一样可怜。我决定不为他们自寻烦恼。两人一定是觉得手头的工作就像家乐浓汤宝[1]一样乏味，所以希望做些更有意义更有趣的工作。下班的时候，我常常看着他们跑着去赶地铁，而我开着公司给我的奔驰轻轻松松超过了他们。我知道他们看到我的时候一定妒火中烧。我，一个高中毕业生，舒舒服服坐在真皮座椅上，听着高保真 DVD 机里传来纳尔斯·巴克利[2]的歌曲《疯狂》。而他们，

1　家乐浓汤宝（Knorr）：超市卖的一种浓缩调味汤。
2　纳尔斯·巴克利（Gnarls Barkley）：美国流行二人说唱组合。《疯狂》是他们的畅销金曲。

个个硕士毕业，却从口袋里掏出五圈[1]的公交月票，等着地铁把他们送回不知道哪个犄角旮旯，一个我从来没去过也永远不会去的地方。没错，生活是不公平的。可是，要是他们都想跑到汤姆的办公室来掺和封面的事儿……可别怪我不客气！

这好像已经成为"邦"出版社的老传统了。大多数主编都要忍受来自各个小头目的压力，什么出版人、部门经理、市场总监，以及乱七八糟各种主管……这些号称领导班子的人，各个毕业于高等商科学校，自以为不可一世，希望被看得起，取代我们做杂志封面，事实上他们却像超市的薯片一样毫无长处。看着他们找关键词、新概念、新用语时抓耳挠腮的样子，就像晚上找他们女朋友的阴蒂一样费劲。不用说，他们什么都找不着，真替他们的女朋友可怜。在我答应来此工作的时候，我就要求独揽大权，任何情况下都拥有最后裁决权。否则我就不来。他们满口答应，暗地里却认为我迟早逃不开他们手掌心。才怪！从一开始，我就把所有白领以及他们的自以为是从我的办公室赶了出去。之后，无论他们再怎么努力，对于胆敢擅闯我领地的入侵者，我绝不手软。

依照我的做人原则：没必要主动树敌，我很快就把早上的不愉快忘得一干二净。杞人忧天有什么用？我的座右铭就是：日久自明。糊涂点儿你反而开心，担心只会加深你的皱纹和黑眼圈。昆德拉[2]（他自己一直是一副愁眉紧锁的模样）说过，乐观可能是愚人的鸦片，可是乐观的确能让我们阿Q一下。比如说，一个不幸从十六楼坠落的家伙，没掉到底层前，还可以幻想幸运可能

1　巴黎大区由内向外呈同心圆放射状划分为五圈。包括了近郊及周边的几个省份。
2　米兰·昆德拉（Milan Kundera, 1929- ）：捷克小说家，晚年定居法国。

130

随时会降临，而不是老惦记着一秒半后自己会摔成肉饼。不过你们会说，不管下落途中他是怎么想的，最后他一定脑浆涂地。

结论1. 如果是想举乐观的例子，这个例子实在不怎么成功。可它能让我们暂时忘记那个可怜男孩的悲惨命运。（显而易见！）

结论2. 宁愿乐观而愚蠢，也不愿悲观而聪明。（And I fuck you. [1]）

然而，估计某些读者无法领会这些哲学思想的玄妙（没关系，正好可以再看一遍这本书……），幻想着和维克多约会的美好前景，我不禁心花怒放。助理问我要不要把两天前取消的午餐重新安排一下。我不假思索地回答："当然，当然要！"就好像这是显而易见的事儿。可怜的姑娘在她记录我日程安排的记事本里画得乱七八糟，就好像托姆布雷[2]的另类涂鸦。

13点15分，我来到海岛餐厅吃午饭。这家餐厅地处巴黎近郊，是巴黎附近少有的几家绿荫环绕的餐厅之一。天气好的日子，所有神情紧张、行色匆匆、面色苍白的波波族们，会一窝蜂来抢这里的露台，就为待上两小时，体验仿佛置身诺曼底的感觉。在这种地方，我们不仅会遇到很多熟人，即使不认识的人，你也会假装认识。有些人甚至一进餐厅就使劲挥手，让别人以为他连坐在餐厅另一头的人也认识……事实上那一头根本没人认识他！有些人更夸张，穿着蒂埃里·穆勒[3]西装或者爱马仕[4]大衣来吃饭，手机一刻也不离耳朵，搞得好像在和比尔·盖茨[5]通话似的。他们就好像刚签完了四十亿美元的合同一样一副趾高气扬

1　英语：我肏你。

2　塞·托姆布雷（Cy Twombly）：意大利籍美国画家，美国抽象派印象主义最伟大的画家之一。

3　蒂埃里·穆勒（Thierry Mugler）：法国著名时装品牌。

4　爱马仕（Hermès）：法国奢华女装品牌。

5　比尔·盖茨（Bill Gates, 1955 – ）：美国企业家、慈善家、微软公司的创始人之一。

的样子，其实只不过是打了个电话和汽车玻璃厂确认晚上 6 点能去取车。我找到了约好见面的那位女主持。她因为主持一档大众脱口秀节目一跃成为法国底层人民的偶像，本人比布洛涅森林里的"马露霞"[1] 还会自我推销。这姑娘（名叫弗朗西斯·穆妲）的确伶牙俐齿，问我《超级明星》是否可以贡献一篇报道给她，说说她的成功事迹。我回答说，只要她愿意合作什么都好商量。她是否已经准备好了曝光她的家、她的丈夫、她的狗、她的猫，以及所有其他私密的东西？她犹豫了片刻，不过我丝毫不怀疑她的蓬勃野心会打败她虚伪的羞耻心。夏天的时候她肯定去注射了肉毒杆菌，否则她的皮肤怎么可能像冻鳕鱼一般光滑饱满。不过她的体臭实在是难闻（在没意识到之前，我以为是因为我们坐得离厕所太近，还差点儿到餐厅老板那里去投诉）。所以说，这个女人简直就是这个虚伪世界的化身：外表光鲜亮丽，内在腐败堕落。

在电视圈里，名气就好比圣·埃克絮佩里写的童话《小王子》里的玫瑰一样稍纵即逝。尽忠职守的我，出于善意向她透露了我的经验之谈。

"没什么秘密，弗朗西斯，您允许我叫您弗朗西斯吗？电视明星应该和观众建立起紧密的联系。"我解释说。与此同时，一位帅气得如同加利福尼亚冲浪运动员[2] 的男服务生在我面前放了一碟蔬菜，在她面前放了一碟生牛排。

"祝您胃口好。"她嘴里塞满了薯条回答说。

1　位于巴黎西郊的布洛涅森林（Bois de Boulogne）被称为世界上最大的露天妓院。"马露霞"是指那里的人妖，主要来自巴西、阿根廷等拉美国家。
2　加利福尼亚州海边是冲浪爱好者的聚居地。

"看看电视屏幕上的那些大明星们，德鲁克尔[1]、福柯[2]……他们毫不吝啬地对着摄影师敞开家里的大门，展示他们的家庭。二十年来，我们熟悉了他们的一切：他们的妻子、孩子、游艇、直升机、南部的别墅……广告商都愿意找他们合作，因为他们愿意与大家分享生活。这就是他们在荧屏上长盛不衰的原因。"

"啊，您这么认为吗？"

"不是认为，是确定。电视明星们要想一直走红，不仅要懂得抢镜头，还得时不时地在《超级明星》或者《桑巴》杂志上露个脸，这样能提高他们在业内人士和制片人心中的地位。他们觉得杂志报道他们，是因为他们受欢迎。既然他们受欢迎，来找他们主持的节目自然也会越来越多。节目一多，杂志上就会有关于他们的新报道，于是……"

弗朗西斯的眼睛大大的，忽闪忽闪。我不清楚这到底是肉毒杆菌的功效，还是因为听了我以上的言论。肉毒杆菌就有这个问题，会把人搞得表情呆滞。让人搞不清到底是因为突发性脸偏瘫，还是因为便秘。不管是不是偏瘫，此时此刻，听完我的一席话，她完全一副崇拜得五体投地的样子。

我真不懂，某些极其自以为是的二线明星，总是拒绝与新闻记者合作，以至于摸爬滚打了那么多年，名气还是那么小。无论我们怎么解释，告诉他们合作可以延长其演艺生涯，他们也总是当成耳旁风，简直和那些罢工的铁路公司职员一样目光短浅。不过，据我说知，没人逼着他们选择这个职业。

这让我想起原先在某家国营电视台工作的一位节目主持人。恃才傲物的他曾经坚决拒绝我们在杂志上放他的私密照片。更糟的是，这个自命不凡的家伙其实不学无术。最后他悄无声息地被

1　米歇尔·德鲁克尔（Michel Drucker, 1942－）：法国电视台著名记者。
2　让-皮埃尔·福柯（Jean-Pierre Foucault, 1947－）：法国著名的电视娱乐节目主持人。

电视台解雇了。他想喊冤，希望得到媒体的帮助，可没人愿意搭理这个骄傲自大的蠢货。这就叫自食其果。几个月后，在一次外出报道时，在梅瑞贝尔[1]我重新遇到了他。他当时在一家不知名的有线电视台主持一档夜间节目。有天晚饭后，我们一起在酒店大厅喝了一杯。他向我倒了一肚子苦水，抱怨报刊杂志对他不管不顾。我立刻纠正了他的错误：一个不愿意给予的人，当然别指望能得到很多回报。通过杂志的读者来信我们可以知道，读者对他的撤职根本没有任何反应。他只不过是千万个可以被任意取代的主持人中的一个。而所有这一切都归咎于他没有和观众建立起密切的联系。他恍然大悟地看着我，好像刚刚明白了为什么 $E = MC^2$ 似的。他说，如果我想要，他可以放一组家庭照片到《超级明星》上。我当然一口回绝：现在为时已晚。他已经一文不名。大家已经把他忘了。鼎盛时期就应该为将来铺好道路。怕对他打击太大，我说这些话的时候不仅语气温柔，而且自始至终都带着善意的微笑。最后我总结了一句，道理其实很简单：当红的时候为什么没有听别人的建议呢？他半晌无语。明明是温柔的语调，却可以在短短几秒钟内，彻头彻尾地摧毁了一个人，不可思议！他又要了一杯威士忌，然后起身去睡觉。看着他走向酒店的电梯，我对自己说，如果明天有人发现这家伙自杀在浴缸里，这肯定是我的错。不过我没有过分担心。眼下国泰民安，温饱总不用发愁。第二天，我目送他登上回程的汽车，松了一口气，他决定回去好好做他的电视节目，尽管收视率就像古猿的脑部射线图一样惨不忍睹。走之前他意味深长地看了我一眼，似乎在说"谢谢，我已经明白了"，又似乎是说"你这个狗娘养的，哪天要是我再次飞黄腾达了，你甭想从我这儿拿到一张照片"。我不知道他的

1　梅瑞贝尔（Méribel）：法国南部滑雪度胜地。

眼神究竟代表了哪种含意。不过我不在乎，只是向他点了点头表示再见，然后继续埋头读我的枕边书《傲世轻物，自掘坟墓》。的确，在这个残酷的世界，有时候我也会这样。人人都有小小的虚荣心，不是吗？

我把这个故事说给弗朗西斯听的时候，没讲得太详细，怕她会讨厌我。我其实无所谓她喜不喜欢我，反正我也不喜欢她，不过估计她不会愿意把照片放在类似安娜·温图尔[1]一样变态的女主编负责的杂志上。正如我所料，不费吹灰之力，她就被我说服了，同意《超级明星》去她家拍摄她和她丈夫、孩子以及她婆婆的照片。作为交换，我同意给她四大版面。大功告成！

那位"加州"服务生拿来了账单，打断了我们的促膝长谈。他露出雪白的牙齿冲我们微笑，我忍不住偷看他那包裹在紧身收腰衬衫下清晰可见的肱二头肌，以及像巴拿马运河一样波澜壮阔的胸肌。我边输密码，边遐想着他无懈可击的身材，再联想到最近自己极度匮乏的性生活，越发觉得可怜。

回到总部。"邦"出版社所在的大楼既没特色又丑陋。多年以来，由于巴黎房价不断飙升，为了节约开支，所有报刊杂志都移到了巴黎近郊。新一代杂志社领导人的伟大理想就是实现规模经济。这些毕业于国家行政学院或者高等商业研究学院[2]的自高自大的家伙，自己从来不看杂志，只知道根据花钱的多少来判断主编的好坏。当西装革履的市场管理人员在楼道里遇到编辑的时候，对话内容基本可以概括如下：

"嘿，你！有什么想法吗？"

1　安娜·温图尔（Anna Wintour）：美国《Vogue》杂志社主编。《穿普拉达的女王》作者笔下影射的冷酷老板。
2　国家行政学院（ENA）、高等商业研究学院（HEC）：法国培养公务员和商科精英的顶级高等学府。

"有啊!"

"要花很多钱吗?"

"嗯,要花点儿!"

"那就算了!"

从对话干巴巴的程度就能看出双方充满敌意,相互鄙视。尽管我们整天高喊着:"我们是同一团队,我们目标一致。在一起合作实在是酷毙了!"事实上我们谁看谁都不顺眼。自从报刊杂志落入这些衣冠楚楚的人渣手中,我们就得被迫接受他们愚蠢的教条,而且开始变得和他们一样思维局限。所谓金点子,指的就是廉价创意;所谓优质招聘,就是几乎不花钱招聘记者;所谓好文章,就是能招揽广告的文章;所谓好主编,就是能开源节流的主编。在写字楼里,我们要"最大化地利用开放空间"。也就是说,大家就像养殖场的肉鸡一样挤在一块儿——共用空间,共用桌子,共享壁橱,共享照明。那些有独立工作室的幸运儿,也是清一色每人两米乘三米的小阁子间。食堂就好像俄罗斯部队下等士兵的食堂一样灰不溜秋。至于会议室,不仅没窗户,而且不是散发着从空调管道里进来的食堂味,就是散发着前人留下的阵阵脚臭和体臭。在这种环境下,要大家做出生动活泼、别出心裁的杂志,简直是开玩笑!这些新老板们还真是好笑,不是吗?更糟的是,他们固执己见。没办法对他们说通,在这忧郁的环境下,能呼吸到的唯一新鲜的空气,是大冬天从窗户里灌进来的冷风,让人只想钻进被窝继续睡大觉,或者对着电脑和朋友聊天等着下班。这样发展下去,杂志肯定会像人工饲养的三文鱼那样乏味,记者们一个个如同低级技师一样消极怠工,读者们肯定对你的杂志不屑一顾。啊,巴黎的报刊杂志真是美妙!

这不是我的错觉。我感到自己命悬一线。像我这么目中无人、无法无天的女孩子,迟早有一天会在走廊的角落里被一群西装革履的男人枪杀，或者拿钚毒死。一旦《超级明星》的销量下滑，大家就会武装倒戈。在全球企业都提倡统一均衡的大环境下，我这种性格古怪、叛逆乖张的家伙是不可能有立足之地的。可惜啊，因为奥迪阿尔[1]曾经说过："疯疯癫癫的人（法语中'疯疯癫癫的人'与'裂缝'为同一个词）很幸福，因为他们让光穿过。"那一天，一群西装革履的特遣部队将冲进我的办公室，悄无声息地把我押送到人力资源部经理那儿，然后关上门。有人强迫我坐下，人力资源部经理开始滔滔不绝地列举我的过错。数落完毕，他扣动扳机，砰！我就完蛋了！英勇就义。我将成为新闻界的安娜·波利特科夫斯卡娅[2]。为了职业理想而光荣牺牲。的确，他们可以对外宣称这是民心所向：这个女孩太离经叛道，太狂妄自大，太爱幻想，形迹可疑。解决掉她才让人放心。她目空一切，横行霸道，破坏力极强，蛮横无理，极端自由主义。所以我们才要解决掉她。而且，她刚刚还在财政预算会上打俄罗斯方块，这难道不是她目空一切的有力证据吗？

谁知道呢？记者们会在"邦"出版社的办公室，在卫生间和咖啡机旁为我默哀。他们会聚拢在我办公室门前，为我放上鲜花，表达对我强有力的无声支持。我，即使被赶走了，也要实至名归。我要组织一个纪念告别派对，让大家可以在办公桌上纵情舞蹈、蹂躏电脑、传真机、香槟色的复印机。无论如何要最后一次尽显我的轻浮本色。

可是今天，这些对我来说一点儿都不重要。我早早地离开了办公室，因为，我忘了前面是不是已经提到过，今晚我要见维克多，啦啦啦啦啦啦……生活真美妙，我坐在车里，开在公交车

---

1 米歇尔·奥迪阿尔（Michel Audiard，1920－1985）：法国著名的电影编剧以及导演。

2 安娜·波利特科夫斯卡娅（Anna Politkovskaia，1958－ ）：俄罗斯家喻户晓的女记者，因为报道车臣战争而闻名。2006 年 10 月 7 日被暗杀。

道，陶醉在詹姆仕·布朗特[1]的歌声中。在巴黎大家常说，如果有重要约会，开公交车道最迅速。

一到家，我就准备了一个漂亮的托盘，在上面放了两个穆拉诺高脚杯，又把一瓶瑞纳特放进了一个银质的酒桶中。为了做完美的女主人，我又把馥颂的糕点仔仔细细地摆放在精美圆碟和方形盘中，最后才跑去换衣服。等一会儿维克多就要到了。我们可以再次好好坐下来回顾曾经一起的欢声笑语……

手机响起来的时候，我正在用吹风机给头发定型。是维克多的号码，我忐忑不安地接了电话。他被堵在路上，心情似乎很糟。他告诉我会按照约定前来，但是会迟到，所以没时间上楼。他要我把猫笼和其他东西先准备好。因为他不想在小区附近浪费时间找车位，他一到就在楼下按一声喇叭，我负责把所有东西拿下楼，他直接全都运走。没问题吧？他得挂电话了，因为他没用耳机，那就待会儿见，再见！

我还需要描述我有多么崩溃吗？以为重逢会是温情脉脉的我，现在感觉像是等着快递上门来收件一样匆匆忙忙。我刚穿好衣服，他就已经在楼下按喇叭了。我跌跌撞撞地跑下楼，猫、猫笼、蚕沙、刷子、没吃完的猫粮、猫的健康证，以及所有一切我不要的乱七八糟的东西。怕车子影响路人，维克多就站在底楼门口，用肩膀顶着大门。"嗨，你好吗？"他不好意思地瞟了我一眼，尴尬地笑。看到猫他倒是很高兴，隔着笼子不停抚摸它。除了问对米奈特有没有需要特别关照的地方，其余他一概没问。我回答："没有，没特别要注意的地方。"于是他把大包小包以及猫笼放进车里。这时候，另一辆车正好开进这条路，得把车挪开。我都忘记了我们有没有拥抱。我似乎隐约听到类似："好吧，

---

1 詹姆仕·布朗特（James Blunt, 1978– ）：英国乐坛当红歌星。

那我们下次再见。"于是他发动车子，驶向他幸福的新生活。

楼底下的匆忙一见。这就是我兴奋了四十八小时等到的结果！回到家中，我把点心全扔了，吞了两片安眠药睡觉。维克多只要一恋爱，基本会住到女方那儿，所以半梦半醒中我想象着米奈特来到了那个丑女人的家里。现在我只寄希望于那婊子对猫过敏。至于我自己的生活，简直比阿基·考里斯马基[1]的最新电影还要让人绝望。

---

1 阿基·考里斯马基（Aki Kaurismaki, 1957-）：芬兰导演。电影主人公往往命运曲折悲惨。

第十三章

重逢失意后的第二日，我昏昏沉沉地醒来。再次打电话给吉尔和西碧，再次泣不成声，他们再次安慰我，我再次决定要忘记维克多重新开始。最糟的是，今天，我还和我的银行顾问有个约会。他不仅会严肃地教训我，还要收走我的银行卡。这简直等于是拿走了我的氧气。请问这世上，还有谁比我更悲惨呢？

坐落于圣日耳曼大街的兴业银行分行叫做"红酒大厅"。作为银行分部，这名字很好听。不过这里不会给您奉上顶级干红，而是你的透支账单。所以味道多少有点儿苦涩。就像杂志社里的市场总监们，我不明白这些银行职员为什么也被我弄得团团转。难道我的问题真的是什么疑难杂症？今天，银行经理也是大客户经理，拿着一堆每个月寄给我的透支账单，要直接处理我的案子。我觉得杀鸡焉用牛刀。可在他们看来，那是相当之有必要。

担任此项光荣任务的先生名叫雷厉，这名字取得就像是上天特别委派来修理我这种严重透支的家伙的。尽管我的财务状况惨不忍睹，但雷厉先生知道我有一套价值两百万欧元的豪华公寓，作为大客户经理的他，应该对我也是毕恭毕敬的。对于要交财产税的人，银行职员终归还是要客气的。

不过这一回，我明显感到雷厉先生的忍耐已经到了极限。破天荒头一回，他让我在大厅里等了一会儿。墙面雪白的大厅里放了一个展示架，架子上面陈列了无数小宣传册，展示着兴业银行提供的林林总总的服务。为了让册子看起来吸引人，它们被冠以另类的名称：爵士、节奏、红杉、超越生活、顶尖……让人以为是到了专为先天痴呆者开设的启智班。如果是这样，干吗不为十岁以下的儿童开设"海绵宝宝"保险，为囊中羞涩的乡村青年开设"加油"贷款，为那些一辈子只烧过一辆公车的轻罪犯人设立"贪你妈"贷款？银行把我们全当成了傻子，其实他们自己也是一群蠢货！

雷厉先生把我最后几个月的银行账单在他面前一字排开，并用红笔勾勒出重点。他对我说他很苦恼，非常苦恼，实在不能坐视不管了。

"您对您目前的透支有概念吗？"

"一点儿概念都没有。我从不看账单。反正也看不懂，看着就烦。每次我把账单直接扔进垃圾桶，就像对待银行卡的消费凭据一样。但是我想，您正准备和我来谈谈这个。"

他叹了口气，对我说了个数字。在我看来没那么可怕，在他眼里却像是会危及法国贸易平衡似的严重。我没吭声，因为的确也没什么意见要发表。于是他继续说：

"我得说，您的情况非常棘手。没有储蓄计划，没有存折，没有股票，没有人寿保险……没有任何积蓄……幸好还有些不动产的基础……"

我继续沉默。

"好吧，我可以帮助您。"他继续说，"您的问题可以有很多种解决办法。首先，您的白金卡，我想它不再适合您了，怎么说呢，不再适合您目前的情况。一张普通卡可能会更合理。而且，您看，我已经为您都准备好了。只需要办个简单的手续就可以。"

141

他打开一个塑料袋，拿出一张漂亮的镀金卡。我皱了皱眉头，怀疑地问：

"有什么不同？"

"您可消费和支取的金额将会有所限制。考虑到您的收入情况，我暂时把上限定为每月五千欧元。"

我是不是听错了？他是严肃的吗？还是脑子进水了？

"五千欧元？您想要了我的命吗？雷厉先生，您认为给我五千欧元，我能拿来做什么？什么人能接受这种条件啊？馥颂餐厅里一瓶瑞纳特就要五千欧元，您知道吗？嗯，您知不知道啊？"

他摇了摇头。

怎么会有人不知道馥颂餐厅一瓶瑞纳特的价格？这不是基本常识吗？连这点儿文化常识都没有，真让人大跌眼镜。

"其实我也不太清楚！这个例子不好。因为我都是一次买好几瓶。那么，看看这个亚历山大·麦昆的包包吧！很不起眼，是吧？不过是一些俗气的鳄鱼皮混合些许布条，加一些乱七八糟的口袋和两条拎带……再普通不过了！而且一点儿都不实用！这么多口袋，都搞不清家里的钥匙放哪儿了……翻来翻去以为找到了那该死的钥匙，拿出来却发现是车钥匙。这不气人吗！好了，说这么多废话也没用……您知道这破玩意儿值多少钱吗？您说个价！来吧……"

"我不知道……二百欧元？三百欧元？"他犹豫不决地说。

"三百欧元？"

我目瞪口呆。这家伙哪儿来的，怎么能说出这么荒谬的话？是不是有人正在偷拍想整人啊？肯定是。待会儿摄影师会大笑着出现在我面前，给我看隐藏着的摄像头。看这里！看！刚才我们全都拍下来了！所有人都会笑得直不起腰来，大家相互拥抱。我甚至会拥抱雷厉先生，对他说他很有喜剧表演天赋，因为他居然不知道一个亚历山大·麦昆包的价格，说实话，这实在是太离谱了！

我回头想看看是不是真有摄像师藏在我身后。没有。我环顾四周想找出隐藏着的针孔摄像头。没有。我盯着雷厉先生的脸，想从他的眼神里看出些线索？没有。我等了一会儿，看看是否会发生什么事情。什么事都没发生。毫无疑问，我真切地活在现实世界里，那一刻，我感到非常无助。

我如同养殖场待宰的兔子一般沮丧，低声喃喃地说：

"两千二百欧元。"

"什么？"

"两千二百欧元……那个麦昆的包……而且，我拿的还是优惠价。"

我看起来一定很垂头丧气，因为他同我说话的语气一下子变得好像在向我致哀。

"我知道了。"他说，"我知道了。好吧，听着，别怕，我会把您每月的上限调高到七千欧元。这已经是我的极限了。因为是您，我才这么做。但今天无论如何，我都要把您的白金卡收回。这样对大家都好。"

我没有反抗，乖乖就范。和一个不知道亚历山大·麦昆包包价格的男人，我怎么交流？奥斯卡·王尔德说得很有道理："当今社会，大家对所有东西的价格都了如指掌，可对它们的价值却一无所知。真是遗憾。"

接着，他建议我贷款来还清债务。我一口回绝。贷款？还不如建议我去沙漠度假呢。这家伙完全丧失理智了。幸好是遇上像我这么仁慈的顾客，否则真要去他上司那里投诉。我一脸确信地告诉他我正在等一笔数目不菲的奖金。我保证，三周后解决一切问题。

"三周？"

他皱了皱眉，将信将疑地盯了我老半天。我趁热打铁地说：
"是的，三周！最多一个月。如果我的奖金还不够还债。我可以贷款。这样可以吗？"

"很好。"他极不情愿地同意了，"那我记下了，三周后再联系您。在这段时间里，您可得注意节约开支啊。"

"这还用您说……"

"说清楚了更好！"他讽刺道。

可怜的雷厉先生！这种场面估计是他在他那了无生趣的工作当中能得到的唯一快感了。（我真是刻薄！）他挖苦我，如同挖苦那些和我一样严重透支、乞求宽限几日或希望得到一段时间安宁的人。"求您再给我一分钟，刽子手先生。"其实我一个月后根本没什么奖金。他说得没错，我的情况惨不忍睹。什么倒霉事都赶到一块儿了。

我不禁再次陷入了深深的思考。

怎么才能摆脱困境？

我是不是一个诈骗犯？

一个蜡光纸上的诈骗犯？

一个格格不入的捣蛋分子？

一个精神异常的人？

一个叛逆乖张的人？

一个坏了内部系统循环的恶性肿瘤？

我感觉自己就像是一个拔了保险销的手榴弹，马上就要爆炸了，可什么时候炸呢？

在哪里炸呢？

这就是问题所在……

不过，什么事情都是相对的。我又不是唯一那个身居高位的投机分子。全法国像我这样的多了去了，连政府最高管理机构里都有，真的，真的，我保证！听我说，不过，我不能在这里公开他们的名字。这群无能的家伙内部有一条黄金法则：决不相互告发。大家彼此心照不宣。一句话就可能让很多人下台。有人甚至觉得这会导致整个社会体系的崩溃。你们知道吗，会更糟！我觉得他们说得对，如果揭发了，一切都将像多米诺骨牌一样坍塌下来。所以你们也不要声张，当我什么都没讲，把这看做是你我之间的小秘密。我的仇敌已经够多了，我可不想因为和你们掏心掏肺了几句反而引火烧身。

第十四章

雪上加霜的事于某周四下午 5 点 15 分在汤姆的办公室里发生了。当时我们俩把脚搁在桌上聊得正欢。一边喝着香槟，汤姆一边向我展示着他电脑里关于詹妮弗的照片，打算把她作为下期封面明星。詹妮弗早前因为参加《明星学院》一举成名。头一天，让-吉跑到恩德莫[1]串门的时候，听到了一些"确切消息"，有关詹妮弗目前存在一些个人问题。这可是人物杂志的黄金报道题材，而且她很受大家瞩目。这类报道需要注意的地方就是不要越过底线，别让明星们告你个侵犯个人隐私就行。

让-吉的文章还没开头，我已经把标题想好了：**詹妮弗，遭遇困惑期……**

正在这时，我亲爱的副主编贝特兰，一脸疲惫地踏进办公室。

"苯波想要和您通话。因为您的线上没人接，他就打到我这儿来了。您要接吗？"

"妈的！"我兴高采烈地说。

"他想了解了解下期封面的主题，想先看一眼。"

"妈的！"

"我就这么和他转达您的意思吗？"贝特兰前所未有地勇敢

---

1 恩德莫（Endemol）：荷兰著名的娱乐节目制作公司。

反问道。

"当然！"

"好吧，好吧……"他翻了个白眼，关上门走了。

"噢，天哪！看来又有好戏看了。"汤姆激动地说。

他坐立不安，两手不停地摩擦着。

"我打赌两分钟后会有人再度光临你的办公室。"我说。

"依我看，两分钟不怎么够。"汤姆反驳道，"我觉得需要五分钟。需要我再为您来一杯香槟吗，美丽的侯爵夫人？"

"好啊，亲爱的！我还想再来一杯。"

正说着，门把手被转开了。苯波顶着他那硕大无比的招风耳出现在办公室门口。

"我赢了。"我说道。

"不对，你输了，两分钟还没到。"

"你这是狡辩。"

"哪有，我只是比较精确。"汤姆反驳道。

门口那位傻呆呆地站着等着我们请他进门，我们却装作没看见，若无其事地有说有笑。他只好强颜欢笑，主动和我们打招呼。

"你们好！"

没人回答他，我们正全神贯注地继续争辩。

"我越想就越觉得，你就是诡辩者。"我不依不饶地说。汤姆夸张地眉头紧蹙，苦着脸，好像我正在和他解释相对论和宇宙的起源似的。

"啊？你还当真了？好，让我们来讨论讨论这个词的定义，亲爱的。什么叫诡辩者？"

"诡辩者是那些心胸狭窄的人。你就属于这种人，非得把我预测的误差精确到十秒以内。"

"不对。精确和狡辩，这两者之间……"

"不是狡辩，是诡辩。"

"你确定？……"

房间里的另一个人开始不耐烦了。

"嘿，二位，我向你们问好的时候，你们可以回答一声吗？"

我们故作惊讶状，装作这才意识到他的存在。这一招我们早就驾轻就熟了。尤其是汤姆。

"什么？噢，那儿有个外星人！我好怕呀！"我最爱的艺术总监用手指着苯波，假装害怕得想找个地方藏起来。

"太可恶了。"他生气地说，"既然二位看起来干劲十足，我想知道什么时候我可以看一眼封面。"

还没等我想好合适的反驳，英勇的骑士汤姆已经跳出来救我了。

"请！"他大喊一声，"首先，你得说'请'！明白吗？其次，封面，我们还没开始做。所以你就乖乖等着，等我们叫你，你才能进这个办公室，明白吗？这可是我的办公室！我说得够清楚了吗？"

"我只是问了个问题罢了。"苯波一脸委屈地嘟哝了一句。

"显然你提问的时候不够礼貌，朋友！对我们说话的时候，请注意你的语气。而且，如果有太多的人挤在我的办公室里，我可没办法集中注意力。既然白兰洁是肯定要参与封面讨论的，所以，你该明白我言下之意，多余的人指的是谁……"

"没错，我就是觉得封面至关重要，只交给两个人做似乎人手不够。"另一位也毫不示弱地说，"正如我之前和白兰洁提过的，我希望能在交付印刷前看一眼。"

说完他径直关上门走了。我提醒汤姆刚才他有点儿过分了。

"是的，的确。"他承认道，"不过和这个家伙，我们还有的搞。"

"我也这么觉得……行了，我们再来一杯？"

没错，苯波似乎铁了心地要折磨我。将近晚上 7 点的时候，他再次闯入我的办公室，要求看一眼封面讨论的结果，因为我习惯了在和汤姆讨论后留一份样稿在我这儿。那个时候，恰巧贝特兰在向我汇报接下来一周明星的活动，顺便牢骚两句他的第四次离婚以及没完没了的赡养费问题。我不情愿地给苯波看了我们讨论的结果，不过不准备理会他的意见。他觉得詹妮弗的照片太凄惨了。另外，关于其他小照片，他觉得凯特·摩丝[1]和皮特·多哈提[2]在一起的那张显得"尤其堕落"。我傻眼了，目瞪口呆。贝特兰这一回却史无前例地思维敏捷。

"人物杂志不是什么基督教义。"他说，"如果明星们都是些唱诗班的孩子，那我们就只能关门大吉。凯特·摩丝和多哈提就如同是坠落凡间的英雄，让我们浮想联翩。"

"嗯，那说另一个，'《实习医生格雷》[3] 的男演员被炒'，真要把这标题放在封面吗？吸毒，酗酒，外加一个男同性恋……"

我忍无可忍地打断他："难道你想拿米哈伊·玛蒂耶[4]做封面标题？我们还有一篇关于海蒂·克拉姆[5]和歌手席尔[6]的报道，可惜他是个黑人。会造成不好的影响，不是吗？"

"我不是这个意思。我只是想提醒您，人物杂志首先要带给读者憧憬和幻想。而现在，不是意志消沉的詹妮弗，就是过气明星的放荡行为，还有男同性恋的出局。哪里有一点儿让人浮想联

1　凯特·摩丝（Kate Moss, 1974 - ）：英国名模。
2　皮特·多哈提（Pete Doherty, 1979 - ）：英国摇滚歌手。
3　《实习医生格雷》（Grey's Anatomy）：美国电视剧。
4　米哈伊·玛蒂耶（Mireille Mathieu, 1946 - ）：二十世纪六七十年代红极一时的法国歌手。
5　海蒂·克拉姆（Heidi Klum, 1973 - ）：德国名模、演员。
6　席尔（全名 Seal Henry Samuel, 1963 - ）：英国黑人歌手，海蒂·克拉姆的丈夫。

翩、向往憧憬的感觉。"

"老实巴交、循规蹈矩的明星，即使有，读者们也没兴趣。他们对中规中矩、从不出轨的人没兴趣。他们想看的，是爱情，分分合合；悲剧，大起大落；暴力，朝三暮四……"

他停顿了一下。从对话一开始他就没正眼看过我。这个伪君子眼神狡黠，难以捉摸。

"关键在于要恰当选题。不是吗？并不是所有的主题都适合拉广告。"

"谁在乎拉不拉广告！我的工作是做好一本杂志。做一本读者有欲望购买的杂志。只要有读者，广告自动会找上门来。"

"白兰洁，我希望您能考虑一下我的建议。"

"真有趣，我也希望您能考虑一下我的想法。"

"可是您的工作方式我没办法赞同。"

"事实胜于雄辩。杂志就是卖得好！尽管很多人觉得不可思议。但事实如此。至于我的工作方式，如果不适合您，万一我被解雇了，我的黄金降落伞至少能支付我两年的工资。如果您有钱可以花，那正好。我在银行还欠着一屁股债呢。"

"没人想这样。"他说，试图想缓和一下气氛。

"有！我就这么想的。"

"您会考虑我的意见吗？"

"不会。"

"真遗憾……"

"是吗？替谁遗憾？"

他突然把整个身子朝我探过来，公然把手撑在了我的办公桌上，并且把脑袋逼向了我。我往后退了几厘米。不用我描述，你们也知道这样的姿势是多么挑衅。他一动不动地盯着看，试图看透我脑袋深处到底在想些什么（他永远也找不到答案……因为我那里什么都没有。我所有的思想都是肤浅的）。他逼近我，轻声说了几句话，差点儿让我血液凝固。

"您自认为是最聪明的，不是吗？直到目前为止，您把大家都骗得团团转，还乐此不疲。从这点上讲，我对您佩服得五体投地。这简直是一门伟大的艺术。了不起，真的！不过，您本人其实一无是处。大家都知道，只是还没有人能成功地证明这一点而已……"

他压低了声音，继续说：

"我一来，事情可就不一样了。我把您看得一清二楚。这并不难，肯定比您自己看得还清楚。好好记住，您只是个花瓶，既没想法，又没计划，更没策略。您骗不了多久了。真相最终会被人发现。您迟早会遭报应的。您这种人，会死得很惨。"

"我会记得清清楚楚的！"

他重新停顿了一下，继续低声说：

"您是个冒牌货。我从来没遇到过像您这么厉害的。您简直就是个诈骗犯。"

"瞧您说的……"

"很好。您自己心里清楚得很！可是，最厉害的诈骗犯也会被揭穿。在这一点上，您大可以放心，我一定会让真相大白于天下……"

"雄心勃勃！"

"……如果您继续不合作的话。"

"我在做梦吗？您刚才是在威胁我？"

"随便您怎么认为。"

"您刚才的一番言论很有意思。不过，我真的没办法留您，您请便吧……"

临走时他又死死盯了我一眼，才转身出门。目击了全部事情经过的贝特兰，一脸幸灾乐祸。他以为我和苯波水火不容，他就可以从中渔利。我突然觉得危机四伏。难道有什么反对我的阴谋正在暗中筹划？是不是天象、星座对我不利？有人对我施了魔法，还是有人正往布娃娃身上扎针？我的好运到头了？

瞥了一眼我的奔迈，稍许安慰。今晚在富格餐厅将举行迦本奖[1]与施耐特奖[2]的颁奖典礼：各路明星以及所有放纵轻佻的家伙将齐聚一堂。我正好可以放松一下，把所有怒气一扫而光。没有比这更好的散心方法了。让-吉将陪同我出席。怕我忘了这事，他每隔十分钟就到我办公室前溜达一圈，由此看出，首先，他无所事事；其次，只要我一声令下他就能整装待发。

我的手机振个不停，屏幕显示有新短消息。我机械地按了阅读键——您不会相信——屏幕上显示出维克多的名字。我的心跳猛然加速。

> 我想你，
> 那天见到你很开心，尽管很仓促。
> 拥抱你。

我简直不敢相信我的眼睛。尽管上次见面时他表现得那么冷漠无情，尽管他身边有那个又老又丑的骚货，他居然还会想念我。没错，我看得清清楚楚：他想念的人是"我"！这么说来，一切都可能重来？这条短信是几周以来唯一一个令我欢欣鼓舞的好消息。我兴奋得想欢呼，想跳舞。可我克制住了。我通过深呼

1　为纪念法国演员让-迦本（Jean-Gabin, 1904－1976）而以他的名字命名的电影奖。

2　为纪念法国演员罗密·施耐特（Romy Schneider, 1938－1982）而以她的名字命名的电影奖。

吸来调整混乱的思绪。"要冷静，白兰洁，别一下子就高兴到天上去了。他想你，并不意味着他回心转意了。别激动，别把他吓坏了。得发挥聪明才智，重新征服他。"

所以我决定不急着回复他。太着急回他短信会让他自我感觉太好。招之即来，挥之即去，这样千万不行！我宁愿让他不停地看手机，奇怪我怎么不回他的短信。这样他就会更加想念我。虽然我心里直痒痒，可我还是决定少安毋躁，按兵不动。

我从椅子上站起来，摩拳擦掌，欢欣鼓舞。我就说嘛，无论什么时候都要保持乐观。我告诉让-吉一刻钟后出发去香榭丽舍大街。他一阵风似的冲进来，询问我对他新穿的牛仔裤的看法。那是条千疮百孔的浅色牛仔裤。穿着它去富格，有点儿夸张！

"显然，很夸张！亏你想得出来，怎么看怎么都像一个流浪汉。而且你还没刮胡子。要是你这么去，我只好把你留在签到处了。我可不想让别人看到我身边粘着一个科学怪人[1]。"

"噢，没那么夸张吧！你不喜欢？我可是花了二百五十欧元买的……"

"那说明你的薪水待遇不错。我不想再重复了。这条牛仔裤不错，但我觉得今晚去富格，你最好穿件别的什么去。"

"相信灰姑娘的话……"

"不管是不是什么灰姑娘，十五分钟后我们出发。我们已经迟到了。我叫了一辆出租车。不好意思，现在我要去补一点儿粉。"

"好的，主人！"

我把办公室的门用钥匙反锁好，把百叶窗全都拉上，准备一

1　科学怪人（Frankenstein）：英国作家玛丽·雪莱的小说《科学怪人》里的主人公。是一个疯狂的医生，能用科学方法将死尸复活。

个人待一会儿，不过不只是为了重整头发。确定四周没人后，我迫不及待地吸起了可卡因。吸完后仰头，深呼吸，接着拿出我的迪奥赤红色镜子确认一下鼻子上是否留下了可疑的痕迹。我知道最近报纸杂志上天天声讨可卡因的危害。别担心，这只是一种从众效应。明天也可能换成印度大麻、迷幻药或者海洛因之类的。所有这些都为了告诉我们毒品不是好东西（感谢新闻媒体），告诫我们要远离毒品。要是读者们知道，最近写过相关报道的某大周刊记者，实际是个圈内众所周知的吸毒者！他真是什么话都敢说。这事儿成了圈内的一个大笑话。不过，他那可是亲身体验的第一手资料哦。所以，别老想着拿这些来教育我，拜托！

我重新打开窗帘，溜进了洗手间。我现在精神亢奋着呢，也不知道是因为维克多的短信，还是因为可卡因。出门的时候，我在走廊遇到了让-吉。他换了身行头，穿了条保罗·史密斯[1]的长裤，腰线上方系了条超有质感的宝缇嘉[2]丝质腰带，头发上抹了闪亮的摩丝，活像一位威尼斯王子。我很是欣赏他的改变。

"啊，真让人耳目一新！走吧，别磨蹭了！"

"我是不想让你丢脸，主人。"

我转身面朝他站定。

我一步一步欺身向前，害得他缓缓倒退。

"让-吉，你要是再敢这么叫我一次，不出十秒钟，我就能让你的保罗·史密斯变成你刚脱掉的千疮百孔的牛仔裤。明白了吗？"

"不，不要，主人！我好怕啊。"

"我已经警告过你，那是最后通牒。你若再犯，看我怎么收拾你。"

1　保罗·史密斯（Paul Smith）：英国时装品牌。
2　宝缇嘉（Bettega Veneta）：意大利时装品牌。

"那个说要收拾我的人……"

"行行好，你闭嘴！"

一辆豪华商务轿车在"邦"出版社底楼等着我们。一进车厢，我就把脑袋贴在车窗玻璃上，思绪万千：银行没钱了，可能不久工作也要丢了……生活摇摇欲坠，可是维克多还想着我，所以其他都不重要了。让-吉随着 iPod 随身听里面的音乐节奏摇头晃脑，就像一个机器人。汽车沿着塞纳河安静地行驶。埃菲尔铁塔越来越近。塞纳河犹如一条发亮的巨大蠕虫。

一切都显得如此祥和。

一切都似乎皆有可能……

出租车在阿尔马桥左转，沿着乔治五世大街继续前行。

富格餐厅二楼人声鼎沸。今年的奖杯花落谁家，吸引了无数人前来观看。有两种可能：要么获奖者的确是众望所归、前途无量，要么是今晚在巴黎没有其他什么活动。影视圈内的大小明星齐上阵，台阶上人群川流不息，镁光灯闪烁不停，会场里摩肩接踵，觥筹交错。大家虽然相互道喜，却派系分明。演员们扎成一堆，各大电影公司的代表远远地互相打量着对方。要想知道明星们的获奖几率，只要看看有多少人上前和他打招呼并合影。票房大卖的电影的主演备受尊敬，被安排在最好的桌子。票房惨淡的影片的主演，大家只是心不在焉地打个招呼，眼神却越过他的肩膀在观察周围有没有其他更有前途的明星。可怜的演员整晚只能悲惨地端着香槟酒杯，巴望着谁愿意和他聊上几句。大家口中的"电影大家庭"其实只不过是一场美丽的诈骗。

记者们围成一圈聊得正欢，借着酒劲大讲别人的坏话来打发时间。其他各色人等，例如，职业寄生虫、满身珠光宝气的名人前妻、电视真人秀里的三流明星、大腹便便的过气体育明星、塌鼻子的模特们，满脸的俗气和空虚，注定了他们的人生没什么成就。他们落寞的眼神，让人觉得他们对真相心知肚明。清醒地知道自己要完蛋，没有比这个更悲惨的了。不出两年，其中的大多数人就会穷得叮当响，要么搬到偏僻的乡下居住，要么靠在大卖场里搞促销混饭吃。这些人不停地往嘴里塞着温热的食物。有吃总比没吃强。

让-吉激动地向我描述他的情感史，努着下巴对我示意所有和他上过床的男人，只不过他们碍于面子不愿意公开是同性恋。我努力劝他控制情绪。

"你吹牛。在你眼里，大家都是同性恋。"

他用指头指了指一个情景喜剧演员，那男的不仅结过婚而且有孩子。让-吉说他不久前在玛黑区的一间密室里和那家伙有过一腿。我当然不会相信。这个让-吉，净编些瞎话来骗我！我说在黑暗中谁也看不清谁，他可能弄错了。然后建议他，与其接着胡说八道，不如替我去找点儿喝的实在。他刚消失在拥挤的人群中，我们刚才谈到的那位男演员正好上来和我打招呼。他是为了感谢我几周前《超级明星》为他写的报道。我亲切地点头，装作很清楚他说的是哪一篇报道，事实上我甚至都不记得我们曾经替他写过什么狗屁报道。看来时不时地读一读自家杂志还是很有好处的！正在这时，让-吉突然举着两杯香槟出现在我俩面前。那一刻，我才确信他刚才没撒谎。因为他一看到让-吉，脸上立刻阴晴不定，脸色发青。尴尬的安静。"哦，哦……呃，呃……"冷场。我低头喝香槟。让-吉拿眼睛瞟别处。那个男演员困窘地嘟哝了一句"对不起"，接着就消失得无影无踪了。

"看吧，我有没有胡说八道？"让-吉一副幸灾乐祸的表情。

"你赢了。我不知道你对人家都做了些什么，不过似乎他对那次的印象不怎么美好。"

"猜猜看哪……你绝对无法想象，异性恋的人，当他们干男人时，绝对是最最疯狂的疯子。那家伙，他当时左摇右晃，兴奋得如同一只……"

"行了行了……我相信你了。细节你自己留着好好回味吧，亲爱的！"

晚会愉快地进行，我遇到了不少明星，也为《超级明星》约了不少稿（当杂志主编亲自出马邀请她们为杂志吐露心声时，女明星们自然很洋洋得意）。这类社交活动的好处是，谈话内容绝对不消耗你一丁点儿脑细胞（这正好，我本来脑细胞就少）。有例为证：

与某位著名女演员的对话：

著名女演员说："如果《超级明星》能为我写一篇报道就好了。"

我说："好主意！"

"可是我不想谈论我的丈夫，我们离婚了。"

"啊。"

"也不想提我的情人，这样对我影响不好。"

"嗯。"

"提我的女儿也不行，她得了厌食症。"

"是吧。"

"也别说我戒毒治疗的事情，我毒瘾又犯了。"

"哦？"

"也别提上次酒后驾驶的糗事，那是个误会。"

"哦！"

"也别说我在索洛涅[1]的别墅，我把它给卖了。"

"天哪！"

"也别提我的收入，我怕税务机关找上门来。"

"是吗？"

"也不能说我长胖了的事，太可怕了。"

"的确。"

"拉过皮这事也不能说，这是个秘密。"

"我们不会说的。"

"也别问我有什么计划，我一个也没有。"

"嗯。"

"这么说你是同意了？你会给我派个记者来？"

"可是你准备说些什么呢？"

"说我最近演的一部电影。"

"可那部电影实在是太烂了！"

"我知道，不过你们可以把它说成是部好片子。"

"你这是要我欺骗读者吗？"

"是的！"

"那我能有什么好处？"

"等我遇到下一任老公，我保证让你们独家报道我们的婚礼。"

"成交！"

这样交易下来，你们也能理解，我实在需要喘口气。于是打算到其他地方看看。最后，我趁颁奖仪式的时候溜了出来，留下让-吉一个人继续待在这镀了金的花花世界里。

1　索洛涅（Sologne）：位于法国卢瓦尔河谷的巨大自然保护区。

第十五章

颁奖晚会后的第二天，我做梦般地和维克多互发了很多短信。我按照原定计划，等到差不多下午的时候才回了头一天他发给我的那条短信。

　　谢谢你的短信。我也想你……你还好吗？

二十五分钟后，我的手机振动了一下。

　　我很好。谢谢。

我马上又回了一条：

　　你今天话不多。

又等了二十五分钟。

　　没什么好讲的……

我的手指在键盘上飞速移动。如果幸运牛仔[1]敢说他拔抢的速度比他的影子还快，那么我也可以自夸一下自己发短信时手指的灵巧程度。我可以不看屏幕光凭按键就知道自己写了些什么。

> 我这几天能见见你吗？
> 不想这么快……
> 为什么？
> 我已经和你说过了。现在见面还太早！

这家伙真是气死我了……可是我想要他回心转意，就必须少安毋躁。

> 那就请不要再发什么想念我之类的短信了。这很残忍，让我很痛苦。尊重你自己的选择吧……

接着等回复。显然，他挺不慌不忙的！

> 对不起。下次我再想你的时候，就不告诉你了……
> 一个人藏在心里吧。维克多。

我紧急调动我所有的脑细胞。考虑，斟酌，决定：这时候就扼杀他的热情，那太蠢了。比起他毫无音信，我当然宁愿收到他的短信。于是我赶紧回了一条。

> 不要。我希望你想我的时候告诉我。

1　法国漫画《幸运的路克》(Lucky Luke) 的主人公，具有浓郁美国西部牛仔风情。

此言一出，等于是给了他通行证，接下来的日子，他开始肆无忌惮地玩弄我的神经。他一直给我发短信却固执地拒绝见面。我被他折磨得筋疲力尽。我觉得自己完全受他短信的支配，一会儿只言片语，一会儿热情过度。有时候，他说他想我，想知道我和谁一起吃晚饭，我当时在做些什么。有时候，他却一声不吭连续关机四十八小时。当我追问他关机理由时，他回答无可奉告。这样来回来去折腾，一会儿冷若冰霜，一会儿热情似火，我快崩溃了。极度的依赖让我心力交瘁。我失眠了。每天至少看手机五十遍确认有没有短信进来。一有短信进来，我就心跳加速。如果不是他的短信，就会觉得非常失落。如果不是他的短信，我要么机械地回复一下，要么索性不回复。如果是他的短信，一句亲切的问候就足以让我心花怒放，而一个随便的回答则可以让我伤心难过半天。

有一天早上，我终于爆发了。忍无可忍的我，发了一条短信要求他停止这个游戏：要么他真的离开他那个老贱人，要么我们就此打住。新一轮的等待。新短消息进入。新的回复：暂时，他也不知道想怎么做，也不想作任何决定。我真的被惹毛了，给他发了最后通牒。我疯狂地按键，读了再读，字斟句酌，修来改去，行了，就这样吧，妈的！我按了发送键。随他去吧！短信要先被传送到遥远的卫星，然后转发至那个离我距离不到一公里的家伙的手机上。来回来去地折腾，最后总结出六个字：

那你看着办吧！

然后我把手机关了。
再一次肝肠寸断。

继续吃安定片。

所有这一切有什么用？

我会变成什么样？

我错在哪儿了？（不是"在哪个架子？"[1]）

这段时间，在杂志社里，另一个施虐狂，也就是市场总监，不仅天天发邮件威胁我，还不时地闯入我的办公室。他差不多快成功地把我逼疯了，这个白痴！不过还好，我对于这类纠缠已经免疫。一扭头我就能把这些烦恼忘得一干二净。他则不同。他来来回回在走廊里奔波，腋下夹着大堆文件，表情严肃，愁眉不展，额头上的褶子仿佛一条一条的蠕虫。

法国规定一周只工作三十五小时，绝对是公务员的天堂、工会寄生虫的乐园、好吃懒做者的自由港。在这种地方，居然还能看到有人为工作如此卖命，真是令人欢欣鼓舞。尽管抱有这种想法，对于我们之间谁能打赢这副牌，我还是相当好奇。他来找我的时候，我都故意把脚放到桌子上，大玩俄罗斯方块，回答时最多"嗯""啊"一下。看得出他十分不满，咬牙切齿就快爆发的样子。在他那所蹩脚的商学院里，没人教过他该如何对付我这种人。在那里他完全被格式化了，被教育得规规矩矩傻不隆咚，所以对付我这种离经叛道的人，他束手无策。老师们肯定教过他怎么平息冲突、鼓励团队、制作五年规划、优化进度，所有此类空洞愚蠢的理论知识。可是，如何让一个好吃懒做的家伙干活，让她关掉她的俄罗斯方块，理解一个对什么都无所谓的姑娘的心理，这些他却是一窍不通。和我在一起，他的无能表现得淋漓尽致。他天天提心吊胆。我怀疑他一到家就一头埋进大学二年级的

1　文字游戏。这两句话在法文中发音完全相同，但写法不同。

课本里，试图从中找出专门对付我这类人的章节。可惜找不到。我这种典型在高等商学院的教科书里是找不到的。真替他难过，因为只要和我在一起，他就别想有好日子过，他的痛苦就永无休止。

　　尽管维克多的不理不睬让我很难过，可我觉得自己勇气可嘉，这样我也能暂时从他的控制中逃离出来喘口气。正好我需要振作精神去参加朋友奥利维的派对。我曾经因为想参加这个派对而放弃轻生的念头，你们应该还没忘吧。芙洛拉·卡斯黛尔三十岁庆生派对，作为法国影坛冉冉升起的一颗巨星，生日派对当然也是大张旗鼓。派对嘉宾由奥利维亲自筛选，大家被要求保守秘密，不得对外宣扬。女明星希望这个派对保持绝对的私密，所以一个摄影记者都没有邀请。也没有印任何请帖，以防消息泄露。地点定在圣·多米尼克街，时间是晚上9点。吉尔照例充当我的男伴（西碧没找着保姆，只好在家陪女儿涂鸦、玩布娃娃）。

　　当我们到达派对现场时，派对早就开始了，热闹非凡。据说奥利维为了这次晚会，特地把他的公寓漆成芙洛拉·卡斯黛尔最喜爱的黑白两色。看来这是他能想到的最别出心裁的方法，就为了讨他大腕妹妹的欢心。有钱人可以把钱浪费在这些毫无意义的事情上，真是不可理喻！奥利维自己是巴黎某家大律师事务所的股东，这家事务所位于蒙田大街，擅长操作国际大股份公司的兼并收购以及亿万富翁的离婚。他们事务所收取的佣金贵得离谱，和股东见个面握个手就得支付三千欧元。我怀疑他五位数的工资是以六或者七打头的，相比之下我的工资真是少得可怜，才一打头。三十七岁就有如此成就真是不错！所以说：人比人，气死人。

　　派对人口处放着一个水龙头，从里面源源不断地流出醉人的香槟，一位上半身赤裸的侍者站在一旁招待来宾。奥利维的男友阿格斯蒂诺走上前来迎接我。他是一位皮肤光洁、五官立体的美男子。寒暄过后，相互介绍。阿格斯蒂诺脸部棱角分明，发型无懈可击，微笑性感迷人，帅气得好像是 Photoshop 出来的。趁吉尔还没被迷得神魂颠倒之前，我悄悄在他耳边提醒："冷静，亲爱的……别激动，他已经有主了。"

六十来号人在一起漫不经心地瞎扯闲聊。这些古铜肤色、身材苗条、自高自大、自以为是精英的人。这些不到四十岁就打肉毒杆菌、做拉皮手术的人。这些醉生梦死的人。这些瘦骨嶙峋，身穿高田贤三、莫斯奇诺、加利亚诺、华伦天奴或山本耀司的人。这里是时尚达人的聚居地。不过我不怕，因为我自己也是其中一员，在犹豫了要不要穿艾特罗之后我身穿温加罗[1]前来赴宴。

派对的气氛果然轻松舒适，充满情调。公寓的大落地窗正对荣军院的金顶，环顾四周，埃菲尔铁塔、凯旋门、戴芳汀的大拱门，所有美景尽收眼底。在巴黎市中心居然可以欣赏到如此美景，怎么可能？答案很简单，只要你肯花几百万欧元的现金，就可以做到。何必还要跑到脏兮兮的巴黎郊外或者外环以外去住，幸福不是触手可及吗？我永远也无法理解那些穷人是怎么想的！在派对上，我遇到了一些模特，演员，制作人，编剧，两名歌手，一位当红作家，一位声名远播的美容医生及其夫人（她本人显然也经过老公之手加工，因为特像多娜泰拉·范思哲，可惜整坏了），一位自己担任染发师的美发连锁店老板，一位法国国家

1　这一段从前至后出现的品牌为：高田贤三（Kenzo）、莫斯奇诺（Moschino）、加利亚诺（Galliano）、华伦天奴（Valentino）、山本耀司（Yamamoto）、艾特罗（Etro）、温加罗（Ungaro）。

足球队队员，还有一些奥利维公司的律师……罗曼·杜里斯[1]刚到，已经把所有女孩子迷得神魂颠倒。爱丽丝·泰里昂妮和卡拉·布吕尼马上到。尼古拉·杜沃歇尔已经走了。有个在画前驻足的男人，像极了施纳贝尔。房间的另一头突然传来一阵清澈的笑声。我扭头看见芙洛拉·卡斯黛尔和来巴黎为新片作宣传的墨西哥演员盖尔·加西亚·伯纳尔（经我鉴定，他的眼神的确迷人）聊得正欢。只见芙洛拉·卡斯黛尔手握一杯香槟，头微微后仰，露出乳白色的脖子，金色的头发外加英格丽·褒曼的脸庞，真是个尤物。像她这种类型的美老起来比较快，一过四十就发福。不过现在还不至于。她一袭黑衣，散发着简约质朴的气息，这种被无数导演追捧的感觉，称为气质。望着她，我终于明白她为何能成为无数人迷恋的对象，而且真人比在电影里还要明艳照人。我被她深深吸引了。奥利维却正好挑这个时候跳了出来。

"白兰洁——，原来你在这儿啊！见到你真是太高兴了！亲——爱的，你怎么变得越来越漂亮了？"

"呃，我猜是因为夜夜笙歌和果酸醒肤的效果一样好。"

他张开双臂拥抱我，并且行了个贴面礼。接着马上翻了个白眼，长叹一声，模样很焦虑。我问：

"怎么了？"

"我快气死了，"他解释道，"在雷诺特[2]订的甜点居然还没送到。这可是晚会的高潮。他们要是敢放我鸽子，我就去起诉！可怜我还得瞒着芙洛拉，紧张得都快拉肚子了。"

我努力安慰他：

"雷诺特怎么敢放你鸽子，亲爱的！我估计现在，甜点师傅

1 罗曼·杜里斯（Romain Duris），以及后面提到的爱丽丝·泰里昂妮（Alice Taglioni）、卡拉·布吕尼（Carla Bruni）、尼古拉·杜沃歇尔（Nicolas Devauchelle），都是法国目前著名的影星或者歌星。朱利安·施纳贝尔（Julian Schnabel）是美国著名的电影导演及艺术家。
2 雷诺特（Lenôtre）：巴黎有名的甜品店。

们正在精雕细琢他们的作品。你和他们说过这是为芙洛拉的生日准备的吗？"

"当然。"

"那就再耐心等等吧，他们肯定是想做得比平时好。"

"你这么觉得？阿格斯蒂诺也这么安慰我。噢——天哪，我快疯掉了……对了，你应该认识芙洛拉吧？"

我摇头。

"什么？这不可能！你肯定会喜欢她的。芙洛拉！芙洛拉！亲爱的，过来，我给你介绍。"边说着他边用目光搜寻芙洛拉的身影。

可是芙洛拉和盖尔双双失踪。既不在钢琴旁边，也不在大沙发上，哪儿都找不着。问了一圈人之后，终于发现盖尔·加西亚·伯纳尔正在露台打电话，可是依旧不见芙洛拉的身影。一个模特指着一扇门，说刚才看见她从那儿消失不见了。

"啊，行了，我明白了。"奥利维神秘地压低声音，"来，我们也去看看。"

他拉着我的手，往走廊里拽。

"对了，你知道我妹妹和我是一类人吗？"他边走边问我。

"一类人？"

"对，一类人！"

他觉得我迷惑不解的样子很逗，可我还是没明白。

"不好意思，我还是没搞清楚。你说的究竟是哪一类？"

他忍不住放声大笑。

"你怎么可能想不到，白兰洁，和阿格斯蒂诺同类啊，我，你朋友吉尔也是……明白了吗？"

这下终于明白了。我豁然开朗。

"你是说你妹妹，她也是……"

"同性恋，没错！我觉得最好事先提醒你，因为你正好属于她喜欢的那一类型。你可得小心点儿。她和一个网球选手在一起好多年了，她口口声声说对人家忠诚，可是我怀疑她暗地里偷腥。她的那位常年在外比赛，正好给了她自由空间。再加上现在她名气那么大，到处充满诱惑……你明白我的意思吧？"

我怎么会不明白。在我们这个圈子里，大家几乎都搞同性恋，即使是异性恋的人也不例外，看看让-吉的艳史就明白了。我们走进了一间客房。芙洛拉果然在这儿，身边还有那著名的染发师、整型医生的太太以及其他两三个朋友。一些人躺在贵妃床上轮流吸着大麻。而芙洛拉对着一面镜子在吸可卡因。这绝对是个敏感的场景。要是有人突然拿出他的手机拍下一张照片，那将会是一出法国版的凯特·摩丝丑闻案[1]。过了一会儿，这年轻小妞才慢慢挺直起了身子，把目光转向我。

"您也想来点儿吗？"

言语中分明带着挑衅。还没等我说出"很乐意"三个字，奥利维就先抢白：

"芙洛拉，我来给你介绍，这是白兰洁。我和你提到过的朋友，《超级明星》杂志社的。"

接着他扭头冲我继续说道：

"白兰洁，这是芙洛拉。"

芙洛拉的脸马上沉了下来。

"很高兴认识你。"她边朝我伸手边冷冷地说。

"噢，亲爱的，你不用担心，"奥利维张开双臂抱住他妹妹，说，"我可以保证白兰洁她不会泄密。我们可是好朋友。她知道这个派对相当私密，绝对会守口如瓶。人一出名就整天疑神

1　凯特·摩丝曾经因为吸食毒品可卡因引起轩然大波。

疑鬼！"

"我绝对会保密，"我接过话碴儿，"如果你们担心，我可以马上消失。"

"当然不行！"奥利维生气地打断我。

"对不起，我不想破坏气氛。"芙洛拉一脸歉意地说，"我哥哥说得对，都是这个职业害得我整天疑神疑鬼的。"

"这不就行了，没事了。"奥利维赶紧上来打圆场。

他把堆满了白色粉末的镜子朝我递过来。我正拿起吸管，这时候阿格斯蒂诺从门缝里探出头来。

"奥利维，亲爱的……"

"怎么了？"

"雷诺特的送货员到了。"他没出声，用口型示意，以免被芙洛拉听到。

"上帝啊，终于来了！"奥利维一下子从床上蹦起来。

他飞奔出卧室，只剩我一个人端着镜子。芙洛拉一直盯着我。除非亲眼看我吸，否则她不可能相信我。直到我吸完了，她才如释重负，建议我陪她一起去客厅，因为她很想再喝一杯香槟。结果大家一起跟着她离开了房间。

我当时肯定喝多了，因为感觉一切就像是在做梦，不知道接下来会干吗。有明星们刚到，有的则已经要离开了。两位年轻的男侍应生，端着一个看起来比门还宽的硕大无比的生日蛋糕进来，放在客厅的桌子上。蛋糕四周烟花怒放，芙洛拉吹灭了蜡烛。大家一起鼓掌。奥利维说了些祝福的话。接着我们就开始跳舞了，又好像是在这之前跳的舞？还是在这过程当中？我已经完全搞不清了。不过这又有什么关系呢？

我的意识朦胧而混乱，一阵阵欢呼声向我袭来，不过越来越模糊。我突然意识到自己已经来到观景窗的另一头。我肯定是醉了，不过还没有不省人事，迷迷糊糊中我不知道自己是怎么走到露台上来的，也不知道芙洛拉已经偷吻我多久了。她看出了我眼底的困惑，停下来开始抚摸我的脸庞。

"好点儿了吗？刚才你似乎快要昏倒了。我想外面的空气可能会让你舒服一点儿。"

"你做得对。"我边说边把手盘上她的腰。好久没感觉那么舒服了。

她的唇柔软而温热。我闭上眼睛想尽情享受这美妙的时刻。不过我马上又睁开了眼睛。

"吉尔在哪儿？"

"他走了。在'星宿'还有我的另一个生日派对。有些人已经先去了。我也说了要去，不过……"

"不过什么？"

"可我现在很想放他们鸽子，想和你在一块儿。"

"如果你想去，我们可以一起去。我的车就在楼下。"

她做了个鬼脸，皱了皱眉头。

"我并不觉得这是个好主意……"

"事实上，我也这么觉得……"

她终于露出了笑脸，这正是她想要的回答。她靠近我，我的脑袋重新开始晕晕乎乎。10月夜晚的风透着阵阵凉意，尽管我的衬衫领子还半敞着，她游走在我身上的手却让我浑身燥热。

"我们接下来要做的就是，"她对我低声耳语，"我先走，尽量不让大家察觉。半小时后你到博蒙特酒店和我会合，酒店在圣·路易岛上的圣·路易士大街。"

"你的每个猎物，你都带她们去那儿吗？"

"才不是！连我自己都从没去过那儿。不过据说那里相当浪漫。答应我吧……"

谁能抗拒得了芙洛拉·卡斯黛尔的引诱和怂恿？而且何必要抗拒呢？我找不到任何需要抗拒的理由。我决定遵从卡萨诺瓦[1]的教诲，在诱惑远去之前赶紧抓住它。不过在他之前，伊壁鸠鲁[2]早就说过类似的言论。夜半时分，一辆出租车载着我到了圣·路易士大街54号（我认为不开自己的车来比较保险）。门童替我开了门，指引我走进一个透明的电梯直达三楼。

我无法描绘那个场面，那间卧室，接下来发生的一切。我感觉时间静止了。芙洛拉温热的肌肤，醉人的芳香，结实的身体和沉甸甸的乳房。接下来的我完全沉浸在意乱神迷的眩晕和飘飘欲仙的快感中。直到她带着喘息问我喜欢她用手还是用嘴继续，我才意识到自己还活在人间。可我已经什么都不需要了。太晚了。

我飞了起来……

她紧随其后……

1　卡萨诺瓦（Casanova）：18世纪欧洲著名的风流才子。
2　伊壁鸠鲁（Épicure，公元前341－公元前270）：古希腊哲学家，提倡享乐主义。

第十六章

坏人也有时来运转的时候！等下周一那些大嘴巴们看到《超级明星》封面上的这个新闻时，我已经早有耳闻。这一次，我们又将是最早报道这个新闻的唯一一家杂志。我说的这个新闻不是指伊朗核危机，也不是指经济衰退。我说的是一个"非常"重要的新闻：有一位脑子进了水的男选手突然要求中途退出《明星学院》节目，原来一心求胜的他刚刚意识到自己不想赢这个比赛。璀璨的前景正向他敞开大门，他却宁愿选择平凡的人生，加入劳务市场浩浩荡荡等待就业的人群当中。这个决定到底是勇气可嘉还是愚蠢至极，众说纷纭。我个人倾向于第二种意见。天底下的蠢事还真是一大箩筐。

本来我们想把小猪佩兰姬[1]，哦，对不起，我是想说小甜甜布兰妮·斯皮尔斯的离婚拿来做封面大标题，没想到苯波居然非常赞同，于是我立马决定更换主题：报道《明星学院》。

"可是《明星学院》目前风平浪静。"让-吉一脸反对意见。

"那就更需要报道了！"

于是，我们随便找了两位选手做封面人物，号称是节目制作人最喜爱的选手。装信封，折好，扣上。接着我就急急忙忙赶到奥林匹克中心参加艾蒂安·达欧演艺生涯二十周年庆祝会，芙洛

1　小猪佩兰姬（Peggy la Cochonne）：一个卡通人物。

拉会在那儿和我碰头。我的诺基亚手机在演出结束的记者招待会上就开始响个不停，我没理它。当它再次响个不停的时候，我正在洗手间和芙洛拉亲热。第三次，我端着酒杯与达欧的一位前制作人干杯。第四次，我在洗手间里描眼线。第五次，我把手机给关了。有些家伙怎么那么厚颜无耻，一遍一遍地来烦人！可我突然迟疑了一下。如果那人这么坚持地要与我通话，肯定是因为有很重要的事情要对我说（我是不是相当机灵，嗯）。我刚一重新开机，让-吉的短信就进来了。他告诉我，我们这期的封面明星，据说很有机会夺冠的那个傻小子突然半夜找到杂志社来了。下周一，我们的杂志肯定会卖疯掉。不明所以的我费力地听完解释后，终于大体了解了情况。我立刻打电话通知让-吉、贝特兰、汤姆以及整个工作团队：半小时后在杂志社秘密集合。如果运气好，在印刷之前可能还有时间换个标题。可是动作必须得快。闪人之前，我迅速环顾了四周，觉得来参加招待会的记者似乎都还没得到消息。他们正拿着酒杯东拉西扯，样子一点儿也不兴奋，没有任何诡异表情，也没人拿着手机接电话。求之不得，他们的杂志也肯定已经交付印刷，不会再有时间修改封面。嘿嘿嘿……我通知了芙洛拉之后就偷偷溜了出来。

周一，和预计的一样，《超级明星》是唯一一份详细报道此事件的杂志。销售很快告罄。如果按原计划把小甜甜作为封面人物，我们绝对没时间全部重做。

显然，这一切改变我都没有通知苯波。当他看见杂志封面的时候，不仅没有夸我应变能力超强，反而差点儿歇斯底里。当他怒气冲冲地闯进我的办公室时，我正把脚跷在桌上，玩我新装在奔迈里的高尔夫，玩得不亦乐乎。

"这是什么？"他指着封面劈头盖脸地骂过来。

"这个？"我抬抬眉毛，"这是最新一期的《超级明星》杂志。看看，一清二楚地写着。"

"怎么没人通知我换封面标题的事儿？"

"啊？您居然不知道这事儿？真是的……"

"您，您是在玩火。"

"不，我玩的是高尔夫，不信您自己来看……"我边说边把我的奔迈递给他看。

"我绝对不会坐以待毙！"

他摔门而出。汤姆正好进来。

"这家伙，他还是没开窍？"看我闷闷不乐的样子，他问道。

"这家伙快烦死我了。我快崩溃了。"

"通知'终结者'吧！"

"算了。我找他找了很多次都没找着。他销声匿迹了！我怀疑苯波是他派来折磨我的。他们这种领导人最受不了别人不把他放在眼里。即使杂志销量很好，他们也希望牢牢掌控。'终结者'不管我了。至少目前是。"

"如果是这样，看来只有一个解决办法了。"汤姆关心地说道，"他怎么要求，你就怎么做。"

"那怎么行？"

"顺从他。既然他做梦都想，就让他来选下期封面的主题。"

"然后呢？"

"然后？我们帮他作出最糟糕的决定，选出最难看的照片，想出最烂的标题。目的就是要把他监督的那期杂志搞砸。"

"太棒了！真是绝妙！可是你别忘了一个小细节：我才是杂志主编。如果搞砸了，谁会被解雇？还不就是我！真可笑！你怎么那么多荒唐的建议？"

"白兰洁啊白兰洁，有时候我禁不住会想，你的脑袋是不是给安反了……"汤姆一脸神秘的坏笑。

"你自己呢，我怀疑你今天是不是把脑袋忘在家里了没带来。"

"请听我说两句。"他继续说道，"接下来的日子，你规定他把所有的要求都以电子邮件的方式递交给你。而你以电子邮件的方式全部同意。同时，你要把这些信件抄送给所有相关的部门。包括'终结者'。如果下一期封面不成功，你有足够证据证明你的清白。"

我猛然醒悟。"明白了！Capito！Understood！[1] 汤姆你真是太天才了！"

下一期杂志封面，我将会用文字记录下苯波的所有建议。不仅如此。甚至添油加醋……在此我要先用文字赞一下塔列朗他老人家的另一句至理名言："颠覆一个政府最好的方法就是成为其中一员。"我将深入敌后，暗中破坏，把苯波打得落花流水。

他罪有应得。

我重新玩起了奔迈里的高尔夫球，心情舒畅。

过了一会儿，一个记者敲门进来就他所写的文章角度征求我的意见。文章报道的是一位已经出道十年，唱歌却一直阴阳怪气的女歌手，有关她的创作灵感，事实上她连歌词都不会写。我让这个记者去找贝特兰商量，因为这会儿我正忙着。他撇着嘴表示怀疑，一副不相信的模样。可是我的确忙着我的高尔夫，分身乏术。怎么能只凭揣测就能随便指控人呢！

整天无所事事的人其实是最忙的人。一般说来，工作的人都善于组织安排。他们总是提前规划日程，安排轻重缓急，确保一切按时完成……他们没什么才能，因为他们必须对工作全情投

1　分别是意大利语和英语的"明白了"。

入。相反，那些游手好闲的人，是时间的傀儡。以我为例，整天无所事事，却总是迟到或者来不及完成。结果反而总是手忙脚乱。在我看来，很有必要教会那些无所事事的家伙好好安排空闲时间，才能避免烦恼。在一个拥有10%失业率以及六百万无家可归者的社会里，那些借故偷懒和好逸恶劳的家伙才是社会不安定的主要因素。要知道21世纪最大的那次革命，就是那些整天在电脑后面昏昏欲睡，开会的时候直打哈欠的公务员们闹的。

不管怎么说，别指望我会有负罪感。对此，我没有什么职业素养。除非我身边所有的人都这么做，我才会结束这招摇撞骗的勾当。再怎么说也不可能是明天。我周围这种好吃懒做、坑蒙拐骗的家伙太多了。我干吗逞能揭发自己呢？

比如说那些艳光四射的大人物和明星们，个个都是撒谎高手。他们人人都说自己拥有无比幸福的生活。蜡光纸上写的和我们听说的他们，个个家庭幸福，令人羡慕。其实这都是装出来的，实际生活哪有那么美好！有些让五十岁不到的家庭主妇羡慕不已的偶像夫妻，其实是不折不扣的诈骗犯。镜头前笑容摆得无比灿烂，等到记者一走，他们就迫不及待地对射程内的所有女孩发动进攻，没完没了地吸可卡因，借酒消愁。他们的妻子则对着镜子里日渐衰老的面容发呆，同样没完没了地吸可卡因，注射肉毒杆菌，除皱拉皮，注射骨胶原蛋白，紧致肌肤（不放过任何部位），期待导演们能够继续找她们出演下部电影，或者期待电视台能找她们继续主持黄金时段的节目。（只要对着提示器以国小四年级的语速念台词就能赚五万欧元的出场费，我们可以理解她们为何如此拼命！）

如果您看到某对明星夫妇在《超级明星》或《桑巴》杂志上说他们的生活无比幸福，您基本可以认为事实上完全相反。在杂志上曝光，就为了寻求自我肯定。瞧瞧，我居然还能上《巴黎竞赛报》的头版！正因如此，明星夫妻一般说来都不会离婚。一旦离婚，就失去了价值。当他们痛下决心真的要分手，要么是因为戏实在演不下去了，要么是因为其中一个被狗仔队拍到了偷情艳照。可是所有这些事情的真相，我们都不能告诉读者，否则就是侵犯明星隐私。所以我们不得不撒谎，否则明星们就会去我们的竞争对手那里晒他们的幸福。那些杂志其实还不是和我们一样净编些谎话。不过有时候，想要读懂记者们从字里行间透露出来的潜台词，也不是什么难事。举例来说，如果您读到下面这个问题：×××，**最近您似乎每天工作到很晚，总在夜间拍戏。请问您是如何来协调工作和家庭的关系呢？** 言下之意其实是说这家伙已经三个月没在家过夜了，每晚装作很辛苦的样子，事实上，就像洛可·希佛帝[1]睡前从来不读叔本华，他也根本没在夜间拍戏。再举一个例子：**您离开圣·克鲁美丽奢华的别墅搬到巴黎市中心的这套公寓里居住，为什么？** 无论她回答什么，您可以认定她正处于事业的低谷，生活比较困难。之所以卖掉别墅，是因为她前三次的离婚赡养费都不足以维持生计，而且所有的计划都被搁浅。

那些承认自己处境艰难的明星，实在太猥琐了。明星们从不生病，从不腹泻，从不在家对着电视看无聊的肥皂剧。不，他的生活一定五光十色。假使您在饭店偶然遇到他，他也一定神采奕奕，问他接下来有无计划，一定是有很多却不可泄露，因为还没签合同……以后再联系。明星们从来不会反问："你呢，最近怎么样？"（不管怎么说，得到的答案都一样，因为人人都说谎。）明星们动不动就刚从迪拜或马拉喀什回来，在那里遇到了阿莱

1　洛可·希佛帝（Rocco Siffredi, 1964-）：出生于意大利的A片男星和导演。

利·多贝索[1]和伯纳德·亨利[2]。明星们经常会说自己头天晚上在拜瑞·科钦[3]家吃晚饭，或者马上要去罗朗·旭克耶[4]家度周末。他们总是在吹牛，可谁又真的会去查呢？最近大家最流行说的，就是去罗朗·旭克耶家度周末。前两天我还说自己去他家度过周末呢，同行的还有吉拉尔·米勒、史蒂夫·布莱、爱丽莎·菲叶、安妮·莱莫[5]。我说这话的时候不过是为了好玩儿，没想到听的人突然崇拜地点起头来，就好像我刚刚说我得了诺贝尔和平奖似的。我只能继续装下去，根本没勇气告诉他，我只不过是想嘲笑一下那些吹嘘自己去过旭克耶家度周末的人。人们总是会把牛皮越吹越大，吹着吹着就收不回来了。如果罗朗·旭克耶看到这段话之后，能对别人说我真的去他家度过周末的话，那就简直酷毙了。这样别人就不能说我爱吹牛皮，并因此而取笑我了。他又不会损失什么，反正他家总是人来人往，但对我却是莫大的帮助。如果您是他的朋友，而且正好读到这段文字，麻烦您帮我向他转达我的意愿（作为交换，我可以在《超级明星》上好好歌颂您一番，一定把您夸得冰雪聪明、卓尔不群）。就像人们说的，投之以桃，报之以李。没错，这就是在充满欺骗的杂志王国里的生存之道。

渐渐地，我开始适应没有维克多的生活，开始迷恋与芙洛拉在博蒙特酒店的幽会，开始不再那么痛苦。这天，一束鲜花被送到了我办公室。一开始，我以为是芙洛拉送来的。

我打开卡片。

1　阿莱利·多贝索（Arielle Dombasle, 1953–）：出生于美国的法籍女歌星及演员。
2　伯纳德·亨利（Bernard–Henry, 1948–）：法国记者、新哲学领袖。
3　拜瑞·科钦（Péri Cochin）：法国著名建筑师吉尧姆·科钦的妻子。
4　罗朗·旭克耶（Laurent Ruquier, 1963–）：法国著名专栏作家，文笔幽默讽刺，也是著名的主持人。
5　四位全是活跃在法国新闻媒体、报刊杂志的著名主持人、记者。

"沙丘随着风不停变换，可沙漠依旧是原来的沙漠。"

我们的爱情也是如此吗？

我想你。

维克多

他是从什么鬼地方搞来这句闻着就像是保罗·科尔贺[1]风格的句子？他又想来玩弄我的神经吗？不过，我还是很高兴他还记得我。我给他发了个短信邀请他一起吃晚饭，说如果他拒绝见我，以后就不要再联系了。一刻钟后，他同意了。为了庆祝这个好消息，我奖励了自己一杯香槟！

有时候，我会觉得我是在自食其果，维克多只是把以前我对他的不好累加起来一并还给我。詹森派[2]的认知思想对我影响深刻。我们得为自己的全部罪过赎罪。我曾是个被宠坏的孩子，身在福中不知福。的确，母亲的去世曾让我饱尝失去亲人的痛苦，感觉如同生活在一个"失去了屋顶的房子里"（我在妮娜·博拉维[3]的作品中读到这种表达方式）。而失恋的经历，又教会了我其他的东西。我发现痛苦其实也有好处。

痛苦洗涤罪恶。痛苦给人教训。痛苦传达神旨。它凌驾于我们之上。维克多的离去，教会了我什么是爱情。不管结局怎样，我并不是什么都没得到。现在你可以回来了，维克多，我已经吸取教训了。我们的分手就是我的赎罪。

阿门。

1　保罗·科尔贺（Paulo Coelho, 1947-）：巴西著名作家。

2　詹森派（Janséniste）：17世纪上半叶流行于欧洲的基督教教派。信奉"原罪"学说。

3　妮娜·博拉维（Nina Bouraoui, 1967-）：法国同性恋女作家。

第十七章

与贝特兰和汤姆二人在我办公室里开了个小会。目的：为下周杂志的封面挑选三个糟糕的主题。然后把这三个主题故意当做好主意告诉苯波，询问他的意见，让他单独从中选出一个。显然，这当中没有任何一个主题足够充当杂志的封面，可我们不会告诉他这些。贝特兰明白这事对苯波不利。不过他更加明白（因为我对他说得一清二楚）即使我被炒了鱿鱼，他也不可能得到我现在的位置。相反，如果我继续在这个位置上做，保证不会亏待他。贝特兰有不少赡养费要支付。这些压力使得他变得相当现实。

我们最终选了三个主题：

第一个是关于《反恐二十四小时》[1] 的主演基弗·萨瑟兰的放荡生活（知名度不够，读者对他的生活不感兴趣）。

第二个是围绕麦当娜[2]领养孩子展开的激烈讨论（乏味、陈旧、令人生厌，读者本来就不怎么喜欢她，杂志销量不可能好）。

第三个是关于纪尧姆·德帕迪约[3]的独家专访（过于阴郁、颓废、没有新意，读者不喜欢看到断了腿的人做封面）。

这三篇文章作为杂志里面的内容都是不错的素材，不过要充

---

1 《反恐二十四小时》(24 heures chrono)：美国电视剧。
2 麦当娜（Madonna，1958– ）：美国著名歌星。叛逆、傲慢、任性、性感。
3 纪尧姆·德帕迪约（Guillaume Depardieu，1971–2008）：法国演员。因车祸右腿截肢。

当杂志的封面，根据《超级明星》的衡量标准，还欠缺力度，不能保证可以赢得足够的市场份额。

半小时后，苯波兴致勃勃地闯进来大声宣布（当着我们三个人的面）他比较偏爱麦当娜这个主题。

我们装作无法定夺、犹豫不决的样子。我们没有发表自己的看法，弱弱地赞同了他的意见。可怜的家伙，看到我们听取了他的意见，不禁沾沾自喜。他还全然不知自己的一只脚已经踏入了陷阱，在我们三人心照不宣的注视下，大摇大摆地走出了办公室。

一刻钟之后，我给苯波发了一封邮件：

发信人：berengere. decabrieres@ pamepresse. com

收信人：benoit. poste@ pamepresse. com

抄送：tom. lenry@ pamepresse. com

bertrand. basseaux@ pamepresse. com

主题：下期杂志封面

亲爱的苯波：

经过刚才的讨论，基于您的大力推荐，下期《超级明星》将会以麦当娜以及有关她领养孩子的激烈争论作为封面。样稿出来后会立刻给您过目。

回见。

白兰洁

苯波的回信：

发信人：benoit. poste@ pamepresse. com

收信人：berengere. decabrieres@ pamepresse. com

主题：回复：下期杂志封面

谢谢您的合作，白兰洁。

这个主题的确不错。麦当娜体现了《超级明星》杂志的价值观：成功、宽容、乐观……

我觉得这个决定非常明智。

您也同意这个观点吗？

您真诚的
苯波

白兰洁的回信：

发信人：berengere. decabrieres@ pamepresse. com

收信人：benoit. poste@ pamepresse. com

主题：回复：回复：下期杂志封面

说实话，我还是有些怀疑。我在思考这个决定是不是有点儿仓促，不过算了……

白兰洁

苯波的回信：

发信人：benoit. poste@ pamepresse. com

收信人：berengere. decabrieres@ pamepresse. com

主题：回复：回复：回复：下期杂志封面

您一向都是果断干脆的人！

相信我，我认为这是最好的选择。

您真诚的
苯波

白兰洁的回信：

发信人：berengere. decabrieres@ pamepresse. com

收信人：benoit. poste@ pamepresse. com

主题：回复：回复：回复：回复：下期杂志封面

　　既然您都这么说了……我选择相信市场科学。

白兰洁

一切按照计划顺利进行。不过这还没完呢。

汤姆给白兰洁的邮件：

发信人：tom. lenry@ pamepresse. com

收信人：berengere. decabrieres@ pamepresse. com

主题：和苯波的会议

亲爱的白兰洁：

　　刚才和苯波一起讨论的会议，我相当惊讶。我们对于封面的选择，基本上都没有发表什么看法（尤其是你）。

　　就看到市场总监一味地强加他的看法，丝毫不考虑我们的观点，简直是乱来。

　　我和你一样不赞同这种方式（你在会议期间一再重申了这个观点）。对于把麦当娜作为下期封面的主题，我表示怀疑。

　　祝好。

汤姆

白兰洁给汤姆的回信：

发信人：berengere. decabrieres@ pamepresse. com

收信人：tom. lenry@ pamepresse. com

主题：回复：和苯波的会议

　　我对这个主题也持怀疑态度。只是我已经无力抵抗苯波施加在我身上的可怕压力。你想想上次《明星学院》那一期，我们已经是独家报道了，他还是不喜欢！既然他要求这次封面做麦当娜，我们尽量做好它就是了。

　　回见。

白兰洁

汤姆给白兰洁的回信：

发信人：tom. lenry@ pamepresse. com

收信人：berengere. decabrieres@ pamepresse. com

主题：回复：回复：和苯波的会议

　　　你的职业道德会导致你失去……

汤姆

很美妙，不是吗？

　　贝特兰这边也有同样反对苯波的一套说辞。仔细回顾这些邮件时，的确略有造假的嫌疑，可是没人会发觉。我手中掌握着文字证据（的确掺杂了虚假成分），可以证明一个市场总监居然敢把意见强加给《超级明星》的总编，总编不仅被迫接受，甚至根本没办法发表自己的意见。这简直是闻所未闻的奇谈。我仔细地把这些"手榴弹"打印出来整理归档（我从来没那么小心谨慎过）。万事俱备，只欠东风。现在就等着时候一到拔出保险销。嘿嘿嘿……

弄一张麦当娜丑陋的照片对于我们来说显然不是什么难事。照片通过了苯波的审核。

我起了个平淡无奇的标题。在苯波的要求下又换了个更普通的。他通过了。

我和汤姆假装排版设计忙活了半天，其实只是在线打了半天高尔夫球。苯波对我们的工作热情赞许有加。

我不想给付印样签字送印。他也肯定会赞许（不过不是现在）。

下周一，根据市场总监的意思出版的新一期杂志将在各书报亭出售。如果一切顺利，周二的销售结果统计将惨不忍睹。等到有人跳出来指责我，我就拿出我的秘密武器。

接着看好戏吧。

这一天注定是美好的一天，看来幸运女神再次冲我微笑了。轻松愉快的心情犹如查尔斯·德内[1]唱过的一首歌曲。我不禁哼起了轻快的口哨，"砰，当你的心炸开的时候，啦啦啦啦啦啦……"此刻我心花怒放，仔细考虑后决定不在阿比修斯餐厅和维克多吃晚饭，改为塞纳河浪漫夜游。不！当然不能去挤满了德国、日本游客的那些水上餐厅，我们要去由巴黎名厨主理，每晚限量供应餐桌的私人小艇。当我打电话去预订的时候，正好有一张桌子在周六晚上空了出来。我发短信征询了维克多的意见。他

1　查尔斯·德内（Charles Trenet, 1913–2001）：上世纪30至50年代法国红极一时的男歌星。

没问题。行了，又一件事被轻松搞定。

晴天霹雳就是在这个时候突然降临的。

助理拿了一本周一新出的《绯闻》杂志放在了我的桌上。《绯闻》杂志是"邦"出版社旗下一本臭名昭著的娱乐八卦周刊。它强奸明星们的私生活，传播狗仔队拍的照片，招来过无数官司。所有人都指责它下流无耻，却又都爱看新鲜出炉的热辣八卦，所以总是一上架就被一抢而空。为了方便出版社内部的交流以及信息的通畅，"邦"内部每个编辑部都可以在杂志上架前四十八小时先睹为快。

在我决定瞄一眼它之前，《绯闻》已经在一堆报纸上安静地躺了一刻钟，它要是掉下来，绝对会引发一场里氏五级的地震。刚拿起来，我就被吓了一大跳。封面上用黄色荧光大字赫然写着：**独家大披露！**标题清清楚楚地写着：**芙洛拉·卡斯黛尔，女性罗曼史！**副标题：**女演员对其性取向不再遮遮掩掩，正与一位不知名的女士秘密交往。**一张用长焦镜头拍摄到的模糊不清的照片覆盖了整个版面。尽管底片模糊，却完全可以辨认出照片上是两个正在接吻的女人。如果说两人当中比较清晰的那个是芙洛拉，那么另外那个手中拿了杯香槟，处在黑暗当中，半个身子被奥利维家露台的竹子挡住的人……没错，就是我！

我马上吓得浑身发抖。在吞下两片安定，喝光一升冰水之后，我才逐渐恢复了神志。我居然上了《绯闻》的封面！这种事怎么会发生在我身上？我怎么能把自己搞得那么狼狈不堪？从"邦"出版社开始，我将成为众人的笑柄。大家会以为我改变性取向了。这将引起怎样的轩然大波啊。更不要提芙洛拉。这些照片将会给她带来灾难性的影响。我得马上通知她。看在上帝的份儿上，《绯闻》的主编应该事先提醒我才对。大家为同一家出版社工作，怎么能自己人搞自己人！

助理再次敲门进来，抱歉打搅到我，并把下午新到的信件拿了进来。我飞快地合上《绯闻》。她肯定已经知道了这件事，她在我之前就已经看到了《绯闻》的封面！她只是装作若无其事，可我也不是傻子。

我问她：

"玛丽-芳索，您看过《绯闻》了吗？"

"是的，不过只是很快地瞥了一眼……怎么啦？"

"那您肯定看见了这一期的封面人物，不是吗？别装作不知道……"我一字一顿地威胁道。

"呃……等等……对了，那个漂亮的女演员，她叫什么名字来着？"

"芙洛拉·卡斯黛尔！"

"没错！我没仔细看那张照片，挺模糊的。她正在和一个女的接吻，是吗？看起来挺有趣……"

"您没注意到她身边的那个人是谁吗？"

她看着我，犹豫了片刻，说道：

"我没注意。怎么啦，是个名人吗？"

妈的！她一副诚恳的模样。的确，尽管照片占了很大版面，但的确模糊，看不出什么东西。不过现在，既然我那么坚持，她肯定会回去好好研究一下，最后认出芙洛拉身边那个人就是我。这回，我在劫难逃了。惨了！我没有再说任何话，示意她离开。

接着我马上冲到《绯闻》杂志所在的楼层，准备把那主编骂个狗血喷头。平时我和那姑娘的关系其实还不错，她温柔安静、工作严肃认真，完全不像我。可她为什么没有通知我呢？她满面春风地迎接了我，对我的意外造访显得很是高兴。

186

"嗨，白兰洁。你能来看我真是太好了。坐吧。最近怎么样？"

"看看你刚对我做的事，我能好到哪儿去？"

她眨巴眨巴眼睛。我知道她在装无辜，可我绝不能就这么算了。

"你指的是什么啊？"她焦急地问道。

我把那本《绯闻》摔到了她的桌上。

"这玩意儿，是什么？"

她没明白，迷惑不解地望着我。

"这是下周的新杂志。"

她一会儿瞅瞅杂志封面，一会儿瞅瞅我。来回来去看了好几十秒，猛然醒悟。她把整张脸贴在封面上仔细研究，然后定定地盯着我看。

"天哪，不要告诉我这个人就是……"

"没错，千真万确，就是我！别以为我会相信你才看出这是我。"

"噢，这真是！妈的……"

看样子她的确大吃一惊。有两种可能：要么她很会演，装得很像。如果是这样，我还真是服了她，的确很有表演天赋。要么她是真的惊慌失措，本以为幸运之神再次垂青了我，没想到它又再次把我抛弃了。

"听着，你不会相信。"她正视我的眼睛，继续说道，"我知道这听起来让你难以接受，可我向你发誓，这之前我压根儿没认出你来。"

"别睁着眼睛说瞎话。别以为《超级明星》不登狗仔队拍的照片，我就不清楚你们的办事流程！只要是狗仔们拍出来的照片，都会事先拿着放大镜仔细辨认清楚。"

"没错！这张照片我们也仔细辨认过。可当时大家的注意力都在芙洛拉身上，根本没认出你来。而且，你也得承认，照片模糊得不太可能辨认得出来。你也清楚，一般说来我们都会处理一下陌生人的脸，以免引起麻烦。况且大家都知道她是个同性恋，也知道她和一个女的一起生活，我理所当然认为那人应该是她的女朋友。相信我，我说的都是真的。而且，这些照片是在最后定稿前一小时才送到的。我当时只顾着高兴，马上就排好版送去印刷了。这就是事情的全部经过。"

"你明知道这件事会有损她的形象，她不可能善罢甘休。还有对我的损害呢？"

"没错。特别是现在你这么一说，的确即使第一眼看不出来，后来还是能辨认出来……"

"别在那儿假惺惺了。因为你，现在所有人都会以为我是同性恋，其实这只不过一个小插曲。我压根儿没想到后面还有人等着捅我一刀。"

"白兰洁，我知道你现在一定非常生气，相信我，我也没想到会这样。如果我当时认出是你，我不仅不会用这些照片，而且肯定第一时间通知你，让你想办法阻止这些照片散播。"

她一脸诚恳地再次道歉。看样子不像是在撒谎。尽管如此，我还是很垂头丧气。

"你接下来怎么办？"她关切地询问。

"不知道。我不知道该怎么办……"我有气无力地回答。

回到杂志社，消息已经在整个编辑部铺天盖地地传开了。我刨根问底式的盘问显然引起了助理的怀疑。她肯定去仔细研究了《绯闻》的封面，把我认了出来，然后趁我不在期间像个大喇叭似的到处宣传。所有记者忙着传阅杂志，笑得前仰后合。他们一看到我，立刻装作若无其事的样子四散开去。可我看得清清楚楚，他们一边交头接耳一边透过电脑上方偷瞄我。连让－吉都不敢来我的办公室。这还不算什么。等到周一《绯闻》在书报亭上架的时候，我将成为整个巴黎的笑柄。

我忐忑不安地打了芙洛拉的电话给她留了一条言：事情紧急，赶紧给我回电。此时她正在西班牙筹备她的下一部电影。两小时后，她得知了消息。我本来担心她会暴怒。相反，她还算冷静，甚至有点儿无所谓。我担心她是否怀疑我是狗仔队的同谋，那就真的太冤枉了。她说，反正她目前的感情也不清不楚，和她女朋友的关系若即若离，如果因为这件事导致分手，她也无所谓。不过，她决定致电她的律师要求起诉《绯闻》侵犯她的隐私。我同意和她一起诉。再怎么说，也不能白白便宜了"邦"出版社。"终结者"留下他的小卫兵天天折磨我。我还跟他客气什么？完全可以因此勒索他几万欧元。最后，芙洛拉问我等她回巴黎之后，我们还要不要见面。我随口回答"好啊，好啊，当然"，其实她现在根本不是我主要考虑的对象。即使她是芙洛拉·卡斯黛尔也白搭，维克多的归来一脚就把她踢到九霄云外去了。这就是人生。我们都是别人的棋子，环境不同、时期不同，利用价值则会时高时低。人生就是一个主次轻重的问题。我答应下周打电话告诉她事情的后续发展。

分手后与维克多的第一顿晚餐，让我心神不宁、坐立不安、激动兴奋、心烦意乱……我给您主要叙述一下。那晚，身着一袭黑色的巴黎世家晚装的我，坐在落地窗旁的桌子边等待了大约五分钟，维克多终于走进船舱。我面带微笑、风情万种、光彩照人、风趣幽默、诙谐机智，一句话，就是比以往任何时候都要迷人。刚花了五百八十欧元染的头发超炫超美（出得起这样的价钱，所有染发都会超炫超美），沙滩金色的头发在小艇内部金褐与深棕的背景映衬下显得格外出挑。刚开始的时候，维克多显得有些紧张。（他肯定骗了那个丑八怪偷偷来见我，因为那个贱女人不仅老，而且整天疑神疑鬼。所有的缺点她简直都占全了！）不过，等一杯波旁威士忌下肚，紧张感也就消失不见了。我很想问他什么时候甩掉她，不过怕太早太唐突，所以竭力克制自己让自己保持冷静。

当餐厅主人来询问我们想吃点儿什么，并向我们介绍他家的酒水单时，我坚持要他点一瓶1975年的帕图斯红酒（是我染头发价格的七倍）。我就是故意想让他回忆起和法国上流社会的女孩生活在一起的种种优越，尽管总是有傻瓜会说"金钱带不来幸福"之类的傻话。我认为这是世界上最愚蠢的句子。为了让穷人相信富人都很不幸，打消他们革命造反的念头，有人故意编造出这样的谎言："老实说，你们何必那么费劲去争取什么特权。看那些富人们，他们其实和你们一样不幸。"最疯狂的是什么您知道吗？这居然有效果！好吧，言归正传，维克多嫌太贵迟迟不愿选帕图斯红酒。他对我说："你疯了不成？"我回答："没错，为你而疯。"

午夜时分当我们在塞纳河边准备分手的时候，有三个好消息和一个坏消息。我先从好消息说起。

• 柏琳达对猫毛过敏，维克多只能把米奈特重新安置在他自己的公寓。他每天必须过去两趟喂猫食清理笼子。这样一来他不得不往返于两个公寓之间，他们的关系也变得复杂起来。因此现在他并非每晚都在她家过夜（我以后一定要给这小家伙竖块功德牌坊）。

这个消息让我欢欣鼓舞，不过我还是装出很同情的样子。

• 柏琳达的缺点不胜枚举：酗酒（这一点我从一开始就提

出来了)、爱吃醋、一贫如洗。而且,她还打呼噜。当他推心置腹地把这个小秘密都说出来时,我俩像高中生似的捧腹大笑了半天。

我假装同情。

● 他对他们之间目前的关系表示疑惑,不知道这样算不算爱情(我没敢对他说,只要有疑问,就已经回答了这个问题)。

我假装理解。

● 糟糕的是,他还是不愿离开她重回我的怀抱。不过,他愿意时不时地见我一面。

我故作镇定。

当然,为了不破坏当晚的气氛,我没告诉维克多关于下周一《绯闻》的封面以及狗仔队的不幸事件。没必要把大灾大难提前通知人家,不是吗?

第十八章

周日上午 11 点，我打电话到维克多的手机上想和他问声好，顺便感谢他头天晚上的晚餐很愉快。电话是通的，可他没接。

我装作满不在乎。

中午，又打了一次。电话还是通的，他还是没接。我留了一条留言。又发了条短信：给我回电话。

我装作若无其事。

截至下午 4 点，我给他留了九条留言，发了十二条短信，打了二十七次电话。

我再也无法装作无动于衷了。我快气疯了。这家伙这么不把我当回事，我受够了。

下午 5 点，他若无其事地回电话过来，说他忙得不可开交，没听到手机响。他觉得我没必要那么生气。他温柔的语气让我安静了一些。突然，我脑子里闪过一个疑团，于是我问他现在在哪儿。他说他没在柏琳达家，安安静静地在自己家。他说他累了，准备关机好好休息一会儿。好了，拜拜，明天我们再打电话。

我装作轻松自在。

下午 6 点，我有了一个好主意！既然他很累，干吗不去他家给他送上一份馥颂餐厅的鹅肝酱点心呢？他肯定会喜欢的。如果一切顺利的话，说不定他还会让我留下来过夜。

我装作信心十足。

晚上7点，我来到他家门口。按门铃。没人应。我装作这很正常。他应该在睡觉。

再按。他还是没回应。再按。一片寂静。我把耳朵贴在门上。可能那婊子正好来他家了，两人正害怕地藏着不敢出声。我按了半小时门铃。没有任何动静。我隔着门大喊："维克多，我知道你在家，赶紧开门，否则我要踢门了！"还是没有任何动静。这时候，我似乎听到了一些声响。我激动地在门上猛敲，命令他开门，命令柏琳达马上滚蛋。我隔着门告诉那个老贱人，昨晚我和维克多在一起，我们一起吃了晚饭，我甚至知道她睡觉打鼾。四周还是一片寂静。这时候我已经完全失去了理智，我用脚踢着，大喊大叫，使劲敲门，骂着不堪入耳的脏话，我哭着喊着，不把门踢破我誓不罢休。我发誓我会在门前等到明天天亮，绝对不会善罢甘休。然后继续踢继续敲那该死的门。突然，我听到了钥匙在门锁上转动的声音。啊，终于！可是，居然是旁边的那扇门开了。是邻居！他对我说："你有病啊？安静点儿。如果你继续这样，我要叫警察了。"我回答："我不在乎。只要那个笨蛋能把门给我开开。"他疑惑地看着我。我继续说："我知道他在里面。"可邻居认为里面没人。一小时前他看到维克多拎着垃圾下楼去了。我呆若木鸡，问："啊，您确定？"他回答："是的。"尴尬的安静。他请我离开。我恼羞成怒，把点心一股脑儿砸在了维克多家门上，然后拍拍屁股走人。邻居尖叫："太恶心了，这可是公共空间！"我也尖叫着回答："我才不管他妈的什么公共空间，你他妈的狗屎！"然后转身进了电梯。

在车里，我泪如泉涌，心如刀割，肝肠寸断，泣不成声。流氓！维克多这个大流氓！他居然对我撒谎。让我出尽了丑。我再也不要听到他的名字。我恨他。看，我把他的手机号码都给删了。不过在删之前，我在他的语音信箱里把他骂了个狗血喷头。

回到公寓，安眠药，镇定剂，我倒头就睡。

醒来的时候，已经是周二了。星期一哪去了？我居然把星期一睡过去了！可能是因为喝了太多的梅克多葡萄酒的缘故。又想起了《绯闻》的封面，现在应该满大街的书报亭都有得卖了。又一次有想哭的冲动。

手机里有无数留言。留言信箱都满了。所有人都担心我。杂志社的人以为我被《绯闻》打击坏了。甚至连"终结者"都给我留了言。他很抱歉，代表整个"邦"出版社对我深表歉意。他认为这是个糟糕的事件。维克多也有一条留言。说他看到了扔在门毡上的恶心的糕点。他不仅没有安慰我，反而警告我未经许可不要私自去他家。他没有提到《绯闻》。看起来他还不知道这事。西碧，看了《绯闻》以后，觉得那个身影不像我，除非知道是我才能认得出来。吉尔也看了《绯闻》，他觉得这件事简直疯狂至极，"这么疯狂的事也只有你能做得出来!"他也觉得不是特别能辨认出我来。因为他俩的宣传，现在我所有的朋友通通知道了这事。结果大家争先恐后买了《绯闻》回家看。每个人都给我留了言。接下来又是维克多的留言。邻居把一切都告诉他了，踢门的事，骂人的事。他说我把他的脸给丢尽了。芙洛拉在留言里大喊大叫，这一次，她再也无法心平气和了，因为她看过了封面。她说我工作的地方简直太垃圾。她的律师会为她要求最高额的赔偿金。她希望我给她回电。接下来又是维克多的留言，这一次他语气缓和了不少。对于昨天的事他感到抱歉，希望我不要太难过。接着是我助理的留言，她问我是否要取消午餐的约会。然后还是助理的留言，她告诉我她已经取消了昨天中午的约会，想知道是否要取消今天的午餐约会，她还说我得回个电话给

"终结者"。我把所有的留言都删了。

下午我到了杂志社，因为吃了太多药，头痛欲裂。我给芙洛拉回了个电话。她已经冷静下来了。我告诉她这次事件搞得我痛苦不堪，其实我是因为维克多才痛苦不堪。她说她和她的女朋友彻底分手了。反正她已经受够了，早就受不了她的咄咄逼人。《绯闻》不过是导火索。我们约好了今晚在博蒙特酒店相见。

以麦当娜作为封面的这一期的杂志销量很差。我暗地里幸灾乐祸。苯波此时一定怒不可遏。我才不在乎，这是他的主意，我有证据。

因为《绯闻》事件，所有人对我关怀备至。

汤姆跑来和我打招呼。我告诉他这期杂志的销量一塌糊涂，我们的计划圆满成功。他握紧拳头，大声欢呼"Yeah"。

让-吉也过来问候我。

记者们对我嘘寒问暖。

《绯闻》主编也来关心我。

朋友们发短信问候我。

所有人都来关心我。

其实，大家也没那么坏！

"终结者"走进了我的办公室。经过这个打击，他很担心我的状况。他问我感觉怎么样。不过在我看来，他心里早就有了答案。他以为是《绯闻》事件对我打击很大。他说他很生气，很抱歉，很难过，很伤心，很不安，很懊恼……他颠来倒去重复着同样的意思！同义词不就是这个作用嘛！他甚至继续用英语重复:"I'm sorry, upset, affected[1]……"不过我很快就明白过来,他说那么多其实不是为了我,而是为了整个出版社的利益。芙洛拉的律师已经上诉,告杂志侵犯了其隐私、肖像权,以及私闯民宅、有伤风化等一堆罪名。这个错误犯得还真是要命。他要求赔偿当事人芙洛拉二十万欧元,赔偿我十万欧元。真是一笔不小的开销。我的老板不停地说,这事儿让他大伤脑筋。我点头装出也很难过的样子,其实暗自窃喜要让他破财。我记得清清楚楚,当苯波折磨我的时候,他居然和我玩失踪。何况,芙洛拉从未对任何媒体谈过她的私生活。法院处理此事的时候会更加慎重。这件事很可能会让"邦"出版社付出惨痛的代价。我告诉"终结者"说我愿意从中调解。他立刻笑逐颜开:您真的愿意这么做,白兰洁?这真是太好了。

于是我趁热打铁,问他是否已经看过这期的销量调查报告。

他回答:"是的,看过了。"不过他马上加了一句说,"这没关系,偶尔一次销量不好,没什么大不了。"看得出他是想减轻我的痛苦。不过我却坚持说:"不,不,这很严重。"接着我向他描述了所有细节:苯波的施压,他的无理取闹,他的精神威胁,言语恐吓。(我承认,的确有些添油加醋的成分,不过战争时期就得使用非常手段,不是吗?)

"终结者"装出目瞪口呆、恍然大悟的表情(显然,现在大家都在演戏)。他发誓说他之前毫不知情。

我说我之前联系了他很多次。他发誓说他一点儿也不知道。

我把那些证明邮件给他过目。他看了,很吃惊。他发誓他之前毫不知情。

他说他会下达指令。不管是苯波,还是其他任何人,都不允

1　英语:我很抱歉,难过,不安。

许干涉我的工作。他会白纸黑字地写出来，每位"邦"出版社的工作人员人手一份。因为他发誓他之前毫不知情。

我感觉一下子舒服了很多，心情大好，喜笑颜开。我说："谢谢，您真好。接下来我会努力安抚芙洛拉。不过再怎么说都是要赔偿的，这是程序。"他回答："那当然，但如果双方能够协商，肯定会好很多。"

接着我沉默不语，等待下文。他望着我，没明白。我一动不动地凝视着他。他望着我，还是没明白。我依然一动不动地望着他。他恍然大悟，轻咳了一声。"哦，当然。"他含糊不清地说，"我的脑子刚才怎么进水了？"

"至于您，白兰洁，对于您将替我们出版社作出的贡献，我很感激。针对您律师提出的十万欧元赔偿金，我觉得可以适当地减为两万欧元。我知道这件事对您本人的影响也不小。"

我想起了雷厉先生，我的透支欠款，我已故的白金银行卡。我一言不发，不为所动。不过这一次，"终结者"反应很快。到底是偌大的"邦"出版社的领军人物，颖悟绝人。这就是证据。

"我想我们可以支付三万欧元。"

我说得没错吧！聪明的老板就是让人刮目相看。他问我是否希望以奖金的形式得到这笔钱。我回答说："不，我希望是以赔偿金的形式，因为这样不用交税。"他同意了。

说到赔偿金的问题，嘿！您认为明星们为什么无时无刻不在和新闻工作者打官司？难道不是因为度假的时候和女朋友一起被偷拍而感到不爽？不，才不是，这些他们都无所谓。能上《现在》[1]《公众》[2] 或者《绯闻》杂志，他们甚至觉得很光荣。因

1　《现在》（Voici）：法国销量最大的八卦周刊。
2　《公众》（Public）：法国杂志。

为这表示他们存在，表示他们有商业价值，表示他们是杂志的抢手货。上垃圾杂志总比无人问津强。如果说他们因为一幅小照片就揪住他们的律师大呼小叫要求起诉，这完全是为了赚一笔不必交税的钱。这就是赔偿金的好处：您起诉，等着，然后钱就会源源不断地进入你的小金库，而且还不用交税。

这就是明星们为什么总是时不时地会去圣·托佩斯，去博尼法西奥，去吕贝洪度假。因为他们确信在那里总能遇到拿着长焦镜头偷拍的摄影师，确信自己的照片会在下一周出现在某明星八卦周刊上。接着，他们就可以悠闲自在地在家等支票。有时候，他们明明看到有摄影师在角落里偷拍，而且看得很清楚。他们就故意接吻、拉手，甚至给当地人签名。接着，为了确保能赚到钱，他们会马不停蹄地通知他们的律师。

明星："喂，律师！今天早上逛市场的时候，我被偷拍了。"

律师："您希望我发函去阻止照片出版吗？"

"不，不，律师！让它出版，等出版了再告他们。"

"好的。我会让我的助理把每本杂志都买下来，以便统计照片的数量。酬金还是和以前一样计算？这些都是不上税的，所以按所得的18%收取。"

这就是真相！我和您说过，从事这个行业的人是一群不折不扣的混蛋，现在你们相信了吧！所有人都处心积虑，不择手段。用这些钱可以来买汽油、召妓、买可卡因，还可支付意外开支。

晚上我见到了芙洛拉。她怒气冲天。不过现在我已经学会怎么安抚她了。在我的安抚下，她渐渐平静下来。在这个喧嚣癫狂的巴黎之夜，两颗受伤的心相互抚慰。我们相互拯救灵魂。在一切行将灭亡、行将崩溃，在世界末日到来之前，我们相互拯救对方。

　　她把一只手放在我肚子上睡着了。

　　我边思念着维克多边进入梦乡。

　　脑中浮现出拉斐尔的一首歌曲[1]：

　　　　一百五十年后，甚至不再有人会想到，

　　　　那些我们曾喜欢的、那些我们曾失去的……

　　　　看看这些冷眼旁观着我们的尸骨

　　　　所以别赌气，所以别打仗

　　　　我们死后什么都剩不下，和他们一样，

　　　　我发誓这些都是真话……

　　　　所以请展开眉头微笑！

1　拉斐尔·阿禾旭（Raphael Haroche, 1975– ）：法国歌手。此歌名为《一百五十年后》。

第十九章

维克多气急败坏。这一回他终于看到了《绯闻》的封面。估计是人家告诉他的。电话里他暴跳如雷。他问我是不是瞧不起他。我怎么可以一边说爱他一边却和另一个人约会，而且还是个女人！他很诧异："你的性取向怎么变得这么快？这到底是怎么回事？"他觉得这件事不可理喻。他觉得自己被当成了傻瓜。我以为自己是在做梦。这个世界难道颠倒了不成？可是我没办法解释，他根本不让我插话。同时，我感到很开心：他居然吃醋了！

刚挂电话，他马上又打过来。他要求我停止再见那个女的。我回答说除非他也不再见他那个老贱人。他反驳说这两件事根本毫无关系。我也反驳说："当然有关系！"接着就摔了电话。

一天之内，我们打了十次电话，吵了十次架，摔了十次电话。

第二天他又打给我。接着吵。接着摔电话。重新又打。他告诉我今晚他要到我家来，我必须得在家，而且是一个人！我讨厌他威胁我，我就不在家！我们又生气地挂断了电话。

吉尔建议我算了。

西碧建议我算了。

芙洛拉建议我算了。

我筋疲力尽。

芙洛拉同意和《绯闻》协商。事情顺利解决，皆大欢喜。"终结者"感谢了我。

我拿到了三万欧元的支票。我也感谢了他。

我把支票交给了银行。雷厉先生感谢了我。

苯波被要求禁止在五米以内和我说话。我没感谢他。

汤姆和贝特兰到我办公室来。我们一起喝了一杯香槟酒。我感谢了他们。

晚上维克多来了一趟我家。就为了确认我是否在家，确认我没有和芙洛拉在一起。于是我邀请他一起喝一杯。结果一下子就喝了两杯。于是还一起吃了晚饭。最后他决定留下来过夜。不过我们并没有做爱。维克多的脑子还一片混乱，暂时还不愿意和我上床。他有些不知所措，希望我再等一段时间。他能够待在我身边，我已经相当满足，所以我尽量表现出善解人意的样子。

从战略上来说，我把他的到来当做是一次新的胜利。而且，重新见到我的公寓，他也很开心。他觉得公寓很漂亮。他觉得这个大小正好合适。没错，他居然这么说！故事一开始我就听到过所有类似的赞美。（您一定也是，对吧？）

自从苯波接到命令不能迈出他的小格子半步之后，他就对我不理不睬，不过每次遇到我他都对我投以恶狠狠的眼神，仿佛在精心策划什么阴谋。不过我不以为然。我也对他不理不睬，不屑一顾。自从我重新掌控了一切，也就是说我重新开始为所欲为之后，杂志重新运作得很好。有一期我们甚至全部销售一空。那一期我们以两个女人的战争为封面：**黛米·摩尔和林赛·罗韩，为**

同一个男人争风吃醋！我们越是胡说八道，销量越是猛增。

所以说，蜡光纸上的欺骗与真相其实非常接近。因为谎言总是比真相要诱惑人，所有人到最后都会相信谎言就是真相。您明白我的意思吗？在这一片混沌中，《超级明星》只是见风使舵。我也只是随机应变。整个世界都在这一片混沌中随波逐流。大家各取所需。我刚刚发现一个很有意思的事情：谎言，就是戴了假面的真相。很美，不是吗？记住了，这可是我说的。下次要用这句话时需要标注援引。否则，我会去告您。并不是每天早上都会有这样的灵感。

龙生龙，凤生凤，当然了！

打倒真相！

谎言万岁！

我的生活就是参加一个接一个的晚会和派对。我参加，于是我存在。我参加是因为脆弱，因为习惯，因为害怕无聊，因为害怕错过成功的晚会，因为害怕第二天没有任何谈资。我参加是为了吸可卡因（要么就是反过来）。我参加是为了对得起砸了大把银子买回来的晚礼服，基本穿不过两次我就全部打包送给我的清洁阿姨。（每次她都会卷着个大舌头[1]惊呼："哦不，怎么好意思，这衣服太漂亮了！"）我参加是为了逃避维克多逃避我的现实。我简直是飞奔着去参加这些活动。参加完了这些还要去工作，所以才那么累嘛！

礼拜一。和吉尔一起看完玛里尼剧院的预演后，前往丽多茵大酒店参加在那儿举行的众星云集的记者招待会。接着又跑去星宿酒吧去看看那边都有谁（事实上，还是同样一群家伙，只是喝得更醉）。凌晨 3 点 45 分睡觉。

1　意为带着非洲人的浓重口音。

礼拜二。参加乔治五世冰吧的落成典礼。昙花一现的艺术作品，所有人争先恐后抢着去拍照留念。接着和芙洛拉在马提斯宾馆共进晚餐。饭后两人一起去了博蒙特酒店。

礼拜三。参加在 NEO 俱乐部举办的某家电影杂志三十周年庆典活动。出席的明星有莫妮卡·贝鲁奇、阿兰·查贝特、乌玛·瑟曼、科洛维斯·科尔尼拉、埃德瓦·贝耶[1]……最有意思的是辨认那些不怎么有名的出席者。让-吉兴奋得手舞足蹈。吉尔后来也加入我们的行列。我们喝着香槟，唾沫飞溅。最后吉尔赢得了比赛。凌晨 5 点睡觉。

礼拜四。我很累，所以只去市立美术馆短暂停留了一下，参加在那里举行的某著名香槟酒庄的晚会，这一次由阿尔诺·毕叶作陪。凌晨 1 点睡觉。

礼拜五。西碧在她家搞了一个小型舞会。（您瞧，这才是现实生活中的真实派对!）吉尔开了个玩笑：他用弗朗辛牌面粉故意涂满了整个鼻子，故意漫不经心地问："看得出我吸毒了吗?"所有人都笑了。凌晨 4 点睡觉。

我几乎不怎么在杂志社出现，以至于有些人怀疑我是不是签了半工合同。这是汤姆转告我的。我无所谓，自从苯波不再来折磨我之后，杂志销量不断创新高。竞争对手都想把我挖走。我拒绝了，不过我故意让消息传到了"终结者"的耳朵里。他很害怕我不要加工资，某天突然拍拍屁股走掉。所有艺人都想让杂志给他们作宣传。我们只要独家新闻，如果拿不到，直接把他列入黑名单。如果《超级明星》没有报道过某部新片或某张新专辑，就好像它们都不曾出现过一样。谁时尚、谁落后，谁美、谁丑，

1　明星依次为：莫妮卡·贝鲁奇（Monica Bellucci）、阿兰·查贝特（Alain Chabat）、乌玛·瑟曼（Uma Thurman）、科洛维斯·科尔尼拉（Clovis Cornillac）、埃德瓦·贝耶（Édouard Baer）。

谁伟大、谁渺小，都由我们说了算。哪些场合不容错过，哪些地方不值一去。哪些设计师引领潮流，哪些设计师一成不变。哪些东西让我们大笑，哪些东西让我们无聊。我们是这个肤浅轻浮的世界的主宰。经纪人们天天驻扎在我的办公室，为了他手下艺人的一个采访、一篇报道甚至几行字，天天轰炸我的手机。要求上杂志的人太多，我们不得不拒绝一些。我的助理继续把我的日程安排得满满当当，我也认认真真地把这些约会如数抄进我的奔迈里。有一天，她告诉我，有一个我从来没听说过名字的经纪人（很奇怪，因为我认识所有人，所有人也认识我）希望能和我以及演员雅克·德拉里维一起共进午餐。

"雅克·德拉里维？那个丑八怪？他怎么了？他已经多少年没拍戏了，即使拍也都是些下三滥的角色。"我一脸吃惊状。

"对。"玛丽-芳索解释说，"不过他近期似乎有不少计划，而且想给《超级明星》提供一条独家新闻。经纪人非常坚持。"

助理笑了笑。过气明星跑来编造些让人难以置信的新闻，这种事她也已经司空见惯了。德拉里维在上世纪八十年代初曾经红极一时。他参演的大成本影片在当时都相当卖座。可惜他转战好莱坞误入歧途，此后星途每况愈下。

"昔日辉煌的明星卷土重来，每个人都信誓旦旦地说自己有无比宏伟的计划，可没人成功，真是可悲！"我不屑地说，"如果你想听我的意见，玛丽-芳索，年老色衰的过气明星是不可能谱写神话传奇的。要是听他们胡说，他们每个人都会说，他们正准备和斯皮尔伯格[1]签约呢。"

"没错，您说得太对了。他好像就是要和斯皮尔伯格签约呢。"

---

1 史蒂芬·斯皮尔伯格（Steven Spielberg, 1947 - ）：世界著名的美国电影导演，被称为"电影奇才"。

"什么？"

电话那头，经纪人和我确认了这个难以置信的消息。德拉里维将会成为史蒂芬·斯皮尔伯格下一部国际大制作里面的法国男影星。这可是绝对劲爆的独家新闻。他说如果我不愿意也没关系，他会和《巴黎竞赛周刊》联系。目前德拉里维刚从洛杉矶回来，作好了和盘托出的准备。即使德拉里维的人气大不如前，也绝不能把这么好的新闻拱手让人。我同意了共进午餐和独家报道。

芙洛拉离开巴黎去巴塞罗那拍摄她的新片。走得正是时候，避免了当面说分手的尴尬。分手的解释总是很庸俗。我们应该学会安静地分手。我爱你……我不再爱你……说这些有什么用？干吗总是要为自己的感情辩护？爱情不需要评论。不管怎么说，一切发展得太快。我没时间考虑。

芙洛拉坐飞机走了。希望她知道在我心底的某个角落，一直会有她的位置。

这段时间，我和维克多继续上演着 **"我爱你，我并不"**[1] 的纠葛。他继续时冷时热，考验我的耐性。我们相互辱骂，互摔电话，乐此不疲。我告诉他我已经离开了芙洛拉，可他还是不愿离开他的老贱人。于是继续摔电话，继续打电话。他一声不吭跑来我的公寓。我们大吵大闹。我说我再也不愿意见到他，可是我还是忍不住给他打电话，接着又摔电话。反反复复，两人过着地狱般水深火热的生活。由于他脾气急躁，和柏琳达的关系也不太好。他俩也吵个不停。所有人都吵个不停。大家都精疲力竭。我

---

1 《我爱你，我并不》（Je t'aime moi non plus）：是法国歌手 Serge Gainsbourg 与 Jane Birkin 于 1969 年录制的歌曲。描写性爱，旋律优美，歌词直白却不令人感到猥亵。

受不了了。我渴望愉快的气氛。

为了换个心情，我前往圣日耳曼德佩区参加花神奖[1]的颁奖典礼。猜猜在哪儿举行？恭喜，您猜对了：花神咖啡馆！克里斯蒂娜·安戈[2]什么奖都没拿到，大家纷纷上前安慰她。德克·吉内果[3]不停地赞美她，说得她心花怒放。只能说今年她的运气不佳！临走的时候，我遇到了朵利安，是维克多的一个朋友。

拥抱，重逢。他建议我第二天一起吃晚饭。见到他我很开心，因为他是正宗的金发碧眼，维克多则是棕色浅黑（我也不知道为什么我要说这个；我知道这没多大意义，不过既然已经写上去了，我也懒得把它们删掉）。

1 花神奖：1994 年创立，是当今法国重要的文学奖项之一。颁奖地点设在深受文人雅士与艺术家喜爱的花神咖啡馆。
2 克里斯蒂娜·安戈（Christine Angot, 1959– ）：法国女作家。2006 年因小说《约会》（rendez-vous）获得花神奖。
3 德克·吉内果（Doc Gynéco, 1974– ）：法国著名的嘻哈艺人。

第二十章

几天以来，我和朵利安偷偷地幽会着，维克多毫不知情。千万不能让他知道，他要是知道自己的前女友被自己的哥们儿给上了，肯定会抓狂。因此我们尽量保持低调。有时候我正和朵利安在一起，维克多突然打电话过来。朵利安接起电话的时候，我正赤身裸体地躺在他身边。有时候正好相反。维克多正给我打电话，我在电话里和他聊着，朵利安却在我身上做着非常私密的事情，恕我不能在此对您说明。这个游戏很有趣却相当危险。当朵利安在我家过夜的时候，他经常会半夜醒来。只要百叶窗发出一丁点儿吱嘎的声音，他都能从床上吓得跳起来。他害怕是维克多突然来袭。然后他会问我："你睡了吗？"把我吵醒后他会要求再做一次爱。他把我累得精疲力竭。

朵利安是殷勤的、随时待命的，只要我一吹口哨，他就屁颠屁颠地跑过来，他喜欢所有我喜欢的东西，请我下馆子吃饭，总之，他爱上我了。我不爱他，但他的体贴打动了我。而且，为某人而存在的感觉让我很舒服。他觉得我浑身都是优点……维克多现在却把这些都称之为缺点！

我的前男友目前还没有丝毫怀疑。

不过维克多还是相当敏感的。他奇怪我突然安静了，不再整天缠着他。他问我是不是真的和芙洛拉分手了。我发誓说我真的分手了。电话里面他问我是不是身边有人了。我一时语塞。接着回答："当然没有！"他对我说："你发誓。"于是我就发誓了。

他对他身边的老八婆越来越觉得没劲。他不承认，但我能感觉到。他总是给我打电话，一副气急败坏的样子。他还是不愿意在我们之间作出抉择。他也不知道自己是怎么了。

朵利安受够了躲躲藏藏的日子。他因为维克多而觉得别扭，和维克多打电话的时候也不自在。他觉得不自在，是因为他感觉我和维克多之间还藕断丝连。朵利安认为是时候该向他挑明我们的关系了。我拒绝。要是维克多知道了，他肯定会发疯的。何况，好几年前，朵利安和维克多就为同一个姑娘争风吃醋过。维克多输了。事情虽然过去了，可最好还是不要去揭伤疤为妙。

通过一位女友，我搞到了柏琳达的电话号码。有时候我会三更半夜打电话去她家骚扰，就为了吵醒她。我觉得这很有趣。有一天夜里我居然打了十四个电话。最后她不得不把电话线拔了，因为我再拨过去就变成忙音了。这样整她让我觉得很好玩。如同一个小小的报复。明天等她插上线我们接着玩，万岁！

维克多问我，三更半夜打电话去柏琳达家骚扰的人是不是我。我故意发火："你有病啊？"他连忙回答："好吧，好吧，不过这太奇怪了。"我说我怎么可能拿得到柏琳达的电话号码。啊！他被反问得不知该如何作答。我暗地偷笑，他们俩真是活该！

朵利安提议我们一起去度度假晒晒太阳。他建议去马拉喀什。我犹豫不决。我要怎么对维克多说呢？朵利安生气了。"维克多，维克多，满嘴都是维克多……你们够了吧！得搞搞清楚你们在干吗！"我回答说："没错，你说得对，够了。就去马拉喀什。"他立刻欢天喜地，我却暗自思量到底该怎么对维克多解释。就连我们做爱的时候我都心不在焉的。

有天晚上，我和朵利安正在"空"吃饭。突然，有人过来打招呼。原来是克里斯汀，维克多最好的女友！这真是巨大的惊喜！我们假装很高兴见到她，其实尴尬得要死。她故意说："看着就是一对小情侣在吃饭啊，鬼鬼祟祟的！"我们装作无所谓的样子讪讪地笑，其实窘得手足无措在那里胡言乱语："是啊，挺酷。"一看就知道不自然。她肯定会和维克多去讲。那一刻，我甚至有把克里斯汀谋杀在"空"卫生间里的冲动。可惜我穿了一套克洛伊网眼白色套装，外加一双漂亮的帕特里克·考克斯[1]高跟鞋，上面还装饰着孔雀羽毛。试想一下，万一鲜血喷出来溅到我身上后的损失。干洗店是不是能洗干净上面的血迹呢？抱着这样的怀疑，我放弃了这个绝妙的主意。转念一想，如果我把她推下楼梯呢？估计会牵连上其他不相干的人。可我的套装将完好无损，而我只要对自己笨手笨脚的行为道歉就行了。正美滋滋地想着，朵利安打断了我："嘿，你在听我说吗？"

第二天维克多打电话给我："好吧，解释一下，你和朵利安一起吃饭了？"我故作轻松地回答："是啊，是啊，朵利安他人不错，就是有点儿爱钻牛角尖。"我假装若无其事的样子。他问我是否和他上过床。我再一次生气："你脑子进水了？"他警告我一旦他知道我和朵利安上过床，决不会轻易放过我们。他还说他会要了他的小命，正好了结多年来的心愿。我假装嘲笑他孩子气的想法，让他别太当真："傻瓜，别说蠢话！"他回答："这些不是蠢话。"

我的心里七上八下。我把这些都告诉了朵利安。我们两个得小心点儿，别让人发现了。朵利安受够了。他对维克多的威胁不屑一顾。他已经准备好和他摊牌，如果需要的话干上一架。他觉得一切变得越来越荒唐可笑了。他说得没错。可是我还是请求他暂时什么都不要做。

1　帕特里克·考克斯（Patrick Cox）：英国著名的鞋履品牌。

三天后，我们再次见面吃饭，不过这一次约在了荣军院广场的望台咖啡馆。朵利安的手机响了，是维克多。这一次他真的发火了。他知道了我们两个上过床，咆哮说我们居然敢把他当成傻瓜，威胁要报仇。朵利安把他的手机拿到了离耳朵二十厘米远的地方。他试图让他镇定下来。隔着话筒，我清晰地听见我的前任男友对他吼："闭嘴!"后面跟着一连串不怎么文明的脏话。朵利安挂断了电话。三秒钟后，电话再次响起。这一次维克多比刚才还要歇斯底里。朵利安要求他改变一下说话的语气。他提醒维克多，当初是他自己狠心抛弃了我。换句话说，我是单身，他根本不欠他什么。维克多怒不可遏，破口大骂。朵利安重新又挂断了电话。刚挂断手机又响了。还是他。骂得比刚才还响。最后，维克多让朵利安通知我，他会在我家门口等我，我必须立刻赶回家去，而且是一个人! 当他挂了电话，朵利安转达了维克多要他转达的话。转达完毕!

事情严重了。我闻到了火药味。这绝对不是动身去马拉喀什的好时候。

晚餐泡汤了。为了不让事态更加严重，我决定一个人回家。我不想看到这两个家伙头碰头，大打出手。维克多不喜欢打架，可如果他当真发飙，绝对很恐怖。

我的内心却有些沾沾自喜。他的生气是因我而起，这说明他还爱我，至少还有一点儿爱我。当我到达圣·安德烈艺术大街时，维克多已经在路口等我了。他已经平静下来，看到只有我一个人回家感到很高兴。他想在我家过夜。我拒绝了。等他抛弃了他那个臭娘们儿之后再说。他坚持想留，把我抱在怀里，开始摸我的乳房、我的胳膊，来吧……他抱紧我。

我不为所动。不，别这样……于是他跳上汽车离开了。

刚回到公寓，朵利安的电话就来了。他要确认维克多没和我在一起。我努力安抚他。他稍稍放心了一点儿。接着是维克多的电话，想确认朵利安不在我这儿。为了让他放心，他要我大声对着话筒跟他重复："我爱你，维克多，我的宝贝。"我拒绝。他勃然大怒，威胁着要回来。我只好照做："我爱你，维克多，我的宝贝！"他要求我再次更大声地重复，以防朵利安此时正在我家的另一个房间里。"我爱你，维克多，我的情人！够了没？这下你放心了？"我开始受够了这样的马戏表演。刚挂断了电话。朵利安又打过来。他问我，刚才电话为什么占线？

让我一个人清净会儿！！！

第二十一章

我感觉自己就像生活在一个离心机里。杂志社反而成了我的净土。维克多和朵利安轮番用电话轰炸我。维克多打电话来确定我晚上没和朵利安在一块儿（而他自己和谁在一块儿，不用我说您也知道）。朵利安打电话来问我何时何地约会。我快精神分裂了。为了逃避维克多，最近我都睡在朵利安家。我们喝香槟，在他家的每个角落滚来滚去，一晚上做三次爱。累得我就像上了一次肌肉锻炼课，腰酸背痛，到了早上甚至都起不来。

今天中午我约了雅克·德拉里维以及他的经纪人在第八区的豪华饭店芒达拉瑞吃饭，商谈年度最劲爆新闻的具体细节。经纪人偏执得有些不正常。他坚持了多次要求会面要低调，要在最隐蔽的地方进行。在去的车上，我还在想，对于一个要求低调隐秘的人，芒达拉瑞怎么可能是世界上最安全的地点呢？在这里几乎能遇到巴黎所有的名人！而且，演员山姆·勒比昂[1]就坐在我们隔壁吃饭。

尽管已经五十五岁（对外宣称的年龄，实际是六十二岁），雅克·德拉里维看起来容光焕发，风采依旧。他身材纤瘦，因为刚去圣塔莫尼卡[2]度假归来，所以皮肤黝黑，而且肯定刚做了拉

1　山姆·勒比昂（Samuel Le Bihan, 1965– ）：法国男演员。
2　圣塔莫尼卡：美国洛杉矶最有名的海滩之一。

皮手术。耳朵旁边新疤未愈，两条刀疤绝对骗不了人。他对我解释了为何想透露消息的原因。七十二小时前他刚与史蒂芬·斯皮尔伯格签署了合同，将在他的下部电影中担任第三主演。这将是一部国际化大制作，拍摄将于明年夏天开始。目前还没人知道这个消息，不过女一号很有可能是妮可·基德曼[1]，饰演一个连环杀手。目前女演员人在澳洲，基本同意出演此片。不过制片商在合同中明确规定了保密条款。如果走漏消息，也就意味着演员德拉里维，会被排斥出局。

"那您为什么还要冒这个险?"我一脸困惑地问道。

经纪人开口了:

"事情是这样的，雅克·德拉里维同时和吕克·贝松[2]也在洽谈当中。我们也不想对您隐瞒:我们认为公开他和史蒂芬·斯皮尔伯格的合作将有助于说服贝松雇用雅克。我们给您这一条独家劲爆新闻的同时，也能帮助自己实施其他计划。"

"嗯……"

"我不会为难您。"经纪人接着说，"如果这差事您不感兴趣，我们就当没说过。只是简单地吃顿饭，不过我也不妨直言不讳，我们还会和《巴黎竞赛周刊》去谈。"

"如果我理解得没错，"我理了理思路，"雅克·德拉里维其实没有提供《超级明星》任何官方采访。他并没对外宣传，我们要做得好像是我们自己通过调查得出的结论。"

"这就对了!"德拉里维赞许地点点头，露出他曾经征服过一代女演员的招牌式微笑。

"您到时候不会出来辟谣吧?"

"当然不会。我会否认向您透露过此事，但对于报道本身表

1　妮可·基德曼（Nicole Kidman, 1967– ）: 好莱坞女演员。
2　吕克·贝松（Luc Besson, 1959– ）: 法国著名导演。

示肯定，因为本来就是千真万确的事实。"

经纪人从他那破旧不堪的公文包里抽出一个文件夹，向我展示了一沓装订在一起的文件。

"假如您从来没见过梦工厂的合同，现在您可以一饱眼福了。"边说他边在我面前炫耀着这些文件，"我以前也没见过，简直太让人激动了。您能体会吗？和斯皮尔伯格签的合同！一部即将重新拉开雅克演艺生涯新篇章的大电影！"

我飞快浏览了这份十五页左右带有斯皮尔伯格制作公司抬头的英文合同。那一刻我甚至由衷地替他们感到高兴，就好像它和自己有关似的。

开场白结束之后，雅克·德拉里维开始和我叙述整个事件的具体经过。他顺带告诉我科林·法瑞尔[1]以及莫妮卡·贝鲁奇[2]都将参加影片的拍摄。他们还没签合同，不过莫妮卡·贝鲁奇昨天刚到洛杉矶，估计现在正在和斯皮尔伯格洽谈。我聚精会神地听着，并且仔细记录：基德曼、法瑞尔、贝鲁奇、德拉里维……都是大腕。完全可以拿来做封面。肯定会轰动。

回到杂志社，汤姆马上开始动工。一般说来，我们会尽量避免在封面上放老艺人的照片（对于人物杂志来说，三十岁以上的就已经老了），不过这一次，因为实在太劲爆，所以不容错过。我们选了雅克·德拉里维三年前拍的一张照片（使他看起来更年轻一些）。

别问我为什么，反正就杂志封面而言，老艺人就是没年轻艺人畅销。除非他们刚刚去世或者重病缠身（也就是说奄奄一息了），那当然就另当别论了。一位刚刚去世的老明星，能让杂志销量火爆，而一位身体健康的老明星，读者根本不感兴趣，除非

1　科林·法瑞尔（Colin Farrell, 1976- ）：爱尔兰著名男影星。
2　莫妮卡·贝鲁奇（Monica Bellucci, 1964- ）：意大利性感女影星。

他是强尼·哈里代[1]或是阿兰·德龙[2]。当老明星去世的时候，为了保证杂志销量，杂志社必须挑选一张最好的照片来悼念已故明星的演艺生涯及其一生。对于此类新闻，《超级明星》善于早作准备。比方说，当记者去采访某位年老的女明星或歌唱家时，最后摄影师总会请该明星对着摄像机挥挥手，感觉像是说再见的样子。我们会对他解释说："这是为您下一次上封面的时候准备的。"说得老明星心花怒放。也难怪，他都已经二十五年没上过杂志封面了。他会问："啊，是吗？你们还会让我上杂志封面？""没错，不过那一期杂志您老人家是没办法亲眼看到了，哈哈哈！"等他明白过来的时候（确保助听器是开着的情况下），记者们已经跳上小摩托骑出老远了。我们就这样弄到了明星挥手的照片，等时候一到，我们就把它编辑编辑再配个标题：永别了，某某某！新闻工作者总能自得其乐，真是没的话说。

汤姆把雅克·德拉里维的一张大照片放在了封面正中，他还建议放几张妮可·基德曼、科林·法瑞尔和莫妮卡·贝鲁奇的小照片。好主意！我们马上和往常一样开始润色加工……怕走漏风声，雅克·德拉里维拒绝一切采访，所以就由我根据那天午饭时他透露的细节亲自操刀负责写稿（我担任《超级明星》主编以来头一遭）。洛杉矶分部的联络员和我们确认了莫妮卡·贝鲁奇目前的确在那儿。太好了，太好了……不久以后，大家会通过官方知道她也和斯皮尔伯格签了合同，可是《超级明星》将先声夺人。我们又将是天下第一。

我通知推广部和市场部：我们得赶紧为下一期杂志找一家大广告公司。我们有一个独家爆料。销售又将再创新高。对，登广

1　强尼·哈里代（Johnny Hallyday, 1943 - ）：法国第一位摇滚巨星。在法国是妇孺皆知的超级明星。
2　阿兰·德龙（Alain Delon, 1935 - ）：法国影星。

告！对，找电台！对，作电视宣传！马不停蹄地，我写了封邮件给生产部要求增加印刷量。雅克·德拉里维在上世纪 80 年代初曾经红极一时，正常的印刷量肯定不够。"要增印多少？"生产部经理问我，担心会超支。"嗯，我也不知道！二十万本！""这也太多了吧！"他提出异议。"啊，是吗？那就增印五十万本。"让这吝啬鬼见鬼去吧！

苯波没有任何异议，甚至根本没问主题是什么。自从"终结者"把他打入冷宫之后，这家伙就像一条小狗一样对我百依百顺！这反而让我更加瞧他不起。我再也不怕他了，这个侏儒。即使他意味深长的微笑或阴险诡异的目光也吓不倒我。滚出我的视线，乡巴佬！混蛋！孬种！我突然感觉自己就像是路易十四[1]，禁不住大喊一声：Super Star，就是我！

I'M BERENGERE THE QUEEN OF THE PRESS MAGAZINE! [2]

I'M THE BEST JOURNALIST IN THE WORLD! A. I. F. Y! (And I Fuck You! [3] 提醒那些忘记这个缩写的人。)

排版结束，我用香槟慰劳了编辑部的每一位工作人员。我们在杂志社搞了个派对，闹到凌晨两点才结束。我们把音乐声调到最大，在办公桌上扭动着身体，一个接一个手扶着肩排成长龙，让-吉左摇右摆鸭子似的舞动着身体，惹得我狂笑不止。一直坚持到结束的人后来又和我一起去了乐邦都市酒吧玩了个通宵。

在酒吧里，我遇到了阿尔诺·毕叶带着一群朋友在给李阿娜·佛丽[4]举办生日派对。寒暄过后，他邀请我加入他们和他们同桌。反正所有的竞争对手现在都已经定稿，消息不可能被窃

---

1 路易十四（Louis XIV，1638－1715）：法国国王（1643 年－1715 年在位）。

2 英语：我是白兰洁，新闻杂志界的女皇！

3 英语：我是这世界上最伟大的记者！我奋你。

4 李阿娜·佛丽（Liane Foly，真名 Eliane Falliex，1962－）：法国歌手。

取，于是我把关于德拉里维的难以置信的新闻一股脑儿地全都告诉了他。他诧异地眨巴着眼睛。德拉里维要和斯皮尔伯格合作拍片，不会吧？他的人脉信息网那么广，居然对此事毫不知情。他问我："你确定？"我回答："当然。"接着把所有细节都抖了出来，妮可·基德曼、莫妮卡·贝鲁奇、科林·法瑞尔……他皱着眉头一副将信将疑的样子。我猜他是嫉妒我的消息居然比他灵通。我装作没在意。这世上到处都是小心眼的家伙！我继续沉溺于香槟。

为德拉里维干杯，万岁，万岁，万岁，乌拉！

第二十二章

一连串的好消息差点儿让我忽略了那两个烦人的家伙。不过他们可没把我给忘记。他俩还在气头上呢，说实话我也是。维克多依然没办法痛下决心，却满巴黎地监视我的一举一动，希望能当场捉奸。电话那头，他咆哮着说他无法容忍朵利安坐他的沙发、睡他的床。我只好提醒他，那既不是他的沙发也不是他的床，而是我的。如果他不想让朵利安霸占，当初就不该和我分手。事情简直越来越可笑了。我给他下了最后通牒："如果你12月31号前还不离开你的老女人，我就和你彻底一刀两断，和朵利安好。"他愤愤不平，认为这是要挟。他指责我给他施加压力。我回答："明明是你因为朵利安给我施加压力。"他反驳："这不一样。""这都一样！""当然不一样！""一样！""不一样！""一样！""不一样！""到底哪里不一样？"我筋疲力尽地反问。"因为……"他编了无数理由来反驳。

不过有一件事情是肯定的。这些理由拿去参加电视上的现场猜谜肯定行不通。

我继续大把大把地吞食安眠药，即使朵利安每晚都把我搞得筋疲力尽，我也睡不好。有一次因为维克多威胁要过来，他半夜里连滚带爬地被我赶了出去。另一回，则是我从圣·奥诺雷大街上的考斯特酒店落荒而逃，因为有人见到我们俩正在喝酒，于是通知了维克多。我得承认，我的前男友不依不饶、醋意大发的感觉让我很受用。他之所以这样，是因为他还爱我，现在我终于可以肯定了。如果已经没感觉，就不可能这么穷追猛打，不是吗？朵利安坚持让我作个了断。显然，我拒绝把维克多一脚踢开。

尽管我们在整个巴黎你追我赶躲猫猫，尽管我们吵架，尽管我们哭泣，尽管我们一打电话就生气。我还是很高兴：再怎么折腾，维克多还在我的生活里，这才是最重要的。朵利安迟早会退出，我知道。算了，在所有的悲剧里，都有倒霉的人。朵利安就将是那个倒霉蛋。

我正思量着，事情突然急转直下。那天我在杂志社参加法国电视一台一位固定男嘉宾的试镜的时候（电视台的固定男嘉宾，不是指清洁工，而是指每周固定上节目的演员，当然，如果角色需要，他也可以做清洁工。不过这不是必须的），我的手机振了一下。因为号码我不认识，接之前我还犹豫了一下。"喂？这里是一区的警察局。"一位警官问我是否是白兰洁·德卡布蕾。我的心跳急剧加速。

"没错，是我。"

"您是否认识两个分别叫维克多和朵利安的家伙？"

"是的！"

"这两位男士是您的什么人，夫人？"

"呃……（这问题有点儿棘手……）是朋友。"

"朋友？"

"是的，比较亲密的朋友。怎么啦？发生什么严重的事了吗？"

"这两个家伙现在正在警察局，夫人。他们因为您的关系在公共场合大打出手。警方出面才把这两人分开。打架事件发生在一家餐馆。摔破并掀翻了七张桌子，打破了一个窗户，外加一堆摔坏的盘子。现场一位顾客受了点儿轻伤，幸好没什么大事。"

"上帝啊，他们俩有人受伤吗？"

"缝了几针，轻微血肿。不过他们正被拘留着。您能过来做个口供吗？"

从他背后传来的吵嚷声中，我听到了维克多的声音。

"给我安静点儿，先生们！"警官不耐烦地朝他们嚷了一句，继续说，"正如您所了解到的一样，请您务必立刻来警察局一趟。"

维克多和朵利安被抓了进去！因我而起！我急忙抛下工作室里的所有人，一溜烟跑回办公室拿上我的包，接着马不停蹄地赶到停车场，飞快地冲上我的车，一刻也不敢耽搁地赶往警察局。我快要精神崩溃了。不能再这样下去了，否则后果不堪设想（已经事态严重了）。虽说有两个男人为我大打出手这件事，让我觉得沾沾自喜（太浪漫了），可对于事态的发展，我的确开始焦虑起来。为了节省时间，我沿着公共汽车专用车道逆向行驶，顺着塞纳河一溜烟到了夏特莱广场，然后左转进入赛巴斯托伯大道。手机再次响起。警察局那边肯定是等不及了。我瞅了一眼来电号码：阿尔诺·毕叶。没时间管他！过一会儿我再给他打过去。几秒钟后，手机振动提示语音信箱有一条新留言。

我终于到了警察局。门口一个警察懒洋洋地查了我的证件，然后指了指我该去哪屋。我一进门就看见了他们俩。可怜的家伙！他们分别被关在一个铁笼子里。我向两人招手示意了一下。负责此案的警官对我解释，是因为两人在一起就没完没了地打架，所以才把他们分开。事情的基本经过就是：维克多偶然在一家饭馆见到了朵利安，立刻冲进去对着朵利安就是一顿暴打。不过现在他们都已经安静下来，耷拉着脑袋无精打采地坐在长椅上，就像是被注射了大量的安定。

两人都伤得不轻。朵利安的左眼肿了一大块，太阳穴旁边红红的一片，衬衫被扯裂了。维克多也血迹斑斑，眉脚处开了个弓形的大口子，右手还绑着绷带。警官给我递了张凳子，我坐了下来，三言两语和他交待了一下情况。他用两只手敲打着一台破电脑的键盘，那电脑古旧得如同是上世纪 70 年代中期用乌兹别克大卡车穿过中亚运过来的。当他把我叙述的输入完毕后，又打印了好几份，让我在上面签字。趁这会儿工夫，他告诉我维克多测出酒精超标，1.8 克。按照规定，他得在醒酒室蹲一晚上。

当他拿着这些报告去盖章的时候，安排我坐在两人笼子对面的长椅上稍等片刻。我有些惊讶，因为从没听说过警察局里还有专门负责盖章的岗位。又是一个被埋没的职业。可惜啊！警官对我的评价翻了个白眼不置可否，估计是工作过于劳累他懒得搭理我。

等待的时候，我走近他们俩想问问他们目前的感觉。朵利安抬起头冲我挤出一个苦涩的笑容，说："会没事的。"维克多阴沉着脸，一言不发。我继续问："你真的不想和我说话？"不，他不想和我说话，他还说造成现在这个局面完全都是我的错。他说他受够了。等他一出去，他就闪得远远的。他对我大吼大叫，发誓再也不想和我说话。我一句也没反驳，因为我知道反驳也没意义。于是我安静地坐在一旁等待着事情的处理，心中满是同情与宽容。所有一切都太戏剧化了。大家一片安静。时间过得好慢。盖章的家伙在干吗？他肯定是有一堆章要盖。为了摆脱窘境，我找出小镜子补了补妆，接着又去车里取了手机想听听阿尔诺·毕叶的留言。估计又是希望我下周陪他出席什么晚会之类的。他特别喜欢和我一去出去。我们在一起玩得很痛快，因为他和我一样轻浮且肤浅。

"您有一条新留言。"语音信箱里传来机械的声音。

"啊，白兰洁，我是阿尔诺！抱歉打搅你，可我刚听说一个消息。我希望你们的杂志还没有最后送印。亲爱的，上次你和我提过的关于德拉里维的事，事实上完全是个假消息。我不知道这故事是怎么来的，不过有一点可以肯定，德拉里维从来也没和斯皮尔伯格签过什么约。其他人也统统没有。我不得不说，这家伙实在是长得太丑了。当时听到这个消息我就将信将疑，不过我没敢说什么，因为我得先去调查一下。另外，你说的那个经纪人，也不是他的经纪人。没人知道这家伙是从哪儿冒出来的。于是我就着手调查了一番。经过多方咨询，我终于打听到了这家伙的底细，其实就是德拉里维的一个泛泛之交。此前他们俩和你们公司的一个叫苯波·拉……拉克丝特的家伙有过接触，我想应该是这个名字，反正类似。他让他们给你们杂志设了个圈套，似乎是想给你的生日开个玩笑……好了，我长话短说。总之希望你不要上当受骗，还没有定稿交印。好了，如果你还想知道得更详细，欢迎随时来电。再见。"

刚刚听到的消息让我一下子蒙了，整个人一动不动，无力地垂着双手，呆若木鸡。手机从手中滑落掉到了地上，我没有弯腰捡。我被麻醉了，没有任何知觉，半天没缓过神来。一个假消息？我怎么会……我怎么会那么天真？现在想想，这么简单的事情。这个过气的雅克·德拉里维，怎么可能拿到斯皮尔伯格的电影角色？我怎么就会相信这个谎话，而且还确信无疑？甚至都没去验证消息的真假？此时此刻，杂志和封面应该正在印刷机的滚轴上滚着。杂志正从流水线的另一端源源不断地出来，一本压着一本，带着封面上雅克·德拉里维的傻笑，等待最后的装订。十年都不曾抛头露面的德拉里维，我却为他增印了二十五万册！

苯波原来一直计划着复仇。事到如今我才恍然大悟，难怪当初他对我提出的促销和广告没有任何异议。我终于明白了他阴险狡猾的目光背后的深层含意。我豁然开朗，可为时已晚。他看着我自掘坟墓，把之前受的委屈加倍还给了我。我完蛋了，出丑了。鼻子一酸，我泪如泉涌。这一次，大家都会看到我的无能。我会成为整个巴黎的笑柄。一切都结束了。

　　眼泪顺着脸颊汩汩地往下流。我依然坐在椅子上一动不动，呆滞地望着这肮脏的警察局。维克多抬起脸，看到了我的泪水。他以为我是因为他的恶言恶语哭，于是他道了歉，请求我的原谅。他说他其实是个口是心非的家伙。他呼唤着我的名字："白兰洁，求你了，别哭了。"可是我听不见，没回答，沉浸在自己悲伤的世界里。接着我站了起来，一言不发机械地拿起我的包走出了门，好像是刚刚经历了坠机事件死里逃生，走在燃烧的残骸瓦砾中惊魂未定的乘客。我现在只想回家，吞上一打安定，忘掉一切烦恼，安安静静地睡觉。在我身后，我听见维克多在叫我："白兰洁！别走，回来！"朵利安讽刺他："看看你把她折磨成什么样了。"维克多回答："你给我闭嘴！"于是他们继续开始争吵。接着我慢慢走远，声音越来越模糊。

第二十三章

　　终于到了故事的尾声。一切已成定局。我是个靠招摇撞骗度日的诈骗犯，而且刚刚被人撕破了面具。

　　事到如今，你们应该明白了是什么原因驱使我写出这本书。我必须把我的故事告诉你们。我必须对你们袒露心声。

　　我是一个利用了这个没有廉耻与愧疚的体制的女孩。我欺骗了那些真诚地信任我，对我委以重任的人们。我把所有人玩弄于股掌之间，自高自大，我行我素。几小时后，等新一期的《超级明星》一上市，事实将大白于天下。这出蜡光纸上的闹剧以及欺骗都将结束。

　　我是一个病菌、一个异类，这个体系里的一只臭虫。可是，有些体制就如同人的组织器官，迟早都会产生抗体或者抗病毒素，来驱逐破坏内部机理的恶性肿瘤细胞。

　　苯波就是对付我的抗体。

　　是时候该结束这一切了。我的这个案例，应该说是个反例，如同病毒，正在扩散，即将感染到所有组织。有人已经觉得我这样不错，而且又没人告发，所以开始纷纷效仿。可我的行为是不道德的，所以现在要来作个了结。将来肯定有人会把我的例子编进教科书，孩子们在吃点心的时候就会听到这个可怕的故事：从前有一个一无是处的女孩，既懒惰又没用。她利用体制的缺陷不择手段地爬到了上层社会。不过最后显然东窗事发，受到了应有的惩罚。如果我们不努力学习，结局就会和她一样悲惨，明白了吗？好了，现在乖乖地去做作业！

我欺骗了所有人，包括我自己。欺骗周围所有人的后果，就是最后跌入自己设下的陷阱。这也说明我并不是那么一无是处。这就是我的结局。当我们拿镜子来照谎言，可以清楚地看到：谎言就是谎言。苯波就是我的镜子。我已经无路可逃。真相总会浮出水面。这样更好。这出闹剧演得我精疲力竭，负罪感快让我窒息了。

我既没有仇恨也没遗憾。

杀害了自己的妻子、孩子和父母，隐藏其真实面貌若干年的医生让-克劳德·罗曼[1]，被捕后坦言撕下伪装的自己轻松了许多。事到如今，我也可以大方地承认：我同样感到轻松。

这件事情让我失去了一切：工作、尊严、爱情。我给"终结者"写了一封辞职信。给维克多写了一封永别信。我将不会有什么黄金降落伞，不可能有第二次机会。我向两人分别表达了歉意。一个是对我的期望，一个是对我的爱情，我全都辜负了。事实上，这两封信内容完全一样，不过换了两个词而已。明天等我一醒我就寄出去——如果我还醒得过来的话，或者后天、大后天，那又有什么重要的呢？

我很高兴能够认识你们，读者朋友们，不管你们来自社会的底层还是顶层（反正你们都是花同样价钱买的这本书，所以对我来说都一样），很高兴能够告诉你们我悲惨而可笑的经历。现在看来，更倾向于悲惨。

好吧，既然一切都完蛋了，我索性把我的最后一点小秘密也

---

1 让-克劳德·罗曼（Jean Claude Roman）：法国人，1954年生，1993年杀死了其老婆、孩子、父母以及狗，而之前他对亲朋好友隐瞒其真实面貌长达十八年。1996年被判处无期徒刑。

招供了吧：白兰洁·德卡布蕾，这其实不是我的本名。又吓了你们一跳，是吗？这证明有关我的一切都是假的。我取了个假名，因为我的真名实在太难听了。我的真名叫做莫妮卡。你们相信吗？莫——妮——卡。简直是个奇耻大辱！敢给孩子取这种名字的家长，真应该把他们都抓起来。在本书里我曾经取笑过那个叫约瑟琳娜的女孩，其实我的真名还不如她的。你们知道我父母为什么给我取这个名字吗？因为我出生的前一天，一个叫做莫妮卡的姑婆突然去世了。本来他们想和其他千千万万个庸俗的玛丽一样给我取名玛丽。这样一来，就改成了莫妮卡。比起玛丽简直有过之而无不及。我的全名叫做玛丽-莫妮卡。如果从名字开始就低人一等，这辈子你就别想咸鱼翻身！

我向父母宣布我想成为记者的那一天，他们根本没办法接受。我却认为是时候该摆脱这个可笑的名字了。

那是一个我永生难忘的日子。那天午饭后，父母照例在客厅吵架。母亲正无精打采地躺在客厅的贵妃椅上，一如既往地叼着烟嘴，吸着彼德·史蒂文森烟丝。父亲在一旁静静地玩味孤独，等着风浪过去。我一阵风似的冲进客厅，得意洋洋地宣布："我在一家杂志社的人物专栏找到了一份工作！"这简直堪称壮举，因为我从未对任何事情感兴趣过。以前他们假惺惺地为我的前途担忧的时候，都会以此来责备我。不过这一回，他们表现得异常安静。我问："这就是你们的反应吗？你们都死了吗？"母亲一口气把手中那杯侯德乐水晶香槟喝了个底朝天（她一定想过把香槟朝我喷过来，不过她不喜欢浪费美酒），然后目不转睛地盯着我。

两人的反应如同国会电视台的夜间节目一样平淡，我马上明白了他们并不高兴。

我安静了下来，等待他们的反应。母亲悲伤地叹了一口气。

226

她女儿，这个没头没脑的没用家伙，让她彻底失望了。她紧锁眉头，努力从嘴巴里挤出两个字"瞧瞧"。父亲从孤独中抽离出来，好像战败的小狗一样可怜巴巴地瞅着我，好像在说：为什么不呢，亲爱的？你做这个还是做其他事，我都无所谓。我和你妈妈的意见从来就没一致过。我累了，经不起折腾。只要你们别来烦我就行了。明白吗，我别无他求。你高兴做什么就去做吧，干吗不呢？我就想说，干吗不呢？

这就是我的父亲，他从来不敢张嘴发表任何意见，生怕躺在贵妃椅上抽着烟午休的那位"克丽奥佩特拉[1]"大发雷霆。那他就会死得很惨。真遗憾，如果不是因为母亲，父亲应该是一个能言善辩、才华横溢的家伙。这么多年穷凶极恶的折磨，父亲已经怕死了母亲的淫威。为了惩罚他的不忠，在任何时候，母亲对父亲都装出一副鄙视和不屑的样子。我一直不懂，这两个看破红尘的家伙这么多年来为什么还要倔强地生活在一起。后来一位心理医生告诉我，有些夫妻彼此可以仇恨到只有通过破坏对方生活得到的满足感才能使其快乐，从而补偿由于婚姻幻灭带来的不幸感。我父母对彼此的折磨，简直是纯粹的艺术。

母亲终于打破了僵局，冷嘲热讽地问我想要用什么笔名，明摆着她不看好这份差事。我装作不理会，回答："白兰洁！白兰洁·德卡布蕾！"说完头也不回地摔门而去。

你们肯定会问，为什么要叫白兰洁，为什么要叫德卡布蕾？话已至此，我索性和盘托出。因为一时气愤，刚才已经交代过了，那天我非常生气。白兰洁是一个曾经抢走了我男朋友的女孩。我当时为了这件事暴跳如雷。我其实一点儿也不喜欢那个男生，不过这是原则问题。所以我一直怀恨在心，发誓要报仇雪

1　克丽奥佩特拉（Cléopâtra，公元前69－公元前30）：埃及艳后，拥有极度的智慧和美貌，雄心勃勃。

恨。二十年后我终于如愿以偿。因为我，她的名字将世代被人辱骂唾弃。

复仇是一道快速冷冻食品。

至于德卡布蕾，不过是普罗旺斯地区我曾去度过假的某个小村庄的名字。那是我外祖母的家，在那里有我许多美好的回忆。

好了，你们知道了我所有的诡计以及骗人的戏法。我和你们说过（此书书名也可为证）：我是体制内部的一个诈骗犯。

看了这本书，你们现在一定看不起我，不再同情我了。你们正等着断头台上的铡刀落下，等着看故事的结局。正义最终战胜邪恶。这样你们才放心，不是吗？你们一定在想：这一回她肯定无力回天了？这样真是太不公平了。我不用脑子想也知道你们很高兴。因为这样才能坚定你们那愚蠢的价值体系。受惩罚的是我，满意的是你们，刻薄的家伙！

你们知道吗？这本书写到这儿，我已经倒足了胃口。你们不值得我付出那么多。如果按我自己的意思，我肯定把这些都撕了。当然！我之所以没那么做，不是因为有所顾忌或为了尊重劳动成果。因为我对于尊重劳动成果之类的你们那一套不靠谱的价值理念嗤之以鼻。我之所以没那么干，只是为了拿到剩余的稿费。

不管怎么说，我还是吞了一大把安眠药。我要用睡觉来忘掉所有烦恼。我是个诈骗犯，我的生活完蛋了，不过我玩得很开心。你们都被我狠狠地骗了。你们都被我……你们……

第二十四章

出自邦・奥陆芬[1]音响的天籁般的乐声轻轻传入我的耳朵。鼻子边飘着淡淡的烤面包香以及咖啡的香味。我在飞，失重的感觉，轻飘飘的。我到天堂了吗？看起来很酷。感觉就像是在电梯里。说不定我还能再见到我母亲。天堂里很温暖，挺舒服。这里甚至还有柔软舒适的大枕头和羽绒被。我完全同意死后一直待在这儿。以前我听说这上面的氛围不怎么样，人们整天穿着白衣服逛来逛去，像是入了什么邪教似的傻呵呵地微笑。不过，肯定会有人组织一些联欢会什么的，总能找到机会。我被裹在如丝般光滑的床单里。简直就像是在五星级酒店。

不过，别再摇我的肩膀了，你们！我都到天堂了，你们还来烦我！

"白兰洁，哦，白兰洁，醒醒，快醒醒！"

"嗯……"

"白兰洁，亲爱的，起床了。都下午4点了。你已经睡了三十六个小时了！起来啦，我给你把早饭端来了。"

啊，难道我在天堂里订了"一价全包"[2]服务？我真明智。"一价全包"可真实用。只需在出发之前付清所有费用，接下来

1　邦・奥陆芬（Bang & Olufsen）：全球顶级音响品牌。

2　一价全包（All inclusive）：在价格中包含了所有服务的酒店、旅馆或者度假村。一次性付钱以后使用所有服务都不再额外付钱。

的旅程你就高枕无忧了。而且如果是长期逗留，还能避免节外生枝。我为自己的选择感到高兴。

"噢，白兰洁，你挪过去点儿，好让我把托盘放在床上。"

"嗯……"

"快点儿，托盘很重啊。"

"嗯？什么？谁在这儿？发生了什么事？噢，维克多？你在这儿做什么？"

我不敢相信自己的眼睛。维克多和我一起在天堂里。这怎么可能？突然，他按了一个按钮，光线进到了屋子里。有点儿刺眼，我眯起了眼睛。落地的百叶窗缓缓升起。原来我不在天堂。我在自家的床上！而且维克多也在。

"这样好多了。"等到窗帘全部升起，他又重新坐回到床边，"好了，我看你现在终于醒了。"

"维克多，你怎么会……"

"你是想问我是怎么进来的？很简单，从大门进来的啊。我对看门的说我把钥匙弄丢了，于是他就把钥匙给了我。你居然没有告诉他我们已经分手了？见到我他似乎很高兴。我想把你落下的手机拿回来给你。"

我落下了我的手机？是吧。维克多朝我笑了笑，于是我也冲他笑了笑。我骨子里是个善良的女孩。要是别人对我笑，我也会礼貌地回应。这又不难。维克多看起来心情不错。他给我倒了咖啡，在面包片上涂好黄油，甚至还把果酱也涂好。我说："谢谢，你真好。"我刚喝了两口咖啡，他就告诉我他对我有话要说。不过在说之前，他问我是否感觉良好而且头脑清醒。他很了解我，知道即使我头脑清醒，也无法领会一段对话的全部含义。更何况我现在还是一副睡眼惺忪、迷迷糊糊的样子！不过我消除了他的疑虑："是的，是的，你可以说了。只要你说得不太复杂，而且慢一点儿，我可以跟得上。""那好吧。"于是他开始说。

于是他对我说，即使到目前为止他脑袋里依然晕晕乎乎，没有完全理清，但是他考虑过了。他觉得他依然爱我，希望能够重新和我一起生活。他不得不承认，这几周来我所做的一切打动了他。他没想到我爱他那么深，没想到我可以这么低姿态，这么毅然决然，这么持之以恒地要把他追回来（我原先也不知道自己的潜力，从此对自己有了全新的认识）。他说他愿意尝试重新和我在一起，当然也有条件。我得做出努力，我们得最大限度地倾听对方的心声。接着他露出了迷人的微笑，用他那漂亮的蓝色大眼睛含情脉脉地望着我，告诉我因为我是他的小白兰洁，他那让人无法忍受的白兰洁，可依然是属于他的白兰洁。他不想失去我，现在他很清楚地知道这一点。

我担心地问道："那柏琳达怎么办？那又老又丑的柏琳达怎么处理？"他安慰我说这不是什么问题，他并不爱她，他从来就没有爱过她，自始至终他只爱我一个人。他笑着大声说柏琳达将成为历史，她打呼噜的声音很响而且还在床上放屁。我兴奋地从床上一跃而起想跳入他的怀中。他往后退了一步，做了个鬼脸。我不安地问："怎么了，亲爱的？"他回答说他还有点儿疼。我问："哪里疼？怎么了？"他说当然是因为打架啊。我还是没反应过来："打什么架？"他回答："就是和朵利安打架啊，你不是很清楚的吗？你还来过警察局。"

警察局？啊，没错，我想起来了……维克多……朵利安……打架……负责盖章的警察那盖不完的章……阿尔诺·毕叶的留言。雅克·德拉里维重返影坛的假新闻……杂志封面……我职业生涯的尽头……几天之后的声名狼藉……想到这儿，我不禁号啕大哭。我的生活完蛋了。

维克多拥我入怀。

"好啦，好啦……别哭了。在警察局和你说的那些话都不是我的真心话。我只是气我自己和我做的蠢事。"

我还是哭个不停。他只好继续安慰我。

"之前我就像个傻子一样不懂你的心。朵利安的事如同是火上浇油让我很生气……我这才意识到我依然还爱你。我无法忍受他亲近你，抚摸你，把他的脏手放在你的身上……"

他越说，我的泪水越是稀里哗啦。

"别哭了，亲爱的……现在都结束了……一切都复原了。"

可是我止不住……一旦维克多知道我是多么的滑稽可笑，他肯定会重新离开我的。谁会喜欢像我一样没出息的姑娘呢？一个即将丢了饭碗的姑娘？一个将在失业中度过余生的姑娘？一个即将穷困潦倒的姑娘？一个未来的柏琳达？落差也太大了吧！未来让我心生绝望，我把头埋在枕头底下，使劲地哭，哭，哭。

维克多不知所措，不知如何是好，只能轻抚我的头发，小声安慰："好了，好了……别哭了。"

他问我是不是需要再来一杯咖啡。我没回答，继续号啕大哭。于是他起身去弄咖啡。走出房间前，他长呼一口气感叹道："很明显，今天是全国哭泣日。"

我在枕头底下抽噎着，问道：

"为什么？还有谁哭了？"

"啊，的确，你还不知道这事儿，因为你睡得太久了。电视台广播电台整天都在播这个新闻。"

"什么新闻？"

"男演员雅克·德拉里维昨晚去世了。心脏病突发。他回到家，刚打开门就倒地不起了。他妻子过去扶起他的时候，他的呼吸已经停止了。"

"……"

"啊，亲爱的，你可不能继续哭了啊。我知道你容易伤感，不过为他哭可不值得。"

"……"

"怎么啦？"

我肯定是理解错或听错了。有时候我们就算没听说过某事儿，但因为自己实在太想听到这事儿，就会以为自己听到过。结果就是，事实上压根儿没人和你说过这事儿，但你自己就是以为自己听说过这事儿。你们听明白我说的了吗？

不过现在，我倒是一定要弄个清楚。

"别告诉我你在骗我？"

"我干吗骗你？你要我打开电视吗？所有电视台都在播他的生平回顾以及对他的追思悼念。"

"这不会是真的吧？"

愁云惨雾在那一刻顿时云开雾散。雅克·德拉里维死了？真是意外。这么说来……这么说来，这一周我做的杂志封面根本一点儿也不可笑了，不仅不可笑，而且很贴切。简直是精彩绝伦。再加上现在我的智商已经全部恢复了，慢慢想起了当初我写的封面标题。绝对非常引人注目（我的又一标新立异之作）：**雅克·德拉里维，最新 [1] 采访！**副标题：**男演员对本杂志独家透露将参演斯皮尔伯格的新片。**

我停止了哭泣。

天上肯定有人在保佑我。

谢谢，妈妈！

我破涕为笑。

维克多不明白我怎么一下子就兴高采烈了。我和他解释了

1　Sa dernière interview：法语当中 dernière 有"最新的"和"最后的"两种含义。

一切。

　　他轻轻拥我入怀。我也抱住了他。

Life is so beautiful![1]

　　我早就和你们说过：所有撒谎都是不道德的。

1　英语：生活真美好！

第二十五章

日　志

（第二天）

当全国都在为失去了最伟大的演员之一而深感悲痛与震惊之时，《超级明星》是唯一一家把封面贡献给了雅克·德拉里维的杂志。

所有的媒体都转载了消息，纷纷提到《超级明星》是最后一份采访到德拉里维的杂志。在业内，同行们都清楚这不过是个巧合。大家都知道这不过是走了狗屎运，得了个千载难逢的好机会。可是我的读者们，他们可不知道。两百万读者争前恐后地拥到书报亭抢购雅克·德拉里维的最后采访。是的，你们没看错，是两百万！

国内外大大小小的电台与电视台纷纷采访了我，因为我是最后一位采访到雅克·德拉里维的记者。现在，我的名气和他一样大，简直达到了鼎盛时期。

我的演技越来越高超。我神情肃穆，难过地重复："是啊，是啊，就在他打算重返影坛的时候发生了这样的悲剧，真是太可怕了。"有时候，我会停下来克制一下激动的情绪，从花了两千四百欧元新买的香奈儿[1]手袋（这回银行顾问再也没来唧唧歪歪）里取出一张舒洁纸巾，小心翼翼地拭眼角，"我到现在都还没缓过神来，您也明白，不是吗？"对面的记者点点头无声地表示同意。

我的演技不错，嗯？

（两天以后）

《超级明星》打破了销售纪录，前后共重印了四次。开天辟地第一次有这样的销售纪录。

"终结者"赏赐给我一个灿烂无比的笑容，以至于我可以数清他所有的牙齿。我可以确定地告诉你们，他左边最里面缺了一颗智齿。啊，是吗？你们无所谓？

（三天以后）

面对举国上下沉痛的哀悼，史蒂芬·斯皮尔伯格没敢对大众宣布他压根儿没有一丁点儿想和雅克·德拉里维合作的计划。相反，他对着镜头表示，对于 old friend, Jack（老朋友雅克）的去世感到非常难过和震惊。Of course（当然），他曾经想过给他推荐一个角色。Yes, it's an enormous tragedy for the cinema（是的，这是整个电影界的悲剧）。他甚至在镜头前拭去了一滴眼泪。哀悼。悲痛。斯皮尔伯格善意的谎言以及虚假的悲痛，保证了他的下一部片子在法国至少会有五百万欧元的收入。

斯皮尔伯格，他也不笨。他知道怎么做对自己有好处。

（一周以后）

1　香奈儿（Chanel）：法国时装品牌。

苯波被撤了职，马上准备滚蛋。我说我不愿意继续和他一同工作。要么他走，要么我走。对于一个刚刚把杂志销量增加了四倍的功臣，老板怎么可能拒绝她的请求？"终结者"在犹豫是否有必要任命新的市场总监。

（一个月后）

我坐在一架美丽的白色飞机里，维克多就在我的身旁。我从未感到如此幸福。头等舱的空姐亲切殷勤，香槟全是带年份的，鹅肝都是配松露的。我们正飞往塞舌尔[1]。这是一次庆祝破镜重圆的旅行。对我来说，这就是最美好的事儿。他拉着我的手，透过窗户看着飞机慢慢远离地面。我们甩了各自爱情的牺牲品，柏琳达和朵利安。可怜的人。我们甚至没有一点儿自责。弗·司各特·菲茨杰拉德说得很对，这个世界分为两种人：幸福的人和要入地狱的人。干杯，干！

我们以时速九百公里飞越天空。

维克多睡着了。我睡不着。

"007"最后一部电影的画面在脑中默默浮现。

我在想这几个月里发生的事情。

我成功摆脱了困境。

可是这能持续到何时？

这个问题让我坐立不安。

一个诈骗犯的未来，会怎样？

我可不可以再说点儿什么？

1　塞舌尔（Seychelles）：东非群岛国家，位于印度洋。

（一年以后）

喂，还是我！

没错，正如你们所见到的一样，我还在这儿，还在《超级明星》工作。

噢，这里基本上还是老样子。工作，工作，还是工作（我指的是别人，因为我，基本上什么都不做）。

事实上，有两三件小事值得一提。

维克多带着米奈特回到了公寓和我一起生活。你们知道这个决定让我有多快乐吗？于是，我减少了晚上的外出（这是我们的决心之一）。为了讨他欢心，有时我会早点儿回家，做好晚饭，铺好桌子，像一个真正的家庭主妇一样乖乖等他回家（不，不是每天都这样，不能太夸张）。即使我做的饭菜完全失败，他每次都还是很高兴，让我从来不后悔自己的付出。当他送我弗雷德[1]最新款黄宝石钻戒的时候，他和我一样开心。真的。

有时候我会在半夜醒来，看他睡觉。他几乎霸占了整张床，呼吸声沉重，抢了我的枕头，还卷走了整床被子。我轻轻拉都没用，他会在睡梦中不满地嘟哝，不愿意还给我。尽管如此，我还是爱他。

不。事实上，正因如此，我才爱他。

"邦"出版社整个被一家西班牙公司收购了。现在改名为"征服者"集团。名字挺好听。集团总裁名叫涓嘉诺。他喜欢叨

---

1 弗雷德（Fred）：法国珠宝、服饰品牌。

238

支雪茄，说法语带着浓郁的西班牙腔（肯定的）。他对我不错。他说："白兰洁，我知道你有点儿疯狂。可我觉得这样挺好。这个行业需要疯狂的人。"

我说过他人不错！

别担心，"终结者"还在。他被任命为共同总裁，或者是诸如此类的某个头衔。最终，他没有任命新的市场总监。我也不知道是为什么……

被西班牙公司收购是挺愉快的一件事。现在，我们时不时就会花天酒地一下……呃，其实我想说的是，我们时不时地会去参加在马德里举行的编辑委员会。好吧，上一次我因为睡过头了所以错过了班机，不过还有其他机会嘛。反正，涓嘉诺说过，鉴于我对此类会议所能作出的精神贡献，我去也主要是装点门面。别人会认为这是对我不满。我倒把它当成恭维。我还因此感谢了他。他手持巨大的雪茄微笑着回答："白兰洁，假使你不存在，我觉得甚至有必要创造一个。"你们瞧，这是多大的恭维啊！有些人却总是往坏处想。

涓嘉诺以前也是个记者。他很了解新闻界，尤其是搞新闻的人，这个职业就如同瑞纳特年份香槟的泡沫一样轻浮。我们写的东西不会很恶毒，也从来不会很重要。这只不过是个小小的无伤大雅的游戏。

何必太较真？

总之，明星们还是很高兴我们能报道他们的事业，介绍他们的新专辑，或是新电影，探讨他们的感情生活。说到底，他们想出名也就是为了这个。为了有朝一日能看到自己被印在杂志的蜡光纸上。得感谢我们，他们才能确信自己已经梦想成真。

那还有什么问题？

法国三教九流都从这些明星八卦中得到了不少乐趣。而且，通过定性分析可以证明，越来越多的上层读者开始阅读我们杂志。他们购买我们杂志是为了放松心情，忘记烦恼，忘记死亡。因为他们很清楚这个世界已经完蛋了，无法挽救。

这就是事实。

新闻人是最后一群逍遥轻佻的家伙。新闻界是我们可以自由梦想并认为一切皆有可能的最后一片土壤。他们让人产生幸福感，因为他们能帮助人类忘记与生俱来的绝望、苦难的现状以及悲惨的命运。正因为如此，他们才会修饰图片，并添加各种色彩。因为这个世界是肮脏的、丑陋的、暴力的，所以新闻人才会拒绝认命。他们只是想重新给人们一点儿希望。这个希望只要每周花两欧元，你们觉得贵吗？所以说：新闻人自己都不知道其实他们都是行善积德之人。

的确，他们既没用，又轻浮，还多余。可是奥斯卡·王尔德曾经和我们说过："我们生活在一个多余已经成为唯一的必需的时代。"

这里面没有任何不道德的东西。

所以，没必要生气，不是吗？

这个故事马上要结束了。你们现在可以去看电视、购物、继续挖鼻孔（或挖其他地方，这和我没关系），或给你们的朋友发短信推荐这本书，该干什么就干什么。

很高兴能够陪伴你们在这个蜡光纸上充满谎言的奇妙世界、在这个骗子横行霸道的王国观光游览。

唯一需要记住的启示是，根本没什么启示。

教训嘛，也没有。

你们现在可以合上这本书了，后面已经没有内容了。

别忘了看指南！

你们看吧，这一页什么都没写。我刚提醒过你们。你们还真是固执！

现在可以合上书了吧。

我说没了，就是没了。我苦口婆心地一再忠告你们。

现在，请合上书！

感　谢

如果没有某些人不怀好意的帮助，愿意等它慢慢酝酿，这次欺诈不可能实现。

所以要感谢我的出版商艾洛蒂·曼戴尔。她是个不折不扣的教唆者，在我写作过程当中一遍遍地对我重复："来吧，放松！编得越离谱越好！"此书之所以会呈现现在这个面貌，有很大一部分是她的错。

感谢蒙达多利出版集团给了我几个月的自由，可以任意支配我的时间。首先要感谢阿尔诺·德·普枫丹、让-吕克·布列思和让-弗朗索瓦·莫鲁兹。

我还要感谢扎维埃·亨利、弗朗索瓦·贝尔多、雅克·巴歇尔的支持和帮助。

感谢雷内·基栋，重要时刻总是陪伴在我身旁（而且总是愿意陪我喝一杯香槟）。

感谢所有答应过我会买十册本书的每个朋友。他们答应我在接下来的一年当中只拿这本书当做礼物送给亲人、朋友，甚至是他们的敌人。他们的名字我就不一一列举了，太长。他们自己知道。他们也总是愿意陪我一起喝香槟。

感谢瑞纳特美味的香槟（要知道你们在圣日耳曼德佩区的库存急剧下降，这主要还得归功于我）。

在此也要感谢一直在背后默默支持我的母亲、父亲、哥哥，感谢他们的大力支持。

最后尤其要感谢维××。他要求拿到一半的版税，作为每天忍受我的补偿。没有他，此书的诙谐幽默显然会大打折扣。

（京权）图字：01-2010-5716

图书在版编目（CIP）数据

蜡光纸上的招摇撞骗／（法）兰贝尔著；龚一芳译，
-北京：作家出版社，2011.12
　ISBN 978-7-5063-6187-3

　Ⅰ.①蜡…　Ⅱ.①兰…②龚…　Ⅲ.①长篇小说-法
国-现代　Ⅳ.①I565.45

中国版本图书馆CIP数据核字（2011）第243677号

IMPOSTURES SUR PAPIER GLACÉ
Catherine Rambert
© Editions Calmann-lévy , 2007

W
Chasse Litté　　策划：猎文文化发展有限公司

蜡光纸上的招摇撞骗

作者：（法）卡特琳娜·兰贝尔
译者：龚一芳
责任编辑：冯京丽　邢宝丹
封面设计：视觉共振设计工作室
出版发行：作家出版社
社址：北京农展馆南里10号　　　**邮编：**100125
电话传真：86-10-65930756（出版发行部）
　　　　　86-10-65004079（总编室）
　　　　　86-10-65015116（邮购部）
E-mail: zuojia@zuojia.net.cn
http://www.haozuojia.com（作家在线）
印刷：紫恒印装有限公司
成品尺寸：140×205
印张：8　　　**字数：**150千字
版次：2012年3月第1版
印次：2012年3月第1次印刷
ISBN 978-7-5063-6187-3
定价：25.00元